明文堂編輯部 校閱

詳密註釋 通鑑諺解

【卷之一】

明文堂

詳密註釋 通鑑諺解【卷之一】目次

通鑑序
歷代帝王傳授總圖
凡例
資治通鑑總要通論
卷一 周紀
威烈王……十一
安王……二五
烈王……二三
顯王……二四
愼靚王……四七
赧王上……五〇
赧王下……八一
周紀
秦紀
莊襄王……九六
後秦紀
始皇帝上……九八

少微通鑑節要序

通鑑一書易紀傳而爲編年上下數千百載興亡治亂瞭然在目誠史學之綱領也然編帙甚繁未易周覽後之君子固嘗節其繁而取其要矣其間詳者猶失之泛略者又失之疎學者病焉　少微先生江氏家塾有通鑑節要詳略適宜於兩漢隋唐則精華畢備於六朝五代則首末具存點抹以擧其綱標題以撮其要識者寶之其後建寧公默游　晦庵先生門嘗以此書質之先生深加賞嘆自是士友爭相傳錄益增重焉今南山主人淵力學淸脩有光前烈復取此書附益而潤色之增入諸史表志序贊參以名公

議論音注簡嚴明白得失曉然以爲庭下訓客有過之曰善則善矣與其襲珍以私於家孰若鋟梓以公於世主人笑曰少微先生養高林泉名動京闕
皇帝三使人聘之終不能移其囂囂樂道之志凡著書立言亦惟自明其心非欲求知於人也先世有書惟恐人知余得其書顧乃恐人不知耶客固請予嘉其言以賛其請主人曰諾於是乎書

嘉熙丁酉艮月朔迪功郎新邵武郡南尉巡捉私茶鹽礬私鑄銅器兼催綱江鎔謹序

歷代帝王

天皇 地皇 人皇

伏羲 神農 黃帝

少昊 顓頊 帝嚳 帝堯 帝舜

夏 〔簒國〕王相之時有窮后羿逐王相居商立羿臣寒浞殺羿又殺王相簒國凡四十年

商

周 〔十二〕〔諸侯〕魯齊 陳曹 燕蔡 衛宋 楚晉 秦鄭

東周 〔戰國〕〔七雄〕秦韓 魏楚 燕趙 齊

秦

漢 〔簒國〕孺子時王莽簒漢 國號新凡十四年誅滅

東漢

後漢

魏 吳

晉 〔兩晉間十六國〕前趙 前秦 後趙 後燕 前燕 南燕 後秦 西秦 北涼 北燕 前涼 後涼 西涼 後蜀 南涼 大夏

東晉

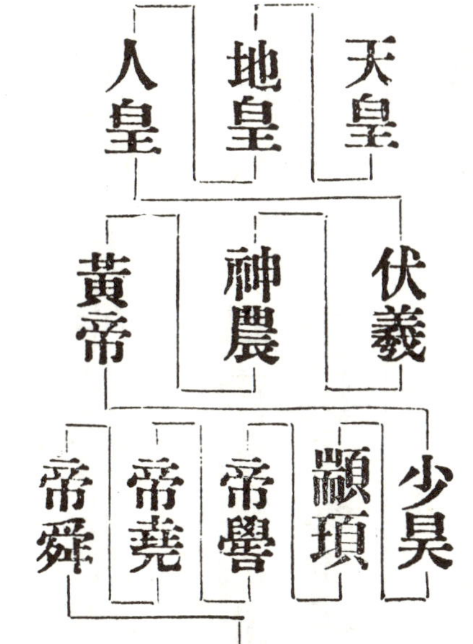

傳授總圖

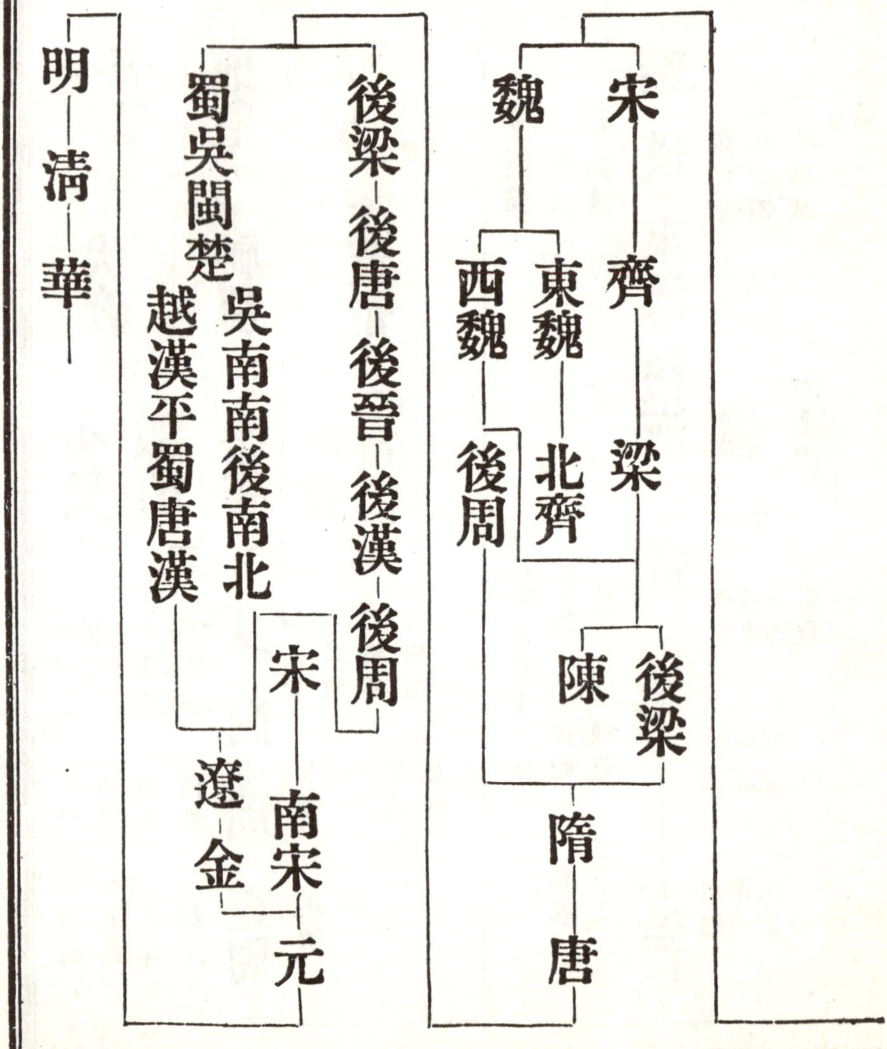
宋
齊
梁
後梁
陳
魏
東魏
北齊
西魏
後周
隋
唐
後梁
後唐
後晉
後漢
後周
蜀
吳
閩
楚
吳越
南漢
南平
後蜀
南唐
北漢
宋
遼
金
南宋
元
明
清
華

凡例

一 本書는資治通鑑讀者의便宜를與하기爲하야編輯함

一 章句를分解하고頭註를添하야意義를明晰케함

一 陽節潘氏通論을編首에附하고司馬溫公論文을章句下에添入하야讀史者參考에供함

一 頭註는紫陽綱目戰國史節要中에서拔하야記載함

資治通鑑總要通論

陽節潘氏榮曰治天下、有道親賢遠姦朋而已矣治天下、有法信賞必罰斷而已矣、治天下、有本、禮樂敎化順而已矣、明則君子進而小人退斷則有功勸而有罰懲、順則萬事理人心悅而天下和、三者之要、在身、身端心誠不令而行矣、故、唐虞三代之治、純用禮樂、敎化大行、不言而信、不怒而威、無爲而治、如斯而已、及其衰也、夏以妹喜、商以妲己、周以褒姒、是佚欲之亡人而百令不從矣、周室東遷之後、王政不行、諸侯多僭故夫子自衛反魯、作春秋、以正王化、至於戰國、王室陵夷、分崩離析故、孟子去魏適齊陳王道、以正人心、是皆聖賢爲萬歲生民而發也、自玆以還、迹息澤竭、人私其身、士私其學、異端蜂起、聖學榛蕪、秦漢以下、安危不一、難以悉擧、姑取其最關於綱紀者而論之、漢高之興、去古未遠、豁達大度、從諫如流可與有爲之君也、然以輕士嫚罵、凌辱大臣、張良托以穀、何、何參平勃、以詐以力、天下雖安而古禮不復、古樂不作、從玆始矣、可勝惜哉、漢文、沉潛而不能剛克、漢武高明而不能柔克、西向讓三、南向讓再、夫何踐祚之初、示民以詐、短喪之制、又安用之故。民雖富庶而脩己立誠之道、幾乎息矣、窮兵黷武、虐民事神而海內虛耗、至論臺之詔、天理藹然、其悔心之萌乎、不然·則亦亡秦之續耳、漢昭十四而識上官桀之詐、似可有爲、惜霍光不學無術、不能以道事君、光武、有志於治而輔相亦非其人、孔明、有王佐之才而當姦雄僭竊之際、董子雖有大意而亦不得其位、鄧騭楊震之徒、不識保身之機、外戚之禍、內豎之變、中移於王莽、卒壞於董卓、曹操承之、以移漢祚、又何言哉、唐之、太宗、號爲英主、百戰而有天下、偃武脩文、勵精求治身致太平、刑措不用、亦希世之賢君也、然以君德論之則用宮入、私侍以劫其父、納巢剌王妃而封子明、其謬已甚、若非魏徵辰嬴之喩則明母又繼文德而后矣、閨門如此其子孫又烏得有正家之法乎、是故、武氏經事先帝、太眞己配壽王、中宗親爲點籌於韋后、明皇賜洗兒錢於貴妃卒爲天下後世非笑、豈不皆由太宗垂統之所致歟、房杜王魏無忌遂良狄仁傑張九齡姚崇宋璟李泌裴度之賢、猶不能救其君於蕩敗禮義之際而或以見疎、張柬之桓彥範崔玄暐袁恕己敬暉等討武氏之亂、反正廢主、有大功於唐而凌辱以死、韓愈陸贄勤勤懇懇於章奏之間而亦以獲罪他尙何說哉、蓋唐之亂也、始於武韋、危於貴妃、壞於潘鎭、亡於宦官而李勣李義府許敬宗鄭愔崔湜武三思李林甫楊國忠李輔國盧杞元載之流、與后妃宦豎、內外交締、始終爲難、非一朝一夕之故、暴秦以呂易嬴、是嬴亡於莊襄之手、弱晉以牛易馬、是馬滅於懷愍之時、隋楊廣弑父自立即以敗亡、又何足與論治天下之道乎、蓋以趙高楊素之姦而致扶蘇楊勇之死、是天所以速秦隋之滅也、且秦政之暴、過於隋堅、楊廣之惡、浮於胡亥、覆宗絕祀、不亦宜乎、宋齊梁陳至於五季、禍亂相尋、戰爭不息、名爲君臣、實爲仇敵、世降至此、壞亂極矣、惟柴世宗粗有三代之風而使之不壽、豈天將啓宋世之治也歟、且自晉武之後、惠懷無親、骨肉相殘、羣胡乘釁、濁亂中原、生民塗炭、未有甚於此時者也、王謝陶阮、富貴風流、節行標致、沛乎有餘、江左之民、亦賴以安然、朝廷之得失、姦雄之簒弑則亦邈乎其不能正也、逮拓跋氏興、佐以崔浩高允之徒、既治且安、至於孝文、風移俗易庶幾爲禮義之邦矣、宇文高祖完顏世宗其亦賢乎、江左君臣、寧不知愧、夫三年之喪、自天子達於庶人、文景以後、能行之者惟晉武帝魏孝文周高祖數君而已、此、夫子所謂不如諸夏之亡也、然、自晉至隋、南北之君、率多不得其死、盡以國亡族滅其故何也、盖得之以不仁、上行而下效、身爲天子死無噍類、嗚呼哀哉、至於宋祖、未嘗爲學、晩好讀書歎曰堯舜之世、四凶之罪、止於投竄何近代法網之密耶、於是、立法、鞭扑不行於殿陛、罵辱不及於公卿故臣下得以有爲而忠君愛國之心、油然而興矣命曹彬下江南則戒以切勿暴掠生民故、彬至城下、焚香約誓、一不妄殺凱還之日、行李蕭然、遣吳越歸國而使知不留之意、處將相之間、則喩以相安之情待諸降王以賓禮、易諸節鎭以儒臣、使擧德行孝悌之士、以隆禮義廉耻之風、嗚呼、人主如是亦庶乎其知九經之義哉、且日洞開重門正如我心少有邪曲、人皆見之、蕩蕩平平之道、不外是矣、太宗卽位之初、首開崇文館與諸王宰相、繙閱書籍、次選文章有德之士、教道王子、且戒之日必以忠孝爲先、又能作興文學、以風四方而人才、於是乎出矣、至於仁宗、力行恭儉、正身率人、終始如一、升遐之日、雖深山窮谷、亦莫不奔走悲號、如喪考妣、非有得於人心而能如是乎、英宗、氣質尤美謙恭以任賢臣而天下無事、暨于哲宗之初、寔爲垂簾之政、宣仁有言曰苟有利於社稷、吾無愛於髮膚、任賢不貳去讒不疑故自建隆、至於元祐、號稱治平之世而人才之盛亦莫過於宋、矣初有趙普范質李沆張齊賢向敏中寇準蔡襄晏、殊王旦王曾杜衍趙、抃諸呂之輩、復有韓范富歐陽蘇張文呂司馬之徒、俱爲大賢文章、德業前世無比相繼以興、爲之輔相、當此之時、君君臣臣、父父子子、夫夫婦婦、百姓謳歌、謂之太平天子、又稱宣仁爲女中堯舜、嗚呼休哉、神、宗刻意圖治、上慕唐虞、傾心安石、君臣之間、求濟斯道、未嘗不以堯舜、相期、東周以來、未之有也、世方仰其有爲、庶幾復見都兪吁咈之、治惜安石之學旣執而蔽引用凶邪、反治爲亂使天下之人囂、然喪其樂生之心卒之羣姦繼進釀成靖康之禍、用人可不謹哉、當此之時、上有好治之君、下有慕治之民而濂洛羣哲、曾無一人登相臣之位者、是宋不得與於斯文也、豈天未欲使玆世、躋堯舜之域歟、何道之不行也、嗚呼、眞儒輩出、悉皆王佐之才、哲宗以後、寧宗以前指以朋黨、斥爲僞學、竄逐禁錮殆無虛日、姦邪疊興、爲國大蠹、始於呂惠卿、終於賈似道互爲汲引相繼、升於廟堂、用舍如此、安得不亡乎、蓋宋之人君、仁厚有餘而剛斷不足宋之人臣、德業有加而道則未盡、明乎二帝三王之道以接夫孟氏之傳者、又謹其進退之義故、終宋之世、亦只如此而已、使學者、不能無遺恨於斯世也、且眞宗不知寇準之貶、神宗不識、惠敬之姦、又豈不爲明君之累邪、至於哲宗昏庸、尤甚、信任姦慝、屛逐忠賢、却問大防、何以至虔州、左右不對、亦可羞也、岳飛破虜幾還兩宮秦檜矯詔、班師而殺之、高宗若不聞也、通天之罪、尙忍言哉、張浚趙鼎眞德秀魏了翁之賢、立朝未久、非惟不能、以正羣邪之罪而反有貶責竄逐之寃、秦檜韓侂胄史彌遠賈似道以元凶居、首相登進同類、布滿朝廷、祇爲身謀、卒以誤國而人主方以爲忠、豈復望其有三代之治乎、文天祥拜相於國事既去之餘而能以身、任三百年綱常之重、從容就義於顚沛流離之際爲國之光、是亦豈非祖宗尊賢敬士之報歟、蓋其興也、以大臣之賢其亡也、以大臣之姦故、雖有大臣之誤而亦有大臣之報爲人君者、可不辨其邪正而端其本原哉、夫正身以正朝廷、正朝廷以正百官、百官正則萬民莫敢不正、萬民正則四夷賓服而天下安矣、東夷西戎南蠻北狄、自古有之、舜生於、諸馮、東夷之人也文王生于岐周、西夷之人也、匈奴突厥五胡北魏契丹女眞、世有位號、若使吾無間而可入則幽王不死於犬戎、明皇不敗於祿山、呼延晏劉曜不能、以陷晉都而懷愍不辱於强虜、矣幹離不粘罕、不得、以犯宋京而徽欽不死于漠北矣、蓋天下有道則四夷來王、萬邦咸休、天下無道則干戈之禍、不特在於、四夷而在蕭墻之內矣故、得其道則治、失其道則亂、堯舜之道、孝悌而已矣、修己以安百姓、唐虞之治也、勞身而焦思夏禹之治也、六事以自責、成湯之治也、作無逸、陳豳詩文武成康之治也、除秦苛法、與民自新、偃武修文、勵精求治、擧德行興孝悌、隆禮義、尙廉恥、此漢祖唐宗宋祖之所以興也、至於末世、崇尙虛無、信誘邪說、垂及敗亡、猶不能悟、齊元爲周師所圍、尙講老子、梁武爲侯景所迫、惟談苦空事佛之謹、舍施之多、無以逾於梁武、奉道之勤、設醮之厚、又何以加於道君、然則餓死臺城而佛不之救、受辱漠北而道亦不聞、秦皇漢武窮極以求神仙、了無證驗、楚王英、敬信沙門之法、卒以誅夷契丹、入寇王欽若出守天雄軍、束手無策、閉門修齋、誦經而已、用此數者、曾何補於治道哉、狄仁傑、巡撫江南、奏毁吳楚淫祠千七百所、所存惟夏禹太伯季子伍員四祠而已、胡穎、經略廣東、毁佛像而殺妖蛇、杖僧人、以脫愚俗所過淫祠、則必焚之、此萬代之所瞻仰也、嗚呼自漢以來、不能紹述三王之道而佛老之敎、反自明帝始、永平之間、遣使之天竺、得佛經四十二章、緘之蘭臺石室、以佛像、繪之淸涼臺顯節陵靈帝始、立祠于宮中、以奉之、又有飛仙變化之術丹藥符籙之技、禱祠醮祭之法、沉淪鬼獄之論、皆以老氏爲宗而、其名曰道、晉魏以來、其法漸盛、僧尼道士日以益衆元魏孝文號爲賢主、亦幸其寺、修齋聽講、至如石勒之於佛圖澄、苻堅之於沙門道安、姚興之於鳩摩羅什、拓跋太武之於寇謙之唐武宗之於趙歸眞、宋道君之於林靈素、往往事以師禮、不聞有福利之報、而皆得奇異之禍、覆轍相尋、迷而不悟、流弊千有餘載漢明身得以逃其責哉先儒有言佛老之害、甚於楊墨、況復有鬼怪、人妖邪說暴行雜然、並興以惑世誣民者乎、孟子曰楊墨之道不息、孔子之道不著韓愈之說曰人其人火其書廬其居明先王之道以道之嗚呼其要固在於明先王之道耳、此盛彼衰自然之理也、辨人才審治體美敎化厚人倫此、明道之實也、武帝好儒術董仲舒進修己治人之策而帝之所與論者、公孫弘東方朔司馬相如、之徒、卒事封禪、以蕩其志神宗、慕王道程伯子上稽古正、學定志之論而上之所與謀者、王安石呂惠卿章惇蔡卞之流、擬置新法以擾、其

民用舍之間、安危所繫袁紹不起則五族忠賢之禁不除劉裕不興則藩鎭强
臣之禍不息、朱温不來則宦官宮妾之亂不止、然癰疽旣潰而大命隨之
葢人君之喜用姦邪者冀得以從己之欲而已、人臣之欺罔其君者、亦欲
以固其寵祿而已、然君以逸欲滅國、臣以寵祿殺身、前車旣覆、後車不戒
及至君亡國滅、其臣又安得以獨存哉、是故秦未亡而李斯趙高先夷三
族、漢未滅而宦官張讓等二千餘人己就誅夷王莽盜竊神器而傳首詣
宛、梁冀七侯三后六貴人二大將軍卿將尹校五十七人無少長皆棄市
收其財貨合三十餘萬萬以充王府之用明皇幸蜀李林甫斲棺鞭屍楊國
忠斷頸注槊、唐祚未終而先斬韓全誨等一百六十二人、復殺第五可範
以下數百、冤號之聲徹于內外、崔胤之徒亦隨授首徽欽未亡而蔡京童
貫王黼梁、師成己先就戮南宋未滅而賈似道、先死於鄭虎臣之手、秦檜
刱奪官爵、韓侂胄梟首淮濵、由此觀之昔之壅蔽聰明以圖利已者皆所
以自滅而已可不戒哉、故爲君難爲臣不易、治亂興亡之所由、也、可不愼

哉、嗚呼、觀人才之吉凶、知邦家之休戚、漢儒、有言曰正其誼不謀其利、明其道、不計其功蓋人品不同而事業亦異、是不可以成敗、論英雄也、諸葛亮輔漢於蜀、狄仁傑、反周爲唐、其心一也、郭汾陽克復二京而終身富貴、岳武穆、志存雪耻而身死權姦、其道同也、孟德睥睨神器、狐媚欺孤、恨文若九錫之勸而致之死、篡逆之所爲也、子儀、功盖天下、位極人臣、杖郭曖肆言之失而歸朝待罪、臣子之所安也、平生姦僞、死見眞性、操之所以如鬼也、鞠躬盡力、死而後己、亮之所以爲龍也、蘇武、持漢節於匈奴是舍生而取義、眞卿、陳禍福於希烈、乃殺身以成仁、李陵衞律、罪通于天、邦昌劉豫、心委于虜、霍光、擁立二君而子孫夷滅、是履盛滿而不止也、韓琦定策兩朝而德望蓋世、識用舍行藏之道也、陶潛、爲晋處士、心逸而日休、楊雄、爲莽大夫、心勞而日拙、諸葛入寇、晋史自帝魏也、丞相出師、漢賊明大義也、廢帝爲王、唐經亂周紀也、帝在房州、萬古開群蒙也、故、自初命晋大夫爲諸侯以來、千三百六十二年之間、誅亂賊於旣死、正名分於當時、定褒貶於往前示、勸懲於來世、此綱目之所以繼獲麟而作也、廣微魁天下於少年、敬仲戒之必、念千里生民之寄、希元以命訊日者、和叔敎以須忘富貴利達之心、是故、建安與青田、俱爲百、世師、循序及修省工夫齊妙用實殊轍而同歸、何後學之有異、旦晝所爲則夜必焚香、以奏于帝、豈閱道之治、其心乎、因妻邪謀而毀謗朱子以媚佗胄乃鄉人之喩於利也、馮道歷事於五季、惟恐失之、嚴光加足於帝腹、忘其貴也明燭以達旦、乃雲長之大節、郤衣而凍死實陳三之細事、少事僞朝官至郎署、陳情之謬也、求仁得仁、抑又何怨、告墓之正也、君親雖曰不同、忠孝本無二致是非得失乃在乎人、千載之下、公論不泯、其亦可畏也哉、盖人才難得、爲民、上者、宜有以作成之也、是故、欲治之君、須知爲治之要夫治也者、親賢遠奸信賞必罰明禮義謹學術、以身先之、使民知趨向之方、上下相師而人才出矣如此則師道尊而善人多朝廷正而天下治、百姓大和、萬物咸若、盖爲治必以人才爲本、求人才之道、又以敎化爲先、欲行敎化、非興禮樂不可也、不興禮樂則敎化不行。敎化不行則民無所措手足無所措手足則三綱、不正九疇不叙而欲致天下之治者遠矣故、治天下者、必本之身身、端心誠則賢才輔而天下治矣、書云、愼厥身修、思永、詩云上帝臨汝、無貳爾心、無貳無虞、上帝臨汝、此之謂也

資治通鑑總要通論 終

虔 건 정성

詳密註釋通鑑諺解卷之一

周紀

自周武王至平王凡十三世自平王至威烈王又十八世是時周室衰微擁虛徒器號爲天下共主傳至赧王五世爲秦所滅

威烈王 名午考王子 在位二十四年

(戊寅)二十三年이라 初命晉大夫(魏)斯「趙」籍「韓」虔ᄒ야 爲諸侯ᄒ다

春秋之世晉有范氏中行氏智氏及韓魏趙是爲六卿後三家皆爲韓魏趙所滅三分晉地而有之至此始請命於天子爲諸侯

二十三年이라처음으로晉大夫魏斯와趙籍과韓虔을命ᄒ야諸侯를삼다

(温公)曰天子之職、莫大於禮、禮莫大於分、分莫大於名、何謂禮、紀綱是也、何謂分、君臣是也、何謂名、公侯卿大夫是也、夫以四海之廣、兆民之衆、受制於一人、雖有絶倫之力、高世之智、莫不奔走而服役者、豈非以禮爲之紀綱哉、是故、天子、統三公、三公、率諸侯、諸侯、制卿大夫、卿大夫、治士庶人、貴以臨賤、賤以承貴、上之使下、猶心腹之運手足 根本之制枝葉、下之事上、猶手足之衛心腹、枝葉之庇本根然後、能上下相保而國家治安故、曰天子之職、莫大於禮也、文王、序易、以乾坤爲首、孔子繫之曰、天尊地卑、乾坤定矣、卑高以陳、貴賤位矣、言君臣之位、猶天地之不可易也、春秋、抑諸侯、尊周室、王人雖微、序於諸侯之上、以是見聖人、於君臣之際、未嘗不惓惓也、非有桀紂之暴、湯武之仁、人歸之、天命之、君臣之分、當守節伏死而已矣、故、曰禮莫大於分也、夫禮、辨貴賤、序親疎、裁群物、制庶事、非名不著、非器不形、名以命之、器以別之然後、上下粲然有倫、此禮之大經也、名器既亡則 禮安得獨存哉、昔、仲叔于奚、有功於衛、辭邑而請繁纓（釋義）繁馬鬣上飾纓馬膺前飾孔子以爲 不如多與之邑、惟器與名、不可以假、人君之所司也、政亡則、國家從之、衛君待孔子而爲政、孔子欲先正名、以爲名不正則、民無所措手足、夫繁纓小物也而孔子惜之、正名、細務而孔子先之、誠以名器、既亂則上下無以相有故也、故曰分莫大於名也、嗚呼、幽厲失德、周道日衰、綱紀散壞、下凌上替、諸侯專征、大夫擅政、禮之大體、什喪七八矣、文武之祀、猶緜綿相屬者、蓋以周之子孫、尙能守其名分故也、何以言之、昔、晉文公、有大功於王室、請隧於襄王、襄王、不許曰王章也、未有代德而有二王、亦叔父之所惡也、不然、叔父有地而隧、又何請焉、文公、於是懼而不敢違、是故、以周之地則、不大於曹滕、以周之民則、不衆於邾莒然、歷數百年、宗主天下、雖以晉楚齊秦之疆、不敢加兵者何哉、徒以名分尙存故也、至於季氏之於魯、田常之於齊、白公之於楚 智伯之於晉、其勢皆足以、逐君而自爲、然而卒不敢者、豈其力不足而心不忍哉、乃畏奸名犯分而天下共誅之也、今晉大夫、暴蔑其君、剖分晉國、天子既不能討、又寵秩之、使列於諸侯、是區區之名分、復不能守而幷棄之也、先王之禮、於斯盡矣、或者、以爲、當是之時、周

繭 고치 견
障 막을 장

(趙簡子) 名鞅 (爲)治也

(而)汝也 智宣子名甲 襄子即智伯也 宣子之子 康子名虎 桓子名駒

室微弱、三晉彊盛、雖欲勿許、其可得乎、是大不然、夫三晉、雖彊、苟不顧、天下之誅而犯義侵禮則、不請於天子而自立矣、不請於天子而自立則、爲悖逆之臣、天下苟有桓文之君、必奉禮義而征之、今請於天子而天子許之、是受天子之命而、爲諸侯也、誰得而討之、故、三晉之列於諸侯、非三晉之壞禮、乃天子自壞之也

初에**趙簡子**ㅣ**使尹鐸**으로**爲晉陽**ᄒᆞᆫ대**請曰以爲繭絲乎**잇가**抑爲保障乎**잇가 (繭絲者ᄂᆞᆫ賦稅也 保障者ᄂᆞᆫ藩蔽也) **簡子**ㅣ**曰保障哉**인뎌**尹鐸**이**損其戶數**ᄒᆞ다 (釋義減損戶數則賦稅輕而民力舒也)

初에趙簡子ㅣ尹鐸으로ᄒᆞ야곰晉陽을爲ᄒᆞᆫ대請ᄒᆞ야曰써繭絲를ᄒᆞ리잇가、믄득保障을爲ᄒᆞ리잇가簡子ㅣ曰保障을ᄒᆞᆯ진져尹鐸이그戶數를損ᄒᆞ다

簡子ㅣ**謂無恤曰** (無恤簡子子也) **晉國**에**有難**이어든**而**ㅣ**無以尹鐸**으로**爲少**ᄒᆞ고**無以晉陽**으로**爲遠**ᄒᆞ고**必以爲歸**라ᄒᆞ더니**及智宣子**ㅣ**卒**ᄒᆞ고**智襄子**ㅣ**爲政**에**請地於韓康子**ᄒᆞᆫ대**康子**ㅣ**致萬家之邑**ᄒᆞ니**智伯**이**悅**ᄒᆞ야**又求地於魏桓子**ᄒᆞᆫ대**桓子**ㅣ**復與之萬家之邑**ᄒᆞ니**智伯**이**又求蔡皐狼之地於趙襄子**ᄒᆞᆫ대 (釋義皐狼本蔡地故曰蔡皐狼襄子即無恤也) **襄子**ㅣ**弗與**ᄒᆞ니

簡子ㅣ無恤에게謂ᄒᆞ야曰晉國에難이有ᄒᆞ거든네가尹鐸으로써少ᄒᆞ다말고晉陽

斃 죽을폐 浚 시암칠쥰 (與我)同力也 (浚民)取出於民也 (膏澤)膏背中脂澤 鼃 머구리와 (三家)智韓魏也 (產鼃)蛙生於竈也

으로써遠ᄒᆞ다말고반다시써歸ᄒᆞ라ᄒᆞ더니밋智宣子ㅣ卒ᄒᆞ고智襄子ㅣ政을ᄒᆞᆷ에地를韓康子에게請ᄒᆞᆫᄃᆡ康子ㅣ萬家의邑을致ᄒᆞ니智伯이悅ᄒᆞ야ᄯᅩ地를魏桓子에게求ᄒᆞᆫᄃᆡ桓子ㅣ다시萬家의邑을與ᄒᆞ니智伯이ᄯᅩ蔡皐狼의地를趙襄子에게求ᄒᆞᆫᄃᆡ襄子ㅣ與치아니ᄒᆞ니

智伯이怒ᄒᆞ야帥韓魏之甲ᄒᆞ고以攻趙氏ᄒᆞ니襄子ㅣ將出曰吾何走乎오(趙向曰走)從者ㅣ曰長子ㅣ(邑名)近ᄒᆞ고且城이厚完ᄒᆞ니이다襄子ㅣ曰民罷力而完之ᄒᆞ고(罷疲同勞也)又斃死以守之ᄒᆞ니其誰與我리오從者ㅣ曰邯鄲之倉庫ㅣ實ᄒᆞ니이다(邯鄲音寒丹趙地名)襄子ㅣ曰浚民之膏澤ᄒᆞ야以實之ᄒᆞ고又因而殺之ᄒᆞ니其誰與我리오其晉陽乎ᆫ뎌先主之所屬也오尹鐸之所寬也니民必和矣ᄒᆞ라고乃走晉陽ᄒᆞ다三家ㅣ以國人으로圍而灌之ᄒᆞ니城不浸者ㅣ三版이오(釋義浸當作沒廣三尺曰版)沈竈產鼃ᄒᆞᄃᆡ民無叛意러라

智伯이怒ᄒᆞ야韓魏의甲을率ᄒᆞ고써趙氏를攻ᄒᆞ니襄子ㅣ장ᄎᆞᆺ出ᄒᆞᆯ시曰吾ㅣ어ᄃᆡ로走ᄒᆞᆯ고從者ㅣ曰長子ㅣ近ᄒᆞ고ᄯᅩ城이厚完ᄒᆞ니이다襄子ㅣ曰民의力을罷ᄒᆞ야完ᄒᆞ고ᄯᅩ斃死ᄒᆞ기로써守ᄒᆞ니그누가我와與ᄒᆞ리오從者ㅣ曰邯鄲의倉庫ㅣ實ᄒᆞ니이다襄子ㅣ曰民의膏澤을浚ᄒᆞ야써實ᄒᆞ고ᄯᅩ因ᄒᆞ야殺ᄒᆞ니그누가我와與ᄒᆞ리

(將卒)將與卒也又(將)領也

오그晉陽일진뎌先主의屬ᄒᆞᆫ바이오尹鐸의寬ᄒᆞᆫ바이니民이반다시和ᄒᆞ리라ᄒᆞ고이에晉陽으로走ᄒᆞ다三家ㅣ國人으로써圍ᄒᆞ고灌ᄒᆞ니城이浸치아니ᄒᆞᆫ者ㅣ三版이오竈가沈ᄒᆞ야鼃를産호ᄃᆡ民이叛ᄒᆞᆯ意가無ᄒᆞ더라

趙襄子ㅣ使張孟談으로 潛出見二子曰臣은 聞脣亡則齒寒이라ᄒᆞ니 今智伯이 帥韓魏而攻趙ᄒᆞ니 趙亡則韓魏爲之次矣리라 二子ㅣ乃陰與張孟談으로 約ᄒᆞ고 爲之期日而遣之러니 襄子ㅣ夜使人으로 殺守隄之吏而決水灌智伯軍ᄒᆞ니 智伯軍이 救水而亂이어늘 韓魏ㅣ翼而擊之ᄒᆞ고 襄子ㅣ將卒犯其前ᄒᆞ야 大敗智伯之衆ᄒᆞ고 遂殺智伯ᄒᆞ고 盡滅智氏之族ᄒᆞ다

趙襄子ㅣ張孟談으로ᄒᆞ야곰가만니나와二子를見ᄒᆞ고曰臣은드르니脣이亾ᄒᆞᆫ則齒가寒ᄒᆞ다ᄒᆞ니今에智伯이韓魏를帥ᄒᆞ고趙를攻ᄒᆞ니趙가亾ᄒᆞᆫ則韓과魏ㅣ次가되리라二子ㅣ이에가만니張孟談으로더부러約ᄒᆞ고爲ᄒᆞ야日을期ᄒᆞ고遣ᄒᆞ얏더니襄子ㅣ夜에人으로ᄒᆞ야곰守隄의吏를殺ᄒᆞ고水를決ᄒᆞ야智伯軍에게灌ᄒᆞ니智伯軍이水를救ᄒᆞ고亂ᄒᆞ거늘韓魏ㅣ翼ᄒᆞ야擊ᄒᆞ고襄子ㅣ卒을거나리고그압희犯ᄒᆞ야크게智伯의衆을敗ᄒᆞ고드ᄃᆡ여智伯을殺ᄒᆞ고다智氏의族을滅ᄒᆞ다

(温公)曰智伯之亡也、才勝德也、夫才與德、異而世俗、莫之能辨、通謂之賢、此其所以失人也、夫、聰察强毅之謂才、正直中和之謂德、才者、德之資也、德者、才之帥也、是故、才德兼全、謂之聖人、才德兼無、謂之愚人、德勝才、謂之君子、才勝德、謂之小人、凡取人之術、苟不得聖人君子而與之、與其得小人、不若得、愚人、何則 君子、挾才以爲善、小人、挾才以爲惡、挾才以爲善者、善無不至矣、挾才以爲惡者、惡亦無不至矣、愚者、雖欲不善、智不能周、力不能勝、譬之亂狗博人、人得而制之、小人、智足以遂其姦、勇足以決其暴、是虎而翼者也、其爲害、豈不多哉、自古昔以來、國之亂臣、家之敗子、才有餘而德不足、以至於顚覆者多矣、豈特智伯哉

趙襄子ㅣ漆智伯之頭ᄒᆞ야以爲飮器ᄒᆞ더니(飮器溲便器也)智伯之臣豫讓이欲爲之報仇ᄒᆞ야乃詐爲刑人ᄒᆞ야挾匕首ᄒᆞ고(釋義匕首八尺劍也其頭類匕故名匕首)入襄子宮中ᄒᆞ야塗厠이러니襄子ㅣ如厠이라가心動索之ᄒᆞ야獲豫讓ᄒᆞ니左右ㅣ欲殺之어늘襄子ㅣ曰義士也라吾ㅣ謹避之耳라ᄒᆞ고乃舍之ᄒᆞ다(舍與捨同釋也)

趙襄子ㅣ智伯의頭를漆ᄒᆞᄒᆞ야써飮器를ᄒᆞ얏더니智伯의臣豫讓이爲ᄒᆞ야仇를報코져ᄒᆞ야이에거짓刑人이되야匕首를挾ᄒᆞ고襄子宮中에入ᄒᆞ야厠에塗ᄒᆞ엿더니襄子ㅣ厠에가다가心이動ᄒᆞ야索ᄒᆞ야豫讓을獲ᄒᆞ니左右ㅣ殺코져ᄒᆞ거늘襄子ㅣ曰義士ㅣ라ᄂᆡ가ᄉᆞᆷ가셔避ᄒᆞ리라ᄒᆞ고이에舍ᄒᆞ다

塗 도 바를

豫姓讓名也欲爲之爲去聲(刑人)周禮大司寇凡萬民之有罪過而未麗於法者役諸司空註使治百工之役(塗厠)塗杇鏝也

癩 문둥이라

(其妻不識)其妻不似其音曰貌不似吾夫何其音似吾夫讓遂呑炭以變其音也

(其友)左傳姓名靑苹也

(趙孟)趙盾字孟故後世子孫皆曰趙孟自春秋之時趙宣子謂之宣孟趙文子謂之趙孟其後遂襲而呼爲趙孟孟長也

(顧不易)顧反也도로혀

橋名赤橋

豫讓이 又漆身爲癩ᄒᆞ고 (癩音賴惡疾也) 呑炭爲啞ᄒᆞ야 行乞於市ᄒᆞ니 其妻는 不識也르더 其友ㅣ 識之ᄒᆞ고 爲之泣曰 以子之才로 臣事趙孟이면 必得近幸ᄒᆞ리니 子乃爲所欲爲ㅣ 顧不易耶아 何乃自苦如此오

豫讓이또身을漆ᄒᆞ야癩가되고炭을呑ᄒᆞ야啞가되야市에行ᄒᆞ며乞ᄒᆞ니其妻는識지못ᄒᆞ되그友가識ᄒᆞ고爲ᄒᆞ야泣ᄒᆞ야曰子의才로써臣ᄒᆞ야趙孟을事ᄒᆞ면반다시近幸을得ᄒᆞ리니子가이에爲코저ᄒᆞ는바ㅣ도리혀易치아니ᄒᆞ냐웃지이에스ᄉᆞ로苦ᄒᆞᆷ을이갓치ᄒᆞ는고

豫讓이 曰不可ᄒᆞ다 旣已委質爲臣이오 而又求殺之면 是는 二心也ㅣ라 凡吾所爲者는 極難耳나 然이나 所以爲此者는 將以愧天下後世之爲人臣ᄒᆞ야 懷二心者也ㅣ로라

豫讓이曰可치안타旣히質을委ᄒᆞ야臣이되고또殺ᄒᆞ기를求ᄒᆞ면이는二心이라므릇吾의ᄒᆞ는바ㅅ者는極히難ᄒᆞᆷ이나然이나써此를ᄒᆞ는바ㅅ者는쟝ᄎᆞᆺ써天下後世의人臣이되여二心을懷ᄒᆞ는者를愧케ᄒᆞᆷ이로라

襄子ㅣ 出ᄒᆞᆯ서 豫讓이 伏於橋下ᄒᆞ러니 襄子ㅣ 至橋에 馬ㅣ 驚이어늘 索之得

火乃赤色火能剋水因晋水之患故以赤橋厭之後人改名爲豫讓橋

(卜子夏)孔子弟子名商子夏字

段 조각 단

(段干木)老子之子宗爲魏將封於段木蓋因邑爲姓

適 갈 뎍

(虞人)守苑囿之吏也知度也度山林之大小及所生也

(會期)昔與之期今往會之破之往告以雨罷獵

豫讓ᄒᆞ야遂殺之ᄒᆞ다

襄子ㅣ出ᄒᆞᆯ식豫讓이橋下에伏ᄒᆞ얏더니襄子ㅣ橋에至ᄒᆞᆷ에馬가驚ᄒᆞ거늘索ᄒᆞ야豫讓을得ᄒᆞ야드듸여殺ᄒᆞ다

魏斯者는桓子之孫也니是爲文侯라 文侯ㅣ以卜子夏田子方으로爲師ᄒᆞ고每過段干木之廬ᄒᆞᆯ서必式ᄒᆞ니四方賢士ㅣ多歸之러라

魏斯란者는桓子의孫이니이文侯ㅣ되는지라文侯ㅣ卜子夏와田子方으로써師를ᄉᆞᆷ고미양段干木의廬를過ᄒᆞᆯ식반다시式ᄒᆞ니四方賢士ㅣ歸ᄒᆞ는이多ᄒᆞ더라

文侯ㅣ與羣臣으로飮酒樂而天雨어늘命駕將適野ᄒᆞᆫ듸左右ㅣ曰今日에飮酒樂ᄒᆞ고天又雨ᄒᆞ니君將安之잇고文侯ㅣ 曰吾與虞人으로期獵ᄒᆞ니雖樂이나豈可無一會期哉아乃往ᄒᆞ야身自罷之ᄒᆞ다

文侯ㅣ群臣으로더부러酒를飮ᄒᆞ야樂ᄒᆞᆷ에天이雨ᄒᆞ거늘駕를命ᄒᆞ야쟝ᄎᆞᆺ野에適ᄒᆞ려ᄒᆞᆫ듸左右ㅣ曰今日에酒를飮ᄒᆞ야樂ᄒᆞ고天이또雨ᄒᆞ니君은쟝ᄎᆞᆺ어듸로가시려ᄒᆞ시ᄂᆞ닛고文侯ㅣ曰吾ㅣ虞人으로더부러獵을期ᄒᆞ엿ᄉᆞ니비록樂ᄒᆞ나엇지可히하번會期ᄒᆞᆷ이無ᄒᆞ랴이에往ᄒᆞ야몸소ᄉᆞᄉᆞ로罷ᄒᆞ다

(中山)城中有小山故曰中山 (樂羊)姓名也 (子擊)子尊稱之辭

嚮 저즘 졔향

文侯ㅣ使樂羊으로伐中山狄都克之ᄒᆞ야以封其子擊ᄒᆞ고文侯ㅣ問於群臣曰我ᄂᆞᆫ何如主오皆曰仁君이니이다任座ㅣ曰君이得中山ᄒᆞ샤不以封君之弟ᄒᆞ시고而以封君之子ᄒᆞ시니何謂仁君이리잇고

文侯ㅣ樂羊으로하여곰中山을伐ᄒᆞ야克ᄒᆞ야써그子擊을封ᄒᆞ고文侯ㅣ羣臣다려問ᄒᆞ여曰我ᄂᆞᆫ何如ᄒᆞᆫ主인고、다ᄀᆞᆯ오ᄃᆡ仁君이니이다任座ㅣ曰君이中山을得ᄒᆞ샤써君의弟를封치아니ᄒᆞ시고써 君의 子를封ᄒᆞ셧ᄉᆞ니엇지仁君이라謂ᄒᆞ리잇고

文侯ㅣ怒ᄒᆞ니任座ㅣ趨出이어ᄂᆞᆯ次問翟璜ᄒᆞᆫᄃᆡ 翟音冊璜音黃 對曰仁君也ㅣ니이다文侯ㅣ曰何以知之오對曰君仁則臣直이다ᄒᆞ니嚮者에任座之言이直이라是以知之ᄒᆞ노이다文侯ㅣ悅ᄒᆞ야使翟璜으로召任座而反之ᄒᆞ고親下堂迎之ᄒᆞ야爲上客ᄒᆞ다

文侯ㅣ怒ᄒᆞ니任座ㅣ趨ᄒᆞ야出ᄒᆞ거ᄂᆞᆯ次에翟璜에게問ᄒᆞᆫᄃᆡ對ᄒᆞ야曰仁君이니이다文侯ㅣ曰엇지써知ᄒᆞᄂᆞ뇨對ᄒᆞ여曰君이仁ᄒᆞᆫ則臣이直ᄒᆞ다ᄒᆞ니嚮者에任座의言이直ᄒᆞᆫ지라是로써知ᄒᆞ노이다文侯ㅣ悅ᄒᆞ야翟璜으로하여곰任座를召ᄒᆞ야反

謁 보릴알

ᄒᆞ고親히堂에下ᄒᆞ야迎ᄒᆞ야써上客을ᄉᆞᆷ다

子擊이出ᄒᆞᆯ서遭田子方於道ᄒᆞ야下車伏謁이어늘子方이不爲禮ᄒᆞᆫ대子擊이怒ᄒᆞ야謂子方曰富貴者ㅣ驕人乎아貧賤者ㅣ驕人乎아子方이曰亦貧賤者ㅣ驕人耳니富貴者ㅣ安敢驕人이리오

子擊이出ᄒᆞᆯ시田子方을道에서만나車에下ᄒᆞ야엽듸여謁ᄒᆞ거ᄂᆞᆯ子方이禮ᄒᆞ지아니ᄒᆞᆫ대子擊이怒ᄒᆞ야子方더러謂ᄒᆞ여曰富貴者ㅣ人을驕ᄒᆞᄂᆞᆫ가貧賤者ㅣ人을驕ᄒᆞᄂᆞᆫ가子方이曰또ᄒᆞᆫ貧賤ᄒᆞᆫ者ㅣ人을驕ᄒᆞᄂᆞ니富貴ᄒᆞᆫ者ㅣ엇지敢히人을驕ᄒᆞ리오

國君而驕人則失其國ᄒᆞ고大夫而驕人則失其家ᄒᆞᄂᆞ니失其國者ᄂᆞᆫ未聞有以國待之者也오失其家者ᄂᆞᆫ未聞有以家待之者也로라夫士ᄂᆞᆫ貧賤者ㅣ라言不用ᄒᆞ며行不合則納履而去耳니安往而不得貧賤哉리오子擊이乃謝之ᄒᆞ다

國君이고人을驕ᄒᆞᆫ則其國을失ᄒᆞ고大夫이고人을驕ᄒᆞᆫ則其家을失ᄒᆞᄂᆞ니其國을失ᄒᆞᄂᆞᆫ者ᄂᆞᆫ國으로써待ᄒᆞᆷ이有ᄒᆞ다ᄂᆞᆫ者를聞치못ᄒᆞ엿고其家를失ᄒᆞᄂᆞᆫ者ᄂᆞᆫ家로써待ᄒᆞᆷ이有ᄒᆞ다ᄂᆞᆫ者를聞치못ᄒᆞ얏노라무릇士ᄂᆞᆫ貧賤ᄒᆞᆫ者라言을用치아니며行

忿 분 분낼

(魏成)文侯弟也

(西門豹)西門複姓豹名也

(已拔)攻而擧之也若拔樹木并拔其根本也

이合지못ᄒᆞᆫ즉履를納ᄒᆞ고去ᄒᆞᆯ지니어듸를가기로시러곰貧賤치아니리오子擊이

이에謝ᄒᆞ다

文侯ㅣ謂李克曰先生이嘗有言曰家貧에思賢妻ᄒᆞ고國亂에思良相이라ᄒᆞ니今所置ᄂᆞᆫ非成則璜이니二子ㅣ何如오對曰居視其所親ᄒᆞ며富視其所與ᄒᆞ며達視其所擧ᄒᆞ며窮視其所不爲ᄒᆞ며貧視其所不取니五者에足以定之矣니이다文侯ㅣ曰先生은就舍ᄒᆞ라吾之相을定矣와라

文侯ㅣ李克더러謂ᄒᆞ야曰先生이일즉言이有ᄒᆞ야曰家ㅣ貧ᄒᆞᆷ에賢妻를思ᄒᆞ고國이亂ᄒᆞᆷ에良相을思ᄒᆞᆫ다ᄒᆞ니今에置ᄒᆞᆯ바ᄂᆞᆫ成이아니면즉璜이니二子ㅣ엇더ᄒᆞᆫ고對ᄒᆞ여曰居ᄒᆞᆷ에그親ᄒᆞᆫ바를視ᄒᆞ며富ᄒᆞᆷ에그與ᄒᆞᄂᆞᆫ바를視ᄒᆞ며達ᄒᆞᆷ에그擧ᄒᆞᄂᆞᆫ바를視ᄒᆞ며窮ᄒᆞᆷ에그爲치아니ᄒᆞᄂᆞᆫ바를視ᄒᆞ며貧ᄒᆞᆷ에그取치안ᄂᆞᆫ바를視ᄒᆞᆯ지니五者에足히써定ᄒᆞᆯ지니이다文侯ㅣ曰先生은舍로就ᄒᆞ라吾의相을定ᄒᆞ엿패라

李克이出에翟璜이曰君召卜相ᄒᆞ시니果誰爲之오克이曰魏成이니라

翟璜이忿然曰西河守吳起도臣所進也오君이內以鄴으로爲憂

鮒부어 睹부불도 (屈侯鮒)屈侯複姓鮒名也一說屈晋地時屬魏蓋魏封鮒屈侯 (以鄴爲憂)如河伯娶婦之類西門豹爲鄴令三老廷椽歛民錢巫行民小民家視好者聘女取如嫁女令居床席子을 璜황 上存之河上豹指巫女曰是女不好煩十巫入報河伯吏求好女使吏卒抱巫投之

어시늘臣이進西門豹호고君이欲伐中山이어시늘臣이進樂羊호고中山을已拔에無使守之어늘臣이進先生호고君之子ㅣ無傅어늘臣이進屈侯鮒호니以耳目之所睹記로臣이何負於魏成이리오

李克이出홈에翟璜이曰君이召호샤相을卜호셧스니果然누가되엿노克이曰魏成이니라翟璜이忿然호야曰西河守吳起도臣이進혼바이오君이內로鄴으로憂호시거늘臣이西門豹를進호고君이中山을伐코져호시거늘臣이樂羊을進호고中山을임의拔홈애하여곰守호리가無호거늘臣이先生을進호고君의子ㅣ傅가無호거늘臣이屈侯鮒를進호엿스니耳目의睹記호는바로써臣이엇지魏成에게負호리오

克이曰魏成은食祿千鍾에什九는在外호고什一은在內라是以로東得卜子夏田子方段干木호니此三人者는君皆師之호시고子所進五人은君皆臣之호시니子ㅣ惡得與魏成오로比也리오璜이再拜曰璜은鄙人이어라失對호니願卒爲弟子호노다

克이曰魏成은祿千鍾을食홈에什에九는外에在호고什에一은內에在혼지라是로以호야東으로卜子夏와田子方과段干木을得호니此三人인者는君이다師호시고

河中復以弟子投之凡三投豹曰是皆不能白煩三老人白之復投之良久欲使廷椽與豪長者趣之皆叩頭流血自此不敢復言

(取齊女)取娶也

(讒)참소할참

(母死不奔喪)起初與其母誓曰子遊擧他方不爲卿相不入衛城六載不歸親未幾聞其母死報起仰天三號旋即收淚誦讀如故

(曾曾絕

子의進호바五人은君이다臣호시니子ㅣ엇지시러곰魏成으로더브러比호리오璜이再拜호며日璜은鄙人이라對홈을失호엿스니맛도록弟子되기를願호노라

吳起者는衛人이라仕於魯러니齊人이伐魯어늘魯人이欲以爲將호되起取齊女호야爲妻라魯人이疑之어늘起ㅣ殺妻以求將호야大破齊師호다

吳起란者는衛人이라魯에仕호엿더니齊人이魯를伐호거늘魯人이써將을삼고져호되起가齊女를娶호야妻를삼은지라魯人이疑호거늘妻를殺호고써將을求호야크게齊師를破호다

或이譖之魯侯曰起ㅣ始事曾參이라가母死에不奔喪이어늘曾參이絕之러시니今에又殺妻以求爲君將호니起는殘忍薄行人也오且以魯國區區而有勝敵之名則諸侯ㅣ圖魯矣리이다혼대起ㅣ恐得罪호야聞魏文侯賢호고乃往歸之호니

或이魯侯에게譖호여曰起가비로소曾參를事호다가母가死호되喪에奔치안커늘曾參이絕호엿더시니今에또妻를殺호야써君의將되기를求호니起는殘忍호고薄行호人이라또魯國區區홈으로써敵을勝호엿다는名이有호則諸侯ㅣ魯를圖호리

之) 曾叅怒曰吳起不奔喪忘本之人夫

穰 픙년 양

苴 쌀 저 水無本則渴 木無本則折 人無本而無能令終乎 起非吾徒矣 命弟子絶之

裹 쌀 과

嬴 멜 영

(司馬穰苴)司馬官名穰齊本齊田姓仕齊爲是官故以稱之齊景公賢將也

吮 쌜 연

疽 등창 저

이다ᄒᆞᆫ대 起가 得罪ᄒᆞᆯ가 恐ᄒᆞ야 魏文侯의 賢ᄒᆞᆷ을 聞ᄒᆞ고 이에 往ᄒᆞ야 歸ᄒᆞ니

文侯ㅣ 問諸李克ᄒᆞᆫᄃᆡ 克이 曰起는 貪而好色이나 然이나 用兵은 司馬穰苴라도 弗能過也ㅣ리이다 於是에 文侯ㅣ 以爲將ᄒᆞ야 擊秦拔五城ᄒᆞ다

文侯ㅣ 李克에게 問ᄒᆞᆫ대 克이 曰 起ᄂᆞᆫ 貪ᄒᆞ고 色을 好ᄒᆞ나 然이나 用兵은 司馬穰苴라도 能히 過치 못ᄒᆞ리이다 이에 文侯ㅣ 써 將을 삼어 秦을 擊ᄒᆞ야 五城을 拔ᄒᆞ다

起之爲將에 與士卒最下者로 同衣食ᄒᆞ고 臥不設席ᄒᆞ며 行不騎乘ᄒᆞ고 親裹嬴糧ᄒᆞ야 與士卒로 分勞苦러라

起가 將이 됨에 士卒의 最下者로 더부러 衣食을 同히 ᄒᆞ고 臥ᄒᆞᆷ에 席을 設치 아니ᄒᆞ며 行ᄒᆞᆷ에 騎ᄒᆞ고 乘ᄒᆞ지 아니ᄒᆞ고 親히 裹ᄒᆞ야 糧을 매여 士卒로 더부러 勞苦를 分ᄒᆞ더라

卒에 有病疽者어늘 起爲吮之ᄒᆞ니 卒母ㅣ 聞而哭之ᄒᆞᆫᄃᆡ 人이 曰子는 卒也라 而將軍이 自吮其疽ᄒᆞ니 何哭爲오 母ㅣ 曰往年에 吳公이 吮其父ᄒᆞ니 其父ㅣ 戰不旋踵ᄒᆞ야 遂死於敵이러니 吳公이 今又吮其子ᄒᆞ니 妾은 不知其死所矣라 是以哭之ᄒᆞ노라

踵발굼치종 (騎乘)騎馬乘車也 (贏糧)親裏士卒所贏擔之糧也

卒에종긔알는者ㅣ有ᄒᆞ거늘起ㅣ爲ᄒᆞ야吮ᄒᆞ니卒의母ㅣ聞ᄒᆞ고哭ᄒᆞᆫᄃᆡ人이曰子는卒이라將軍이ᄉᆞᄉᆞ로그疽를吮ᄒᆞ니엇지ᄒᆞ야哭ᄒᆞᄂᆞ뇨母ㅣ曰往年에吳公이그父를吮ᄒᆞ니其父ㅣ戰에셔踵을旋치못ᄒᆞ야드대여敵에게死ᄒᆞ엿더니吳公이今에ᄯᅩ其子를吮ᄒᆞ니妾은그死ᄒᆞᆯ곳을知치못ᄒᆞᆯ지라이로써哭ᄒᆞ노라

(己卯)二十四年이라王이崩ᄒᆞ고子安王驕ㅣ立ᄒᆞ다

二十四年이라王이崩ᄒᆞ고子安王驕ㅣ立ᄒᆞ다

安王名驕威烈王子在位二十六年

(庚寅)十一年이라田和ㅣ遷齊康公於海上ᄒᆞ고使食一城ᄒᆞ야奉先祀ᄒᆞ다

十一年이라田和가齊康公을海上에遷ᄒᆞ고하여곰一城을食ᄒᆞ야先祀를奉케ᄒᆞ다

(壬辰)十三年이라齊田和ㅣ求爲諸侯어늘魏文侯ㅣ爲之請於王及諸侯ᄒᆞ니王이許之ᄒᆞ다

十三年이라齊田和ㅣ諸侯되기를求ᄒᆞ거늘魏文侯ㅣ爲ᄒᆞ야王과밋諸侯에게請ᄒᆞ니王이許ᄒᆞ다

蠡 조리 려

(三苗)黃帝時夏官縉雲氏之後也

(甲午)十五年이라魏文侯ㅣ薨ᄒᆞ고太子擊이立ᄒᆞ니是爲武侯라武侯ㅣ浮西河而下中流ᄒᆞ서顧謂吳起曰美哉라山河之固여此ᄂᆞᆫ魏國之寶也로다對曰在德이오不在險이니이다

十五年이라魏文侯ㅣ薨ᄒᆞ고太子擊이立ᄒᆞ니이武侯ㅣ되ᄂᆞᆫ지라武侯ㅣ西河에浮ᄒᆞ야中流로下ᄒᆞᆯ서吳起를도라보고일너曰美ᄒᆞ다山河의固ᄒᆞᆷ이여이ᄂᆞᆫ魏國의寶ㅣ로다對ᄒᆞ야曰德에在ᄒᆞ고險에在치아니ᄒᆞ니이다

昔에三苗氏ᄂᆞᆫ(釋義國在江南荊揚之間恃險爲亂者也)左洞庭이오(釋義在岳州巴陵西西吞赤沙南連靑草橫亘七八百里)右彭蠡로ᄃᆡ(釋義在豫章彭澤縣東即鄱陽湖也)德義不修어ᄂᆞᆯ禹ㅣ滅之ᄒᆞ시고夏桀之居ᄂᆞᆫ(釋義河南東鞏縣)左河濟오(釋義兗州之城東南據濟西北據河)右泰華오(釋義泰太通山在弘農華陰縣)伊闕이在其南ᄒᆞ고(釋義闕塞山一名伊闕俗稱龍門禹所闕也禹疏龍門以通水兩山相對望之若闕然伊水歷其間故名伊闕)羊腸이在其北ᄒᆞ되(釋義羊腸山在太原羊腸阪在懷州)修政不仁이어ᄂᆞᆯ湯이放之ᄒᆞ시고商紂之國은(釋義在泰山之陽今商洛縣也)左孟門이오(釋義今石州孟門縣)右泰行이오(釋義在河內山陽縣)常山이在其北ᄒᆞ고大河ㅣ經其南ᄒᆞ되修政不德이어ᄂᆞᆯ武王이殺之ᄒᆞ시니由此觀之컨ᄃᆡ在德이오不在險이니이若君不修德이면舟中之人이皆敵國也ㅣ니이다

武侯ㅣ曰善다

(與起)如起也

嚮향할향

(賓從)賓猶敬也

昔에三苗氏는左는洞庭이오右는彭蠡로되德義를修치아니ᄒᆞ거늘禹ㅣ滅ᄒᆞ시고夏의桀居는左는河濟오右는泰華오伊闕이其南에在ᄒᆞ고羊腸이其北에在호대政을修홈을仁치못ᄒᆞ게ᄒᆞ거늘湯이放ᄒᆞ시고商紂의國은左는孟門이오右는太行이오常山이其北에在ᄒᆞ고大河가其南에經호대政을修홈을德업시ᄒᆞ거늘武王이殺ᄒᆞ셧스니此로由ᄒᆞ야觀ᄒᆞ건ᄃᆡ德에在ᄒᆞ고險에在치아니ᄒᆞ니만약君이德을修치아니ᄒᆞ면舟中의人이다敵國이니이다武侯ㅣ曰善다

魏ㅣ置相ᄒᆞᆯ서相田文ᄒᆞ니吳起ㅣ不悅ᄒᆞ야謂田文曰請與子論功이可乎아田文이曰可ᄒᆞ다

魏ㅣ相을置ᄒᆞᆯ식田文을相ᄒᆞ니吳起ㅣ悅치아니ᄒᆞ야田文다려일너曰請컨ᄃᆡ子로더부러功을論홈이可ᄒᆞ냐田文이曰可ᄒᆞ다

起ㅣ曰將三軍ᄒᆞ야使士卒로樂死ᄒᆞ고敵國이不敢謀는子孰與起오文이曰不如子로라起ㅣ曰治百官ᄒᆞ며親萬民ᄒᆞ며實府庫는子孰與起오文이曰不如子로라起ㅣ曰守西河而秦兵이不敢東嚮ᄒᆞ고韓魏ㅣ賓從은子孰與起오文이曰不如子로다

起ㅣ曰三軍을거나려士卒로하야곰死를樂ᄒᆞ고敵國이敢히謀치못ᄒᆞᆷ은子ㅣ누가起갓ᄒᆞᆫ고文이曰子만갓지못호라起ㅣ曰百官을治ᄒᆞ며萬民을親ᄒᆞ며府庫를實ᄒᆞᆷ은子ㅣ누가起갓ᄒᆞᆫ고文이曰子만갓지못호라起ㅣ曰西河를守ᄒᆞᆷ에秦兵이敢히東으로鄕치못ᄒᆞ고韓魏가賓ᄒᆞ야從ᄒᆞᆷ은子ㅣ누가起와갓ᄒᆞᆫ고文이曰子만갓지못호라

起ㅣ曰此三者는子ㅣ皆出吾下而位加吾上은何也오文이曰主少國疑에大臣이未附ᄒᆞ고百姓이不信ᄒᆞ니方是之時ᄒᆞ야屬之子乎아屬之我乎아（屬音燭聽也 猶言附着）起ㅣ默然良久에曰屬之子矣리라

起ㅣ曰이三者는子가다吾下에出호대位가吾上에加ᄒᆞᆷ은何인고文이曰主가少ᄒᆞ고國이疑ᄒᆞᆷ에大臣이附치못ᄒᆞ고百姓이信치안으니니ᄯᅢ를당ᄒᆞ야子의게屬ᄒᆞᆯ가我에게屬ᄒᆞᆯ가起ㅣ默然ᄒᆞ고한참잇다가曰子에게屬ᄒᆞ리라

久之오魏武侯ㅣ疑之어늘起ㅣ懼誅ᄒᆞ야遂奔楚ᄒᆞ니楚悼王이素聞其賢이라至則任之爲相ᄒᆞ니起ㅣ明法審令ᄒᆞ야捐不急之官ᄒᆞ고廢公族疏遠者ᄒᆞ야以撫養戰鬪之士ᄒᆞ니要在强兵이라破遊說之言從

悼 슯흘 도 悼王名類（遊說飾辯辭設詐謀馳逐於天下以要時勢者也 說 달닐 세

(却)退也

(齊康公)名貸也

橫者ᄒᆞ다

오래미魏武侯ㅣ疑하거늘起ㅣ誅홀가懼ᄒᆞ야드듸여楚로奔ᄒᆞ니楚悼王이본대그賢홈을聞ᄒᆞᆫ지라至ᄒᆞᆫ則任ᄒᆞ야相을ᄉᆞᆷ으니起ㅣ法을明ᄒᆞ고令을審ᄒᆞ야不急의官을損ᄒᆞ고公族의跡遠ᄒᆞᆫ者를廢ᄒᆞ야써戰鬪의士를撫養ᄒᆞ니要가兵을强케홈에在홈이라遊說의從橫을言ᄒᆞᄂᆞᆫ者를破ᄒᆞ다

於是에南平百越ᄒᆞ고(越有百邑故曰百越)北却三晉ᄒᆞ고西伐秦ᄒᆞ니諸侯ㅣ皆患楚之彊而楚之貴戚大臣이多怨吳起者러라

이에南으로百越을平ᄒᆞ고北으로三晉을却ᄒᆞ고西으로秦을伐ᄒᆞ니諸侯ㅣ다楚의彊홈을患ᄒᆞ고楚의貴戚大臣이吳起를怨ᄒᆞᄂᆞᆫ者ㅣ多ᄒᆞ더라

(乙未)十六年이라初命齊大夫田和ᄒᆞ야爲諸侯ᄒᆞ다

十六年이라처음으로齊大夫田和를命ᄒᆞ야諸侯를ᄉᆞᆷ다

(庚子)二十一年이라楚悼王이薨커늘貴戚大臣이作亂ᄒᆞ야攻殺起ᄒᆞ다

二十一年이라楚悼王이薨커늘貴戚大臣이亂을作ᄒᆞ야攻ᄒᆞ야起를殺ᄒᆞ다

(壬寅)二十三年이라齊康公이薨ᄒᆞ니無子ㅣ라田氏ㅣ遂幷齊而有之

(乘)兵車一乘甲十三人步卒七十二人

匠 공쟝이장 杞 가리나무그

梓 (連抱)兩人方合圍 피무지알나 卵 란

ᄒᆞ다

二十三年이라齊康公이薨ᄒᆞ니子ㅣ無ᄒᆞᆫ지라田氏드대여齊ᄅᆞᆯ幷ᄒᆞ여두다

(甲辰)二十五年이라子思ㅣ言苟變於衛侯曰其材ㅣ可將五百乘이니이다公이曰吾知其可將이나然이나變也ㅣ嘗爲吏ᄒᆞ야賦於民而食人二鷄子故로弗用也ᄒᆞ노라子思ㅣ曰夫聖人之官人이猶匠之用木也ᄒᆞ야取其所長ᄒᆞ고棄其所短故로杞梓連抱而有數尺之朽라도良工은不棄ᄒᆞᄂᆞ니今君이處戰國之世ᄒᆞ야選爪牙之士而以二卵으로棄干城之將ᄒᆞ시니此ᄂᆞᆫ不可使聞於隣國也ㅣ로소이다公이再拜曰謹受教矣리이다

二十五年이라子思ㅣ苟變을衛侯에게言ᄒᆞ야曰其材가可히五百乘을將ᄒᆞᆯ만ᄒᆞ니이다公이曰吾ㅣ그可히將ᄒᆞᆯ만ᄒᆞᆷ은知ᄒᆞ나然ᄒᆞ나變이일즉吏가되여民에賦ᄒᆞ고人의二미鷄子ᄅᆞᆯ食ᄒᆞᆫ故로用치안노라子思ㅣ曰무릇聖人이人을官ᄒᆞᆷ이匠이木을用ᄒᆞᆷ과猶ᄒᆞ야그長ᄒᆞᆫ바ᄅᆞᆯ取ᄒᆞ고그短ᄒᆞᆫ바ᄅᆞᆯ棄ᄒᆞᄂᆞᆫ故로杞와梓가抱ᄅᆞᆯ連ᄒᆞ고數尺의朽ᄒᆞᆷ이有ᄒᆞᆯ지라도良工은棄치안나니今에君이戰國의世에處ᄒᆞ야瓜牙의士

讚 기릴 찬　闇 어두울 암　諛 아당할 유　諂 아당할 쳠　衒 아쳠할 쳔
(國無類) 言亡也

를選ᄒᆞᆯ시 二卵으로써干城의將을棄ᄒᆞ시니此는可히하여곰隣國에聞케ᄒᆞᆯ슈업ᄂᆞ
이다公이두번拜ᄒᆞ고日謹ᄒᆞ야敎ᄒᆞ심을受ᄒᆞ리이다

衛侯ㅣ言計非是호대 而羣臣和(去聲稱善也)者ㅣ 如出一口ᄒᆞ니 子思ㅣ曰 以吾觀衛컨ᄃᆡ 所謂君不君臣不臣者也로다 夫不察事之是非而悅人讚己ᄒᆞ니 闇莫甚焉이오 不度(音鐸) 理之所在而阿諛求容ᄒᆞ나 諂莫甚焉이라 君闇臣諂ᄒᆞ야 以居百姓之上이면 民不與也니 若此不已면 國無類矣리이다

衛侯ㅣ計를言ᄒᆞᆷ이是치아니호대群臣의和ᄒᆞᄂᆞᆫ者ㅣ一口에서出ᄒᆞᆷ과如ᄒᆞ니子思ㅣ曰吾로써衛를觀ᄒᆞ건대이른바君이君이아니오臣이臣이아닌者로다무릇事의옳코그른것을察치아니ᄒᆞ고人이已를讚ᄒᆞᆷ을悅ᄒᆞ니闇ᄒᆞᆷ이이만치甚ᄒᆞᆷ이업고理의在ᄒᆞᆫ바를度치아니ᄒᆞ고阿諛ᄒᆞ고求容ᄒᆞ니諂ᄒᆞᆷ이이만치甚ᄒᆞᆷ이업ᄂᆞᆫ지라君이闇ᄒᆞ고臣이諂ᄒᆞ야써百姓의上에居ᄒᆞ면民이與치아니ᄒᆞ리니이갓기를마지아니ᄒᆞ면國에類가無ᄒᆞ리ᄂᆞ이다

子思ㅣ言於衛侯曰君之國事ㅣ 將日非矣로소이다 君이出言에 自

矯 바로잡을 교 (矯)正其曲也

雌 암컷 자

雄 숫것 웅

(靖公)名俱酒

(家人)居家之人也無官職也

以爲是而卿大夫ㅣ 莫敢矯其非ᄒᆞ고 卿大夫ㅣ 出言에 自以爲是而士庶人이 莫敢矯其非ᄒᆞ니 君臣이 旣自賢矣어늘 而羣下ㅣ同聲賢之ᄒᆞ니 賢之則順而有福ᄒᆞ고 矯之則逆而有禍ᄒᆞ니 如此則善安從生이리잇고 詩曰具曰予聖이여ᄒᆞ니 誰知烏之雌雄고ᄒᆞ니 抑亦似君之君臣乎닌뎌

子思ㅣ衛侯다려言ᄒᆞ야曰君의國事ㅣ장찻日로非ᄒᆞ도소이다君이言을出홈에스사로써是ᄒᆞ다ᄒᆞ면卿大夫ㅣ敢히 그非홈을矯치못ᄒᆞ고卿大夫ㅣ言을出홈에스ᄉᆞ로써是ᄒᆞ다ᄒᆞ면士庶人이敢히 그非홈을矯치못ᄒᆞ니君臣이임의스ᄉᆞ로賢ᄒᆞ거늘羣下ㅣ聲을同히ᄒᆞ야賢ᄒᆞ다ᄒᆞ니賢ᄒᆞ다ᄒᆞᆫ즉順ᄒᆞ야福이有ᄒᆞ고矯ᄒᆞᆫ즉逆ᄒᆞ야禍가有ᄒᆞ니此와如ᄒᆞᆫ則善이어듸로從ᄒᆞ야生ᄒᆞ리잇고詩에曰다갈오대予가聖ᄒᆞ다ᄒᆞ거니誰가烏의雌雄을知ᄒᆞ리오ᄒᆞ니믄득또ᄒᆞᆫ君의君臣과似ᄒᆞᆫ인뎌

(乙巳)二十六年이라王이崩ᄒᆞ고子烈王喜ㅣ立ᄒᆞ다

二十六年이라王이崩ᄒᆞ고子烈王喜ㅣ立ᄒᆞ다

韓魏趙ㅣ共廢晉靖公ᄒᆞ야爲家人而分其地ᄒᆞ다 初三家分晉尙以靖公食一城至此共廢奪之

韓魏趙ㅣᄒᆞᆫ가지晉靖公을廢ᄒᆞ야家人을삼고그地를分ᄒᆞ다

(齊威王)田和也簒齊者

(人民給)給贍也

闢 열벽

餒 쥬릴 뇌

鄄 ᄯᅡ일홈 견

幣 폐ᄇᆡᆨ 폐

烹 ᄉᆞᆲ을 ᄑᆡᆼ

烈王(名喜安王子) 在位七年

(辛亥)六年이라齊威王이來朝ᄒᆞ다是時에周室이微弱ᄒᆞ야諸侯ㅣ莫朝而齊獨朝之ᄒᆞ니天下ㅣ以此로益賢威王ᄒᆞ더라

六年이라齊威王이와서朝ᄒᆞ다이ᄯᅢ에周室이微弱ᄒᆞ야諸侯ㅣ朝ᄒᆞ리가업되齊가홀노朝ᄒᆞ니天下ㅣ此로써더욱威王을賢이여기더라

威王이召卽墨大夫ᄒᆞ야語之(卽墨城在膠州)曰自子之居卽墨也로毁言이日至어늘吾ㅣ使人視卽墨ᄒᆞ니田野ㅣ闢ᄒᆞ고人民이給ᄒᆞ고官無事ᄒᆞ야東方이以寧ᄒᆞ니是는子ㅣ不事吾左右ᄒᆞ야以求助也ㅣ라ᄒᆞ고封之萬家ᄒᆞ고召阿大夫ᄒᆞ야語之(阿城在東平州)曰自子守阿로譽言이日至어늘吾ㅣ使人視阿ᄒᆞ니田野ㅣ不闢ᄒᆞ고人民이貧餒ᄒᆞ고昔日에趙攻鄄ᄒᆞᄃᆡ(書絹鄄城屬濮州)子ㅣ不救ᄒᆞ고衛取薛陵ᄒᆞᄃᆡ子ㅣ不知ᄒᆞ니是는子ㅣ厚幣事吾左右ᄒᆞ야以求譽也ㅣ라ᄒᆞ고是日에烹阿大夫及左右嘗譽者ᄒᆞ니於是에羣臣이悚

(情)實也

飾 ᄭᅮ밀 식

扁 ᄶᅩᆨ지 편

遇 ᄃᆡ접할 우 (孝公)周

渠

(彊國六)韓魏趙齊楚燕也

泗 ᄉᆞ수

懼ᄒᆞ야莫敢飾非ᄒᆞ고務盡其情ᄒᆞ니齊國이大治ᄒᆞ야彊於天下ᄒᆞ더라

威王이卽墨大夫를召ᄒᆞ야語ᄒᆞ야曰子ㅣ卽墨에居홈으로브터毁言이日로至ᄒᆞ거늘吾ㅣ人으로하여곰卽墨을視ᄒᆞ니田野ㅣ闢ᄒᆞ고人民이給ᄒᆞ고官에事가無ᄒᆞ야東方이써寧ᄒᆞ니이는子ㅣ吾의左右를事ᄒᆞ야써助를求ᄒᆞ지아니홈이라ᄒᆞ고萬家를封ᄒᆞ고阿大夫를召ᄒᆞ야語ᄒᆞ야曰子ㅣ阿를守홈으로브터譽言이日로至ᄒᆞ거늘吾ㅣ人으로하여곰阿를視ᄒᆞ니田野ㅣ闢치못ᄒᆞ고人民이貧餒ᄒᆞ고昔日에趙ㅣ鄄을攻ᄒᆞᄃᆡ子ㅣ救안코衛가薛陵을取ᄒᆞᄃᆡ子ㅣ知치못ᄒᆞ엿ᄉᆞ니이는子ㅣ幣을厚히ᄒᆞ야吾의左右를事ᄒᆞ야써譽를求홈이라ᄒᆞ고이날에阿大夫와밋左右에甞히譽ᄒᆞ던者를烹ᄒᆞ니이에群臣이悚ᄒᆞ고懼ᄒᆞ야敢히非홈을飾지못ᄒᆞ고힘써其情을다ᄒᆞ니齊國이크게治ᄒᆞ야天下에彊ᄒᆞ더라

(壬子)七年이라王이崩ᄒᆞ고弟顯王扁이立ᄒᆞ다

七年이라王이崩ᄒᆞ고아오顯王扁이셔다

顯王(名扁烈王之弟)在位四十八年이라

(己未)七年이라秦孝公이立ᄒᆞ다是時에河山以東에彊國이六이오淮泗之間에小國이十餘라楚魏ㅣ與秦接界ᄒᆞ야皆以夷狄으로遇秦

擯 물니칠 빈
(小國十餘若宋魯鄒滕薛等國齊威王所謂泗上十二諸侯也)
(會盟)諸侯有事則會有疑則盟也
(公孫鞅)衛之庶孫也
鞅 곱비 앙
嬖 고일 폐

擯斥之ᄒᆞ야 不得與音預 中國之會盟ᄒᆞ니 於是에 孝公이 發憤ᄒᆞ야 布德修政ᄒᆞ야 欲以彊秦이러라

七年이라秦孝公이立ᄒᆞ니이ᄯᅢ에河山써東에彊國이六이오淮泗의間에小國이十餘라楚와魏ㅣ秦으로더부러界를接ᄒᆞ야夷狄으로써秦을待遇ᄒᆞ야버려내쳐中國의會盟ᄒᆞᆷ에참예ᄒᆞᆷ을得지못ᄒᆞ게ᄒᆞ니이에孝公이憤을發ᄒᆞ야德을布ᄒᆞ고政을修ᄒᆞ야써秦을彊케ᄒᆞ고져ᄒᆞ더라

(庚申)八年이라 孝公이 令國中曰賓客羣臣에 有能出奇計彊秦者면 吾且尊官ᄒᆞ고 與之分土ᄒᆞ리라 分別也凡裂土以封諸侯其受封者各有分地 於是에 衛公孫鞅이 公孫氏鞅名也 聞令ᄒᆞ고 乃西入秦ᄒᆞ야 因嬖臣景監ᄒᆞ야 嬖臣便幸近習之人也景監姓名楚之族 以求見孝公ᄒᆞ고 說以富國彊兵之術ᄒᆞᆫᄃᆡ 公이 大悅ᄒᆞ야 與議國事ᄒᆞ다

八年이라孝公이國中에令ᄒᆞ야曰賓客羣臣에能히奇計를出ᄒᆞ야秦을彊케ᄒᆞᆯ者ㅣ有ᄒᆞ면ᄂᆡᄯᅩ官을尊ᄒᆞ고土를난호어쥬리라이에衛公孫鞅이令을聞ᄒᆞ고이에西으로秦에入ᄒᆞ야嬖臣景監을因ᄒᆞ야써孝公보기를求ᄒᆞ고國을富케ᄒᆞ고兵을彊케ᄒᆞ는術로써달ᄂᆡᆫᄃᆡ公이크게悅ᄒᆞ야더부러國事를議ᄒᆞ다

(甘龍)姓名也

溺ᄲᅡ질의

(不肖者拘焉)不肖者不明變通而輒拘制不使之行

更고칠경

拘거릴질구

(壬戌)十年이라衛鞅이欲變法호ᄃᆡ秦人이不悅이어늘衛鞅이言於秦孝公曰夫民은不可與慮始오而可與樂(音洛)成이라論至德者ᄂᆞᆫ不和於俗ᄒᆞ고成大功者ᄂᆞᆫ不謀於衆ᄒᆞᄂᆞ니是以로聖人이苟可以强國인대不法其故ㅣ니이다甘龍이曰不然ᄒᆞ다緣法而治者ᄂᆞᆫ吏習而民安之니라

十年이라衛鞅이法을變코저호ᄃᆡ秦人이悅치안커늘衛鞅이秦孝公에게言ᄒᆞ야曰무릇民은可히더브러始ᄅᆞᆯ慮ᄒᆞᆯ슈업고可히더부러成을樂ᄒᆞᆯ지라至德을論ᄒᆞᄂᆞᆫ者ᄂᆞᆫ俗에和치아니ᄒᆞ고大功을成ᄒᆞᄂᆞᆫ者ᄂᆞᆫ衆에謀치안ᄂᆞ니이로써聖人이진실로可히써國을强케ᄒᆞᆯ진ᄃᆡ其故ᄅᆞᆯ法ᄒᆞ지안ᄂᆞ이다甘龍이曰그러치안타法을緣ᄒᆞ야治ᄒᆞᄂᆞᆫ者ᄂᆞᆫ吏가習ᄒᆞ고民이安ᄒᆞᄂᆞ니라

衛鞅이曰常人은安於故俗ᄒᆞ고學者ᄂᆞᆫ溺於所聞ᄒᆞᄂᆞ니以此兩者로居官守法은可也어니와非所與論於法之外也라智者ㅣ作法에愚者ㅣ制焉ᄒᆞ고賢者ㅣ更禮에不肖者ㅣ拘焉이니이다公曰善타ᄒᆞ고以衛鞅으로爲左庶長ᄒᆞ야卒定變法之令ᄒᆞ다

衛鞅이曰常人은故俗에安ᄒᆞ고學者ᄂᆞᆫ所聞에溺ᄒᆞᄂᆞ니이兩者로써官에居ᄒᆞ야法

(同賞)謂告奸一人則得爵一級故 (同罰)降敵者誅其身沒其家

僇 아오를륙 芬 쏫다울분

을守홈은可ᄒᆞ거니와더부러法의外ᄂᆞᆫ論홀바이아니라智者ㅣ法을作홈에愚者ㅣ制ᄒᆞ고賢者ㅣ禮를更홈에不肖者ㅣ拘ᄒᆞᄂᆞ니이다公이曰善타ᄒᆞ고衛鞅으로써左庶長을삼어맛참ᄂᆡ變法의令을定ᄒᆞ다

令民으로爲什伍而相收司連坐ᄒᆞ되(釋義什伍者五家爲保十家相連一家有罪九家舉發否則十家連坐也司猶管也使之相收相管也)告姦者ᄂᆞᆫ與斬敵首로同賞ᄒᆞ고不告姦者ᄂᆞᆫ與降(音杭)敵으로同罰ᄒᆞ고有軍功者ᄂᆞᆫ各以率(音律)로受上爵ᄒᆞ고爲私鬪者ᄂᆞᆫ各以輕重으로被刑ᄒᆞ고大小ㅣ僇力ᄒᆞ야(僇戮同幷力也)本業耕織ᄒᆞ야致粟帛多者ᄂᆞᆫ復其身ᄒᆞ고(釋義復音福除也謂除免其身役)事末利ᄒᆞ며(釋義事務也末利工商也)及怠而貧者ᄂᆞᆫ舉以爲收孥ᄒᆞ고(釋義孥妻子也言收錄其妻子沒爲官奴婢也)有功者ᄂᆞᆫ顯榮ᄒᆞ고無功者ᄂᆞᆫ雖富나無所芬華러라

民으로ᄒᆞ야곰什五를ᄒᆞ야서로거두고관리ᄒᆞ야坐에連케ᄒᆞ되姦을告ᄒᆞᄂᆞᆫ者ᄂᆞᆫ敵首를斬홈으로더부러賞을同히ᄒᆞ고姦을告치안ᄂᆞᆫ者ᄂᆞᆫ降敵으로더부러罰을同히ᄒᆞ고軍功이有ᄒᆞᆫ者ᄂᆞᆫ各各率로써上爵을受케ᄒᆞ고私鬪ᄒᆞᄂᆞᆫ者ᄂᆞᆫ各各輕重으로써刑을被케ᄒᆞ고大小가力을僇ᄒᆞ야耕과織을本業ᄒᆞ야粟과帛을致ᄒᆞ기를多히ᄒᆞᄂᆞᆫ者ᄂᆞᆫ그身을復ᄒᆞ고末利를事ᄒᆞ며밋怠ᄒᆞ고貧ᄒᆞᆫ者ᄂᆞᆫ드러써孥를收ᄒᆞ고功이有ᄒᆞᆫ者ᄂᆞᆫ榮을顯ᄒᆞ고功이無ᄒᆞᆫ者ᄂᆞᆫ비록富ᄒᆞ나芬華홀바가無ᄒᆞ더라

募 모집할모
恠 괴이할괴
(募民)以財招之
(十金)泰以一鎰爲一金漢以一斤爲一金一鎰即二十四兩也

黥 자자경
拾 주을습
怯 겁낼겁

令을既具未布라恐民之不信ᄒᆞ야乃立三丈之木於國都市南門ᄒᆞ고募民호ᄃᆡ有能徙置北門者면予十金호리라民이恠之ᄒᆞ야莫敢徙어ᄂᆞᆯ復曰能徙者ㅣ면予五十金호리라有一人이徙之어ᄂᆞᆯ輒予五十金ᄒᆞ고乃下令ᄒᆞ다

令을님의具호ᄃᆡ布치못ᄒᆞᆫ지라民이信치아니ᄒᆞᆯ가恐ᄒᆞ야이에三丈의木을國都市南門에立ᄒᆞ고民을募호ᄃᆡ能히옴겨北門에置ᄒᆞᄂᆞᆫ者ㅣ有ᄒᆞ면十金을주리라民이恠히여겨감히옴기지못ᄒᆞ거ᄂᆞᆯ다시ᄀᆞᆯ오ᄃᆡ能히옴기ᄂᆞᆫ者면五十金을쥬리라一人이徙ᄒᆞᆫ이가有ᄒᆞ거ᄂᆞᆯ믄득五十金을쥬고이에令을나리다

令行朞年에秦民이之國都ᄒᆞ야言新令之不便者ㅣ以千數러라於是에太子ㅣ犯法이어ᄂᆞᆯ衛鞅이曰法之不行은自上犯之니太子ᄂᆞᆫ君嗣也라不可施刑이라ᄒᆞ고刑其傅公子虔ᄒᆞ고黥其師公孫賈ᄒᆞ니明日에秦人이皆趨令ᄒᆞ야行之十年에秦國이道不拾遺ᄒᆞ고山無盜賊ᄒᆞ고民이勇於公戰ᄒᆞ고怯於私鬪ᄒᆞ니鄕邑이大治ᄒᆞ더라

令이行ᄒᆞᆫ지朞年에秦民이國都에之ᄒᆞ야新令이不便ᄒᆞ다言ᄒᆞᄂᆞᆫ者ㅣ千으로써數ᄒᆞᆯ너라이에太子ㅣ法을犯ᄒᆞ나衛鞅이曰法의行치못ᄒᆞᆷ은上으로브터犯ᄒᆞᆷ이니太

(魏惠王) 名罃即孟子所謂梁惠王也

子는君의嗣라可히刑을施치못혼다ᄒᆞ고其傅公子虔을刑ᄒᆞ고其師公孫賈를黥ᄒᆞ니明日에秦人이다令을趨ᄒᆞ야行혼지十年에秦國이道에遺혼을拾치아니ᄒᆞ고山에盜賊이無ᄒᆞ고民이公戰에勇ᄒᆞ고私鬪에怯ᄒᆞ니鄕邑이크게治ᄒᆞ더라

秦民이初言令不便者ㅣ有來言令便者어늘衛鞅이曰此는皆亂法之民也라ᄒᆞ고盡遷之於邊ᄒᆞ니其後에民莫敢議令이러라

秦民이初에令이不便ᄒᆞ다言ᄒᆞ든者ㅣ來ᄒᆞ야令이便ᄒᆞ다ᄒᆞᄂᆞᆫ者ㅣ有ᄒᆞ거ᄂᆞᆯ衛鞅이曰이것은다法을亂ᄒᆞᄂᆞᆫ民이라ᄒᆞ고다邊에遷ᄒᆞ니그後에民이敢히令을議치못ᄒᆞ더라

(温公)曰夫信者、人君之大寶也、國保於民、民保於信、非信、無以使民、非民、無以守國、是故、古之王者、不欺四海、覇者、不欺四鄰、善爲國者、不欺其民、善爲家者、不欺其親、不善者、反之、欺其鄰國、欺其百姓、甚者、欺其兄弟、欺其父子、上不信下、下不信上、上下離心、以至於敗、所利、不能藥其所傷、所獲、不能補其所亡、豈不哀哉、昔、齊桓公、不背曹沫之盟、晉文公、不貪伐原之利、魏文侯、不棄虞人之期、秦孝公、不廢徙木之賞、此四君者、道非粹白而商君、尤稱刻薄、又處戰功之世、天下趨於詐力、猶且不忘信、以畜其民、況爲四海治平之政者哉

(丙寅)十四年이라齊威王魏惠王이會田於郊할새(釋義田畋同 郊縣屬沛郡)惠王이曰齊亦有寶乎아威王이曰無有로라惠王이曰寡人은國이雖小나ㅣ

徑 지날경 枚 낫ᄆᆡ 田取禽也獵去禽獸害稼者以田言之(徑寸)徑長也出莊子

檀 박달단 盼 흘겨볼분 黔 검을검

(燕)姬姓伯爵周武王封召公於燕而傳三十三世爲秦所滅召公文王庶子

慚 붓그럼참

尙有徑寸之珠ㅣ照車前後各十二乘者ㅣ十枚니豈以齊大國而無寶乎리오

十四年이라齊威王과魏惠王이郊에會ᄒᆞ야산양ᄒᆞᆯ식惠王이曰齊에또ᄒᆞᆫ寶가有ᄒᆞᆫ가威王이曰업노라惠王이曰寡人은國이비록小ᄒᆞ나尙히徑寸의珠ㅣ車의前後에各十二乘에照ᄒᆞᄂᆞᆫ者ㅣ十枚가有ᄒᆞ거니엇지齊大國으로써寶가無ᄒᆞ리오

威王曰이寡人之所以爲寶者ᄂᆞᆫ與王으로異ᄒᆞ니吾臣에有檀子者ᄒᆞ니(釋義檀姓也史失其名古者大夫皆稱子)使守南城(釋義南唐縣屬泰山)則楚人이不敢爲寇ᄒᆞ고泗上十二諸侯ㅣ皆來朝ᄒᆞ고吾臣에有盼子者ᄒᆞ니(釋義盼盼同田盼也)使守高唐(釋義東昌府屬縣)則趙人이不敢東漁於河ᄒᆞ고吾吏에有黔夫者ᄒᆞ니(黔音金黔夫姓名)使守徐州(釋義徐州即薛縣非九州之徐春秋作舒說文作郐)則燕人은祭北門ᄒᆞ고趙人이祭西門ᄒᆞ고(釋義畏齊侵伐故祭以求福)徙而從者ㅣ七餘家오吾臣에有種首者ᄒᆞ니(釋義種首姓也史失其名)使備盜賊則道不拾遺ᄒᆞᄂᆞ니此四臣者ᄂᆞᆫ將照千里니豈特十二乘哉리오惠王이有慚色이러라

威王이曰寡人의써寶숨난밧者ᄂᆞᆫ王으로與ᄒᆞ야異ᄒᆞ니吾臣에檀子라ᄒᆞᄂᆞᆫ者가有ᄒᆞ니ᄒᆞ야금南城을守케ᄒᆞᆫ則楚人이敢히寇ᄒᆞ지못ᄒᆞ고泗上十二諸侯가다와셔朝

干 요구할 간

(鄭)姬姓伯爵周宣王封同母弟友於鄭傳二十一世爲韓所滅

(刑名)刑法及名實也名者循其名以貴其實尊君卑臣崇上抑下合於六經也

袴 바지 과

ᄒᆞ고吾臣에盼子라ᄒᆞ는者ㅣ有ᄒᆞ니하여곰高唐을守케ᄒᆞᆫ즉趙人이敢히東으로河에漁치못ᄒᆞ고吾吏에黔夫라ᄒᆞ는者ㅣ有ᄒᆞ니하여곰徐州를守케ᄒᆞᆫ즉燕人은北門에祭ᄒᆞ고趙人은西門에祭ᄒᆞ고徙ᄒᆞ야從ᄒᆞᆫ者ㅣ七十餘家오吾臣에種首라ᄒᆞ는者ㅣ有ᄒᆞ니하여곰盜賊을備케ᄒᆞᆫ則道에遺ᄒᆞᆷ을拾치아니ᄒᆞᄂᆞ니이四臣者는장ᄎᆞᆺ千里를照ᄒᆞᆯ것이니엇지다만十二乘이리오惠王이慚ᄒᆞᆫ色이有ᄒᆞ더라

(庚午)十八年이라韓昭侯ㅣ以申不害로爲相ᄒᆞ다

十八年이라韓昭侯ㅣ申不害로써相을ᄉᆞᆷ다

申不害者는鄭之賤臣也ㅣ라學黃老刑名ᄒᆞ야 釋義申不害本傳申子之學本於黃老而主刑名黃老之法清簡無爲君臣自正黃帝之言無傳耳老聃之書有八十一篇 以干昭侯ᄒᆞᆫ대昭侯ㅣ用爲相ᄒᆞ야內修政敎ᄒᆞ고外應諸侯ᄒᆞ니十五年에終申子之身토록國治兵彊ᄒᆞ더라

申不害라ᄒᆞ는者는鄭의賤臣이라黃老刑名을學ᄒᆞ야써昭侯에게干ᄒᆞᆫ대昭侯ㅣ用ᄒᆞ야相을ᄉᆞᆷ어內로政敎를修ᄒᆞ고外로諸侯를應ᄒᆞ나十五年에申子의身이終ᄒᆞ도록國이治ᄒᆞ고兵이彊ᄒᆞ더라

韓昭侯ㅣ有弊袴ㅣ러니命藏之ᄒᆞᆫ대侍者ㅣ曰君亦不仁者矣로다不

嚬 씽길 빈

冀 바랄 긔

(鄕聚)秦制大曰鄕小曰聚 (令丞)萬戶以上爲令減萬戶爲長皆有丞尉 (阡陌)者正其疆界使之不相侵占也今鞅開披之

龐 클 방

賜左右而藏之ㅣ오 昭侯ㅣ 曰吾聞明主ᄂᆞᆫ 愛一嚬一笑ㅣ라ᄒᆞ니 (釋義 嚬宜作顰愁蹙之貌下古笑字) 今袴ㅣ 豈特嚬笑哉라오 吾ㅣ 必待有功者ᄒᆞ노라

韓昭侯ㅣ 弊ᄒᆞᆫ 袴가 有ᄒᆞ더니 命ᄒᆞ야 藏케ᄒᆞᆫᄃᆡ 侍者ㅣ 曰君이 ᄯᅩ ᄒᆞᆫ 仁치 못ᄒᆞᆫ 者로다 左右에게 賜치 아니ᄒᆞ시고 藏ᄒᆞ시고녀 昭侯ㅣ 曰내 드르니 明主ᄂᆞᆫ 一嚬과 一笑를 愛ᄒᆞᆫ다ᄒᆞ니 이제 袴가 엇지 다만 嚬과 笑이리오 내 반다시 功이 有ᄒᆞᆫ 者를 待ᄒᆞ노라

(辛未)十九年이라 秦商鞅이 築冀闕 (釋義 冀記也記列敎令於此也闕在門兩旁中央闕然爲道崔豹註人臣至此則思其所闕蓋爲二臺於門外作樓觀於上上圓下方以其縣法謂之象魏象治象也魏者巍巍然高大使民觀之因謂之觀兩觀雙植中不爲門是觀與象魏闕一物而三名也) 宮庭於咸陽ᄒᆞ야 (釋義 山南曰陽水北亦曰陽城在渭水北又在九嵕諸山之南故名咸陽) 徙都之ᄒᆞ고 幷諸小鄕聚ᄒᆞ야 (落也) 集爲一縣ᄒᆞ고 縣置令丞ᄒᆞ니 凡三十一縣이라 廢井田ᄒᆞ고 開阡陌ᄒᆞ다 (路南北曰阡東西曰陌又田間路曰阡陌開田界道使不相干)

十九年이라 秦商鞅이 冀闕의 宮庭을 咸陽에 築ᄒᆞ야 都를 徙ᄒᆞ고 모든 져근 鄕聚를 幷ᄒᆞ야 모와 一縣을 만들고 縣에 令과 丞을 置ᄒᆞ니 므릇 三十一縣이라 井田을 廢ᄒᆞ고 阡陌을 開ᄒᆞ다

(庚辰)二十八年이라 魏龐涓이 伐韓ᄒᆞᆫᄃᆡ 韓이 請救於齊어늘 齊威王이

臏 무릅버힐빈 (臏)刖也 因刖兩足 遂名臏也 吳王闔廬 之將孫武 之後 龐涓孫臏 蘇秦張儀 等皆爲鬼 谷先生之 門人 龐涓之智 能不若孫 臏涓嘗恨 之先下山 爲魏相構 陷臏非於 魏王鯨面 刖足

禦 막을어

悍 사오나올한

蹶 업드러질궐

銳 놀닐예

因起兵ᄒᆞ야 使田忌田嬰田盼으로 將之ᄒᆞ고 孫臏으로 爲師ᄒᆞ야 以救韓ᄒᆞᆯ시 直走魏都ᄒᆞ니 龐涓이 聞之ᄒᆞ고 去韓而歸魏ᄒᆞ다

二十八年이라 魏龐涓이 韓을 伐ᄒᆞᆫ대 韓이 救ᄒᆞᆷ을 齊에 請ᄒᆞ거ᄂᆞᆯ 齊威王이 因ᄒᆞ야 兵을 起ᄒᆞ야 田忌田嬰田盼으로 將케ᄒᆞ고 孫臏으로 師를 삼어 써 韓을 救ᄒᆞᆯ시 바로 魏都로 走ᄒᆞ니 龐涓이 듯고 韓을 바리고 魏로 歸ᄒᆞ다

魏ㅣ 大發兵ᄒᆞ야 以太子申으로 爲將ᄒᆞ야 以禦齊師어늘 孫子ㅣ 謂田忌曰彼三晉之兵이 素悍勇而輕齊ᄒᆞ야 齊를 號爲怯이라ᄒᆞ니 善戰者는 因其勢而利導之ᄒᆞᄂᆞ니 兵法에 百里而趣利者는 蹶上將ᄒᆞ고 (蹶音厥 斃也) 五十里而趣利者는 軍半至라ᄒᆞ고 乃使齊軍으로 入魏地ᄒᆞ야 爲十萬竈ᄒᆞ고 明日에 爲五萬竈ᄒᆞ고 又明日에 爲二萬竈ᄒᆞ니 龐涓이 行三日에 大喜曰我ㅣ 固知齊軍怯어왜라 入吾地三日에 士卒亡者ㅣ 過半矣라ᄒᆞ고 乃棄其步軍ᄒᆞ고 與其輕銳로 倍日幷行逐之ᄒᆞ다 孫子ㅣ 度其行ᄒᆞ니 暮當至馬陵이라 (馬陵在濮州有磵谷深峻可以置伏或云在魏州元城非也)

(倍日幷行)一日兼行兩日之程也凡軍行日三十里

度 헤아릴탁

陿 좁을협 (陿)隘也

弩 쇠긔로

魏ㅣ크게兵을發ᄒᆞ야太子申으로써將을삼어써齊師를禦ᄒᆞ거늘孫子ㅣ田忌다려謂ᄒᆞ야曰저三晉의兵이본대悍ᄒᆞ고勇ᄒᆞ야齊를輕히ᄒᆞ야齊를怯ᄒᆞᆫ다號ᄒᆞᄂᆞᆫ지라戰을善히ᄒᆞᄂᆞᆫ者ᄂᆞᆫ그勢를因ᄒᆞ야利로導ᄒᆞᄂᆞ니兵法에百里에利를趣ᄒᆞᄂᆞᆫ者ᄂᆞᆫ上將을蹶ᄒᆞ고五十里에利를趣ᄒᆞᄂᆞᆫ者ᄂᆞᆫ軍이半만至ᄒᆞᆫ다ᄒᆞ고이에齊軍으로하여곰魏地에入ᄒᆞ야十萬竈를ᄒᆞ고明日에五萬竈를ᄒᆞ고또明日에二萬竈를ᄒᆞ니龐涓이行ᄒᆞᆫ지三日에크게喜ᄒᆞ야曰我ㅣ진실로齊軍이怯내ᄂᆞᆫ줄을知ᄒᆞ쾌라吾地에入ᄒᆞᆫ지三日에士卒도망ᄒᆞᆫ者ㅣ半이過ᄒᆞ엿다ᄒᆞ고이에그步軍을棄ᄒᆞ고그輕銳로더브러日을倍ᄒᆞ야幷行ᄒᆞ야逐ᄒᆞᆫ다孫子ㅣ그行을度ᄒᆞ니暮에맛당이馬陵에至ᄒᆞ겟ᄂᆞᆫ지라

馬陵은道陿而旁多阻隘ᄒᆞ니可伏兵이라ᄒᆞ고乃斫大樹ᄒᆞ야白而書之曰龐涓이死此樹下ᄒᆞ리라ᄒᆞ고於是에令齊師善射者로萬弩夾道而伏ᄒᆞ고期日暮ᄒᆞ야見火擧而俱發이라ᄒᆞ니龐涓이果夜至斫木下ᄒᆞ야見白書ᄒᆞ고以火燭之어늘

馬陵은道가陿ᄒᆞ고旁에阻隘이多ᄒᆞ니可히兵을伏ᄒᆞᆯ만ᄒᆞ다ᄒᆞ고이에大樹를斫ᄒᆞ야白ᄒᆞ게ᄒᆞ고書ᄒᆞ야曰龐涓이此樹下에셔死ᄒᆞ리라ᄒᆞ고이에齊師의善射ᄒᆞᄂᆞᆫ者

(乃自頸)
龐涓歎曰吾恨不能殺竪子即引佩劍遂
頸 목지를경
自剄而絕龐涓下山鬼各言汝必斯人還被人欺臏涓用斯書之事假孫臏而斯之臏受刖合日亦墮其滅竈之註鬼谷又言死於馬果然

捕 잡을포
(之魏) 往魏也
納 드릴납

로하여곰萬弩를道를夾ᄒᆞ고伏ᄒᆞ야日暮ᄒᆞᆷ을期ᄒᆞ야火를擧ᄒᆞᆷ을見ᄒᆞ고ᄒᆞᆫ가지發케ᄒᆞ엿더니龐涓이果然夜에斫木下에至ᄒᆞ야白書를見ᄒᆞ고火로써燭ᄒᆞ거늘

讀未畢에萬弩ㅣ俱發ᄒᆞ니魏師ㅣ大亂相失이라龐涓이自知智窮兵敗ᄒᆞ고乃自頸ᄒᆞ니齊因乘勝ᄒᆞ야大破魏師ᄒᆞ다

讀ᄒᆞ기를畢치못ᄒᆞᆷ에萬弩가ᄒᆞᆫ게發ᄒᆞ니魏師ㅣ크게亂ᄒᆞ야서로失ᄒᆞ는지라龐涓이스ᄉᆞ로智가窮ᄒᆞ고兵이敗ᄒᆞᆷ을知ᄒᆞ고이에스ᄉᆞ로목지르니齊ㅣ因ᄒᆞ야勝ᄒᆞᆷ을乘ᄒᆞ야크게魏師를破ᄒᆞ다

(辛巳)二十九年이라秦이封衛鞅商於 (商於二地名商即商洛縣在於鄧州十五邑言商於等十五邑也) 十五邑ᄒᆞ고號曰商君이라ᄒᆞ다

二十九年이라秦이衛鞅을商於十五邑에封ᄒᆞ고號ᄒᆞ야曰商君이라ᄒᆞ다

(癸未)三十一年이라孝公이薨ᄒᆞ고子惠文王이立ᄒᆞ니公子虔之徒ㅣ告商君이欲反이라ᄒᆞ야늘發吏捕之ᄒᆞ니商君이亡之魏어늘魏人이不受ᄒᆞ고復內(內讀曰納)之秦ᄒᆞᆫ대商君이與其徒로之商於러니秦人이攻殺之ᄒᆞ야車

徇 (徇)行示也 조리도릴 순
酷 혹독할 혹
羖 암양 고
諤 고든말 악

裂以徇ᄒᆞ고 盡滅其家ᄒᆞ다

三十一年이라秦孝公이薨ᄒᆞ고子惠文王이立ᄒᆞ니公子虔의徒ㅣ告ᄒᆞ되商君이反코져한다ᄒᆞ야늘吏를發ᄒᆞ야捕ᄒᆞ니商君이亾ᄒᆞ야魏에之ᄒᆞ거늘魏人이受치아니ᄒᆞ고다시秦으로納ᄒᆞᆫ디商君이그徒로더부러商於로之ᄒᆞ엿더니秦人이攻ᄒᆞ야殺ᄒᆞ야車에裂ᄒᆞ야써徇ᄒᆞ고다그家를滅ᄒᆞ다

初에商君이相秦에用法嚴酷ᄒᆞ야嘗臨渭論囚에渭水ㅣ盡赤ᄒᆞ니爲相十年에民多怨之러라

처음에商君이秦에相ᄒᆞᆷ에法을用ᄒᆞᆷ이嚴ᄒᆞ고酷ᄒᆞ야일즉渭를臨ᄒᆞ야囚를論ᄒᆞᆷ에渭水가다赤ᄒᆞ니相이된지十年에民이怨ᄒᆞ는이가多ᄒᆞ더라

趙良이見商君ᄒᆞᆫ디商君이問曰子ㅣ觀我治秦컨디孰與五羖大夫賢고(百里奚自賣五羖皮故號五羖大夫)趙良이曰千人之諾諾이不如一士之諤諤이라ᄒᆞ니僕이請終日正言而無誅ㅣ可乎아商君이曰諾다趙良이曰五羖大夫는荊之鄙人也라(釋義奚本寇人宛屬楚楚初國于荊州故云荊人)穆公이擧之牛口之下ᄒᆞ야爲人

謠 노ᄅᆡ 요
舂 방아 용
(陵)踐也
轢 의미 일력
驩 질길 환
(崩)壞也
(寵)秦國
之(政)以
事秦國政
爲寵也

(飯牛故云) 而加之百姓之上ᄒᆞ니 秦國이 莫敢望焉이라 相秦六七年而東代鄭ᄒᆞ고 三置晉君ᄒᆞ고 (晉惠公懷公文公皆奔秦俱送之歸國而置立之) 一救荊禍ᄒᆞ고 (穆公二十八年奚盟會晉伐楚朝周則此是匡楚以安百姓正所以爲救禍處) 其爲相也에 勞不坐乘ᄒᆞ고 (車也) 暑不張蓋ᄒᆞ니 五羖大夫ㅣ死에 秦國이 男女ㅣ流涕ᄒᆞ고 童子ㅣ不歌謠ᄒᆞ고 舂者ㅣ不相杵러니 (相助也謂相歌以助杵以音聲自勤也) 今君之從政也에 陵轢 (陵本作輘轢音歷輘轢車所踐也) 公族ᄒᆞ고 殘傷百姓ᄒᆞ니 公子虔이 杜門不出이 已八年矣오 君이 又殺祝驩而黥公孫賈ᄒᆞ니 詩에 曰得人者는 興ᄒᆞ고 失人者는 崩이라ᄒᆞ니 此數者는 非所以得人也ㅣ라 君之危ㅣ若朝露어늘 而尙貪商於之富ᄒᆞ고 寵秦國之政ᄒᆞ야 畜百姓之怨ᄒᆞ니 秦王이 一旦에 捐賓客而不立朝면 秦國之所以收君者ㅣ豈其微哉아 (積怨旣多必將見殺) 商君이 不從이러니 居五月而難作ᄒᆞ다

趙良이 商君을 見ᄒᆞᆫᄃᆡ 商君이 問ᄒᆞ여 曰子ㅣ我가 秦을 治ᄒᆞᆷ을 觀ᄒᆞ건ᄃᆡ 누가 五羖大夫로더 브러 賢ᄒᆞᆫ고 趙良이 曰千人의 諾諾ᄒᆞᆷ이 一士의 諤諤ᄒᆞᆷ만 갓지 못ᄒᆞ니 僕이 請건ᄃᆡ 日이 終도록 正히 言ᄒᆞ야도 誅ᄒᆞᆷ이 업ᄉᆞᆷ이 可ᄒᆞ랴 商君이 曰諾다 趙良이 曰五羖

叟 늘근이 슈

大夫ᄂᆞᆫ荊의鄙人이라穆公이牛口의下에셔擧ᄒᆞ야百姓의上에加ᄒᆞ니秦國이致히望치못ᄒᆞᆫ지라秦에相ᄒᆞᆫ지六七年에東으로鄭을伐ᄒᆞ고세번晋君을置ᄒᆞ고한번荊의禍를救ᄒᆞ고그相이되여셔ᄂᆞᆫ勞ᄒᆞ여도乘에坐치안코暑ᄒᆞ여도蓋를張치아니ᄒᆞ니五羖大夫ㅣ死ᄒᆞ미秦國이男女ㅣ涕를流ᄒᆞ고童子ㅣ歌謠치아니ᄒᆞ고舂者ㅣ서로杵치아니ᄒᆞ더니今에君이政을從홈에公族을陵轢ᄒᆞ고百姓을殘傷ᄒᆞ니公子虔이門을杜ᄒᆞ고出치아니홈이임의八年이오君이또祝驩을殺하고公孫賈를黥하엿ᄉᆞ니詩에曰人을得ᄒᆞᆫ者ᄂᆞᆫ興하고人을失ᄒᆞᆫ者ᄂᆞᆫ崩ᄒᆞᆫ다하니此數者ᄂᆞᆫ써人을得ᄒᆞᆫ바이아니라君의危홈이朝露와갓거늘오히려商於의富를貪ᄒᆞ고秦國의政을寵ᄒᆞ야百姓의怨을畜ᄒᆞ니秦王이一旦에賓客을捐ᄒᆞ고朝에立치아니ᄒᆞ면秦國의써君에게收홀바ㅅ者ㅣ엇지그微ᄒᆞ랴商君이從치아니ᄒᆞ더니五月만에難이作ᄒᆞ다

(乙酉)三十三年이라**鄒人孟軻**ㅣ**見魏惠王**ᄒᆞ신ᄃᆡ**王曰叟**ㅣ**不遠千里而來**ᄒᆞ시니**亦有以利吾國乎**잇가**孟子**ㅣ**曰君**은**何必曰利**잇고**仁義而已矣**이니다

三十三年이라鄒人孟軻ㅣ魏惠王을見ᄒᆞ신ᄃᆡ王이曰叟ㅣ千里를遠히아니ᄒᆞ시고來ᄒᆞ셧ᄉᆞ니또ᄒᆞᆫ써吾國에利홈이잇ᄉᆞ오릿가孟子ㅣ曰君은엇지반다시갈아사ᄃᆡ利라ᄒᆞ시ᄂᆞᆫ잇고仁과義일ᄯᆞ름이니이다

詐 거짓사 (義之和也) 易乾卦文言也

蘇秦張儀自從辭了鬼谷子下山張儀自往魏國去

初에 孟子ㅣ 師子思ᄒᆞ셔 嘗問牧民之道는 何先이니잇고 子思ㅣ 曰先利之니라 孟子ㅣ 曰君子ㅣ 所以敎民이 亦仁義而已矣니 何必利잇고 子思ㅣ 曰仁義은 固所以利之也라 上不仁則下不得其所ᄒᆞ고 上不義則下樂爲詐也니 此爲不利ㅣ 大矣라 故로 易에 曰利者는 義之和也라ᄒᆞ고 又曰利用安身ᄒᆞ야 以崇德也라ᄒᆞ니 此皆利之大者也니라

初에孟子ㅣ子思를師ᄒᆞ실ᄉᆡ일즉이問ᄒᆞ되民을牧ᄒᆞ는道는무엇을先히ᄒᆞ느잇고子思ㅣ曰利를先히ᄒᆞ느니라孟子ㅣ曰君子ㅣ써民을敎ᄒᆞ는바이ᄯᅩᄒᆞᆫ仁義일ᄯᆞᄅᆞᆷ이니엇지반다시利라ᄒᆞ시느잇고子思ㅣ曰仁義는진실로써利ᄒᆞ는바이라上이仁치못ᄒᆞᆫ則下가그곳을得치못ᄒᆞ고上이義치못ᄒᆞᆫ則下가詐ᄒᆞ기를樂ᄒᆞ느니此ㅣ利가아니됨이大ᄒᆞᆫ지라故로易에曰利라ᄒᆞ는者는義의和라ᄒᆞ고ᄯᅩ갈오되利로써身을安ᄒᆞ야써德을崇ᄒᆞᆫ다ᄒᆞ니이는다利의大ᄒᆞᆫ者이니라

溫公曰子思、孟子之言、一也、夫、唯仁者、爲知仁義之利、不仁者、不知也、故、孟子之對梁王、自以仁義、而不及利者、所與言之人、異故也

(戊子)三十六年이라 初에 洛陽人蘇秦이 說秦王以兼天下之

丁蘇秦回至洛陽

寇 도적 구

(資)給也助也

(趙肅侯)名語

(所害)害目疾又忌也

蠶 누에 잠

(韓魏之規)規猶謀也圖也

術ᄒᆞᆫ딕 秦王이 不用其言이어ᄂᆞᆯ 蘇秦이 乃去ᄒᆞ야 說燕文公曰燕之所以不犯寇被兵者ᄂᆞᆫ 以趙爲之蔽也니 願大王은 與趙從(釋義從即縱橫之縱)親ᄒᆞ야 天下ㅣ爲一則燕國이 必無患矣리이다

三十六年이라初에洛陽人蘇秦이秦王에게天下를兼ᄒᆞᄂᆞᆫ術로써說ᄒᆞᆫ딕秦王이其言을用치아니ᄒᆞ거ᄂᆞᆯ蘇秦이이에去ᄒᆞ야燕文公을說ᄒᆞ야曰燕의써寇을犯ᄒᆞ고兵을被치안ᄂᆞᆫ밧者ᄂᆞᆫ趙가蔽ᄒᆞᆷ으로以ᄒᆞᆷ이니원컨ᄃᆡ大王은趙로더부러從親ᄒᆞ야天下ㅣ一이된則燕國이반다시患이無ᄒᆞ리이다

文公이 從之ᄒᆞ야 資蘇秦車馬ᄒᆞ야 以說趙肅侯曰當今에 山東之國은 莫彊於趙오 秦之所害도 亦莫如趙ㅣ나 然이나 而秦不敢伐趙者ᄂᆞᆫ 畏韓魏之議其後也라 秦之攻韓魏也에 無有名山大川之限ᄒᆞ니 稍蠶食之면 韓魏不能支ᄒᆞ야 必入臣於秦ᄒᆞ리니 秦無韓魏之規ㅣ면(窺同) 則禍中於趙矣리이다(釋義中猶射中的也)

文公이從ᄒᆞ야蘇秦에게車馬를資ᄒᆞ야써趙肅侯를說ᄒᆞ야曰當今에山東의國은趙만곰強ᄒᆞᆷ이업고秦의害되ᄂᆞᆫ바도ᄯᅩᄒᆞᆫ趙만ᄒᆞᆫ데업ᄉᆞ나그러나秦이敢히趙를伐치못ᄒᆞᄂᆞᆫ者ᄂᆞᆫ韓과魏가그後를議ᄒᆞᆯ가畏ᄒᆞᆷ이라秦이韓魏를攻ᄒᆞᆷ에名山大川의限ᄒᆞᆷ

撓 흔들뇨

賚 줄뢰

이업스니점々蠶하야食하면韓과魏ㅣ能히支치못하야반다시秦에드러가臣하리니秦이韓과魏의規가無하면곳禍가趙에中하리이다

夫衡人(衡音橫從與縱橫同 蘇秦主從張儀主衡)者는 皆欲割諸侯之地ᄒᆞ야 以與秦ᄒᆞ나니 秦成則其身이 富榮ᄒᆞ고 國被秦患이라도 而不與其憂ᄒᆞ리다 竊爲大王計컨ᄃᆡ 莫若一韓魏齊楚燕趙ᄒᆞ야 爲從親以擯秦이니 令天下之將相으로 會於洹水之上ᄒᆞ야(洹音袁相州縣名) 約曰秦이 攻一國이어든 五國이 各出銳師ᄒᆞ야 或撓(擾也亂也)秦ᄒᆞ며 或救之ᄒᆞᄃᆡ 有不如約者어든 五國이 攻伐之ᄒᆞ라ᄒᆞ면 則秦甲이 必不敢出函谷ᄒᆞ야 以害山東矣리이다 肅侯ㅣ 大悅ᄒᆞ야 厚待蘇秦ᄒᆞ고 尊寵賜賚之ᄒᆞ야 以約於諸侯ᄒᆞ다

무릇衡人인者는다諸侯의地를割ᄒᆞ야써秦에與코져ᄒᆞ나니秦이成ᄒᆞᆫ則其身이富榮ᄒᆞ고國이秦의患을被ᄒᆞ드라도그憂를與치아니ᄒᆞ리니잔졀이大王을爲ᄒᆞ야計ᄒᆞ건ᄃᆡ韓魏齊楚燕趙를一ᄒᆞ야從親이되여써秦을擯ᄒᆞᆷ만갓치못ᄒᆞ니天下의將相으로하여곰洹水의上에會ᄒᆞ야約ᄒᆞ야日秦이一國을攻ᄒᆞ거던五國이각각銳師를出ᄒᆞ야或秦을撓ᄒᆞ며或救호ᄃᆡ約과如치안는者ㅣ有ᄒᆞ거던五國이攻伐ᄒᆞ다ᄒᆞ면

곳秦甲이반다시감히函谷을出ᄒᆞ야써山東을害치못ᄒᆞ리이다肅侯ㅣ크게悅ᄒᆞ야厚히蘇秦을待ᄒᆞ고尊寵ᄒᆞ고資을賜ᄒᆞ야써諸侯에게約ᄒᆞ다

勁 강할경

諺 속담언

竊 그윽할절

於是에蘇秦이說韓王曰韓은地方이九百餘里오帶甲이數十萬이오天下之彊弓勁弩利劒이皆從韓出ᄒᆞ니今大王이事秦ᄒᆞ시면秦이必求宜陽成皐ᄒᆞ리니今玆效(效獻也)之면明年에又復求割地니地有盡而秦之求ㅣ無已리이다鄙諺에曰寧爲鷄口언정無爲牛後(鷄口雖小能進食貴也 牛後雖大乃出糞賤也)라ᄒᆞ니以大王之賢으로挾彊韓之兵ᄒᆞ되而有牛後之名ᄒᆞ니竊爲大王羞之ᄒᆞ노이다韓王이從其言이어늘

이에蘇秦이韓王을달ᄂᆡ여曰韓은地方이九百餘里오帶甲이數十萬이오天下에彊弓과勁弩와利劒이다韓으로從ᄒᆞ야出ᄒᆞ니今에大王이秦을事ᄒᆞ시면秦이반다시宜陽과成皐를求ᄒᆞ리니이제이를效ᄒᆞ면明年에또다시地를割ᄒᆞ기를求ᄒᆞ리니地는盡ᄒᆞᆷ이有ᄒᆞᆯ지라도秦의求ᄒᆞᆷ는말미업스리이다鄙諺에曰차라리鷄의口가될지언정牛의後는되지말나ᄒᆞ니大王의賢ᄒᆞ심으로써彊ᄒᆞᆫ韓의兵을挾ᄒᆞ되牛後의名을有ᄒᆞ니그윽히大王을爲ᄒᆞ야羞ᄒᆞ노이다韓王이그言을從ᄒᆞ거늘

廝 마구쇠

(四塞之國)國南有泰山東有瑯琊中有淸河北有勃海也 (臨淄)齊都也

袵 옷섭임

料 헤아릴료

蘇秦이說魏王曰大王之地方이千里오武士ㅣ二十萬이오蒼頭ㅣ二十萬이오(蒼頭長大有膂力者也 若赤眉靑領以相別也)奮擊이二十萬이오廝徒ㅣ十萬이오(廝養馬者 徒僕隷者)車ㅣ六百乘이오騎ㅣ五千匹이어늘乃聽羣臣之說ᄒᆞ야而欲臣事秦ᄒᆞ시니願大王은熟察之ᄒᆞ소서魏王이聽之어늘

蘇秦이魏王을說ᄒᆞ야曰大王의地方이千里오武士ㅣ二十萬이오蒼頭ㅣ二十萬이오奮擊이二十萬ㅣ오廝徒ㅣ十萬이오車ㅣ六百乘이오騎ㅣ五千匹이여늘이에羣臣의說을聽ᄒᆞ야臣ᄒᆞ야秦을事코져ᄒᆞ시니願컨ᄃᆡ大王은熟히察ᄒᆞ쇼셔魏王이聽ᄒᆞ거늘

蘇秦이說齊王曰齊는四塞之國이라地方이二千餘里오帶甲이數十萬이오粟如丘山ᄒᆞ고臨淄之塗에車轂이擊ᄒᆞ고人肩이摩ᄒᆞ고連袵成帷ᄒᆞ고揮汗成雨ᄒᆞ니夫韓魏之所以重畏秦者는爲與秦接境也어니와今에秦之攻齊則不然ᄒᆞ야雖欲深入이나則恐韓魏之議其後ㅣ니秦之不能害齊ㅣ亦明矣라夫不料秦之無奈齊에何ᄒᆞ고而

(楚王)名商

(何居)居許曰音鷄語助辭也出檀弓

欲西面而事之ᄒᆞ시니是는 羣臣之計ㅣ過也ㅣ로소이다 齊王이 許之어늘

蘇秦이齊王을說ᄒᆞ야曰齊는四로塞ᄒᆞᆫ國이라地方이二千餘里오帶甲이數十萬이오粟은丘山과갓고臨淄의塗에車轂이擊ᄒᆞ고人肩이摩ᄒᆞ고袵을連ᄒᆞ야帷를成ᄒᆞ고汗을揮ᄒᆞ야雨를成ᄒᆞ니무릇韓과魏가써秦을重ᄒᆞ고畏ᄒᆞ는바ㅅ者는秦으로더부러境을接ᄒᆞᆫᄯᆞ닭이어니와今에秦이齊를攻ᄒᆞᆷ에는곳然치아니ᄒᆞ야비록深히入코저ᄒᆞ나곳韓과魏가그後를議ᄒᆞᆯ가恐ᄒᆞᆷ이니秦이能히齊를害치못ᄒᆞᆯ것이ᄯᅩᄒᆞᆫ明ᄒᆞᆫ지라무릇秦이齊에엇지ᄒᆞᆯ슈업슴을料치아니ᄒᆞ고西으로面ᄒᆞ야事코저ᄒᆞ시니是는羣臣의計가過ᄒᆞᆷ이로소이다齊王이許ᄒᆞ거늘

乃南說楚王曰楚는 天下之彊國也라 地方이 六千餘里오 帶甲이 百萬이오 粟支十年이니 此는 霸王之資也라 楚彊則秦弱ᄒᆞ고 秦彊則楚弱이니 其勢ㅣ 不兩立이라 故로 爲大王計컨딘 莫如從親ᄒᆞ야 以孤秦이니 故로 從親則諸侯ㅣ 割地以事楚오 衡合則楚ㅣ 割地以事秦이니 此兩策者는 相去ㅣ 遠矣라 大王은 何居焉이시니잇고 楚王이 亦許之어늘

輜 의복 실은 수릭 치
擬 비길 의
犀 물소 서
讓 亽지 줄 양

이에南으로楚王을說ᄒᆞ야曰楚는天下의彊國이라地方이六千餘里오帶甲이百萬이오粟은十年을支ᄒᆞ니이는霸王의資이라楚가强ᄒᆞᆫ則秦이弱ᄒᆞ고秦이强ᄒᆞᆫ則楚가弱ᄒᆞ리니그勢가兩으로立치못ᄒᆞᆯ지라故로大王을爲ᄒᆞ야計ᄒᆞ건ᄃᆡ從親ᄒᆞ야써秦을孤케ᄒᆞᆷ만갓지못ᄒᆞ니故로從親ᄒᆞᆫ則諸侯ㅣ地를割ᄒᆞ야써楚를事ᄒᆞ고衡合ᄒᆞᆫ則楚ㅣ地를割ᄒᆞ야써秦을事ᄒᆞᆯ지니이兩策인者는서로去ᄒᆞᆷ이遠ᄒᆞᆫ지라大王은어ᄃᆡ居ᄒᆞ시려ᄒᆞ나잇고楚王이ᄯᅩ許ᄒᆞ거늘

於是에蘇秦이爲從約長ᄒᆞ야幷相六國ᄒᆞ고北報趙ᄒᆞ니車騎輜重이擬於王者러라

輜輧衣車重載物車行者之資總曰輜重

이에蘇秦이從約長이되여아올너六國에相ᄒᆞ고北으로趙에報ᄒᆞ니車騎와輜重이王者에擬ᄒᆞ더라

(己丑)三十七年이라秦惠王이使犀首로欺齊魏ᄒᆞ야與共伐趙ᄒᆞ야以敗從約이어늘趙肅侯ㅣ讓蘇秦ᄒᆞᆫᄃᆡ秦이恐ᄒᆞ야請使燕ᄒᆞ야必報齊라ᄒᆞ고蘇秦이去趙ᄒᆞ니而從約이皆解ᄒᆞ다

犀首魏官名公孫衍爲此官因號犀首猶虎牙將軍之稱

三十七年이라秦惠王이犀首로ᄒᆞ여곰齊와魏를欺ᄒᆞ야더브러ᄒᆞᆫ가지趙를伐ᄒᆞ야써從約을敗ᄒᆞ거늘趙肅侯ㅣ蘇秦을讓ᄒᆞᆫᄃᆡ秦이恐ᄒᆞ야燕에使ᄒᆞ야반다시齊에報

易 밧굴역
僞 거짓위
囿 동산유

(奔齊)蘇秦通於燕文公之夫人恐得罪說易王之奔齊也
(客卿)戰國時官名爲國他遊官者設也

ᄒᆞ겟다請ᄒᆞ고蘇秦이趙를去ᄒᆞ니從約이다解ᄒᆞ다

(丙申)四十四年이라 夏四月에 秦이 初稱王ᄒᆞ다

四十四年이라夏四月에秦이처음으로王이라稱ᄒᆞ다

(丁酉)四十五年이라 蘇秦이 說燕易王曰臣이 居燕ᄒᆞ야는 不能使燕重이오 而在齊則燕重이리이다 易王이 許之어늘 乃僞得罪於燕而奔齊ᄒᆞ니 齊宣王이 以爲客卿이어늘 蘇秦이 說齊王ᄒᆞ야 高宮室ᄒᆞ며 大苑囿ᄒᆞ야 以明得意ᄒᆞ니 欲以敝齊而爲燕이러라

四十五年이라蘇秦이燕易王을說ᄒᆞ야曰臣이燕에居ᄒᆞ야는能히燕으로ᄒᆞ여곰重케못ᄒᆞ겟고齊에在ᄒᆞᆫ則燕을重케ᄒᆞ리이다易王이許ᄒᆞ거늘이에거짓罪를燕에得ᄒᆞ엿다ᄒᆞ고齊로奔ᄒᆞ니齊宣王이써客卿을삼거늘蘇秦이齊王을說ᄒᆞ야宮室을高히ᄒᆞ며苑囿를大히ᄒᆞ야써得意ᄒᆞᆷ을明ᄒᆞ니써齊를敝ᄒᆞ고燕을爲코져ᄒᆞᆷ이러라

(己亥)四十七年이라 秦張儀ㅣ 免相ᄒᆞ고 相魏ᄒᆞ야 欲使魏로 先事秦而諸侯로 效之호ᄃᆡ 魏王이 不聽이어늘 秦王이 復陰厚張儀益甚이러라

四十七年이라秦張儀ㅣ相을免ᄒᆞ고魏에相ᄒᆞ야魏로ᄒᆞ여곰몬저秦을事ᄒᆞ고諸侯로效케ᄒᆞ고져호ᄃᆡ魏王이聽치아니ᄒᆞ거늘秦王이다시가마니張儀를厚히ᄒᆞᆷ이더

靚 뎌도 정

(孟嘗)孟字嘗邑名在薛之傍

(親己)謂獨愛其己身

옥甚ᄒᆞ더라

(庚子)四十八年이라王이崩ᄒᆞ고子愼靚王이立ᄒᆞ다 靚音靜

四十八年이라王이崩ᄒᆞ고子愼靚王이立ᄒᆞ다

齊田文이嗣爲薛公ᄒᆞ니號曰孟嘗君이라招致諸侯遊士及有罪亡人ᄒᆞ야皆厚遇之ᄒᆞ니食客이嘗數千人이라各自以爲孟嘗君이親己ᄒᆞ니라由是로孟嘗君之名이重天下ᄒᆞ더라

齊田文이嗣ᄒᆞ야薛公이되니號ᄒᆞ야曰孟嘗君이라諸侯遊士와밋罪가有ᄒᆞ야逃亡ᄒᆞᄂᆞᆫ人을招致ᄒᆞ야다厚히遇ᄒᆞ니食客이일즉數千人이라각각스사로써ᄒᆞ되孟嘗君이親己라ᄒᆞ니是로由ᄒᆞ야孟嘗君의名이天下에重ᄒᆞ더라

(溫公)曰君子之養士、以爲民也、易曰聖人、養賢、以及萬民、夫賢者、其德、足以敎化正俗、其才、足以頓綱振紀、其明、足以燭微慮遠、其強、足以結仁固義、大則利天下、小則利一國、是以、君子、豊祿以富之、隆爵以尊之、養一人而及萬人者、養賢之道也、今孟嘗君之養士也、不恤賢愚、不擇臧否、盜其君之祿、以立私黨、張虛譽、上以侮其君、下以蠹其民、是奸人之雄也、烏足尙哉、書、曰受爲天下逋逃、主萃淵藪、此之謂也、

愼靚王 名定 王子 在位七年

(癸卯)三年이라楚趙魏韓燕이同伐秦ᄒᆞ야攻函谷關이어ᄂᆞᆯ秦人이出

戍슈자리슈
(魏襄王)名嗣
(亭障)亭候望者障山中小城漢制塞上要害處別築爲成置寇士以捍吏即此亭障
倍)反也
(成)平之也

兵逆之ᄒᆞ니五國之師ㅣ皆敗走ᄒᆞ다
三年이라楚趙魏韓燕이ᄒᆞᆫ가지秦을伐ᄒᆞ야函谷關을攻ᄒᆞ거ᄂᆞᆯ秦人이兵을出ᄒᆞ야
逆ᄒᆞ니五國의師ㅣ다敗ᄒᆞ야走ᄒᆞ다
(甲辰)四年이라齊大夫ㅣ與蘇秦으로爭寵ᄒᆞ야刺秦殺之ᄒᆞ다
四年이라齊大夫ㅣ蘇秦으로더브러寵을爭ᄒᆞ야秦을刺ᄒᆞ야殺ᄒᆞ다
張儀ㅣ說魏襄王曰梁地ᄂᆞᆫ四平ᄒᆞ야無名山大川之限ᄒᆞ고卒戍
楚韓齊趙之境ᄒᆞ야守亭障者ㅣ不下十萬ᄒᆞ니梁之地勢ㅣ固戰
場也ㅣ라夫諸侯之約從에盟洹水之上ᄒᆞ야結爲兄弟ᄂᆞᆫ以相堅
也어이와(洹音袁)今親兄弟同父母도尙有爭錢財相殺傷이어든而欲恃
反覆蘇秦之餘謀ᄒᆞ니其不可成이亦明矣니이다魏王이乃倍從約
而因儀ᄒᆞ야以請成于秦ᄒᆞ니張儀ㅣ歸復相秦ᄒᆞ다
張儀ㅣ魏襄王을說ᄒᆞ야曰梁地ᄂᆞᆫ四로平ᄒᆞ야名山과大川의限이無ᄒᆞ고楚韓齊趙
외境에卒戍ᄒᆞ야亭障을守ᄒᆞᄂᆞᆫ者ㅣ十萬에下치못ᄒᆞ니梁의地勢ᄂᆞᆫ진실로戰場이
라무릇諸侯가從을約홈에洹水의上에盟ᄒᆞ야結ᄒᆞ야兄弟가됨은써서로堅홈이어
니와今에親兄弟와同父母라도尙히錢財를爭ᄒᆞ야서로殺傷홈이有ᄒᆞ거든反覆

噲(목명쾌 子) (屬國於子之)鹿毛壽謂燕王曰人謂堯舜者以其能讓於天下故也今王以國讓子之則王與堯舜同名也從之

赧(붓그러울 난)

蘇秦의餘謀를恃코저ᄒᆞ니그可히成치못ᄒᆞᆯ것이明ᄒᆞ니이다魏王이이에從約을倍ᄒᆞ고儀을因ᄒᆞ야써成ᄒᆞᆷ을秦에請ᄒᆞ니張儀ㅣ歸ᄒᆞ야다시秦에相ᄒᆞ다

(乙巳)五年이라蘇秦의弟代厲ㅣ亦以遊說로顯於諸侯ㅣ라燕相子之ㅣ與蘇代로婚ᄒᆞ야欲得燕權이러니蘇代ㅣ使於齊而還이어늘燕王噲ㅣ(音快)問曰齊王이其覇乎아對曰不能이러이다王曰何故오對曰不信其臣이러이다於是에燕王이屬國於子之ᄒᆞ니(釋義屬音燭付也以燕國付與子之)子之ㅣ南面行王事而噲ㅣ老不聽政ᄒᆞ야顧爲臣ᄒᆞ고(釋義顧反也言燕君反爲子之臣)國事를皆決於子之ᄒᆞ다

五年이라蘇秦의弟代厲ㅣ또ᄒᆞᆫ游說로써諸侯에顯ᄒᆞᆫ지라燕相子之ㅣ蘇代로더브러婚ᄒᆞ야燕의權을得고저ᄒᆞ더니蘇代ㅣ齊에使ᄒᆞ엿다가還ᄒᆞ거늘燕王噲ㅣ問ᄒᆞ야曰齊王이그覇ᄒᆞᆯ것든가對ᄒᆞ야曰能치못ᄒᆞ더이다王이曰엇지ᄒᆞᆫ故인고對ᄒᆞ야曰그臣을信치안터이다이에燕王이國을子之에게屬ᄒᆞ니子之ㅣ南으로面ᄒᆞ야王事를行ᄒᆞ고噲ㅣ老ᄒᆞ야政을聽치아니ᄒᆞ야도로혀臣이라ᄒᆞ고國事를다子之에게決ᄒᆞ다

(丙午)六年이라王이崩ᄒᆞ고子赧王延이立ᄒᆞ다

醢 젓히

隗 사람의 일홈

六年이라王이崩ᄒᆞ고赧王延이立ᄒᆞ다

赧王上 名延愼 靚王子 在位五十九年

(丁未)元年이라燕子之ㅣ爲相三年에國內大亂이어늘齊王이伐燕取子之ᄒᆞ야醢之ᄒᆞ고遂殺燕王噲ᄒᆞ다

元年이라燕子之ㅣ相된지三年에國內가크게亂ᄒᆞ거늘齊王이燕을伐ᄒᆞ야子之를取ᄒᆞ야醢ᄒᆞ고드듸여燕王噲를殺ᄒᆞ다

(己酉)三年이다燕人이共立太子平ᄒᆞ니是爲昭王이라昭王이於破燕之後에卽位ᄒᆞ야吊死問孤ᄒᆞ고與百姓으로同甘苦ᄒᆞ고卑身厚幣ᄒᆞ야以招賢者ᄒᆞᆯ서謂郭隗曰齊ㅣ因孤之國亂ᄒᆞ야而襲破燕ᄒᆞ니孤ㅣ極知燕小力少ᄒᆞ야不足以報나然이나誠得賢士與共國ᄒᆞ야以雪先王之耻ㅣ孤之願也ㅣ니先生은視可者ᄒᆞ라得身事之ᄒᆞ리다

三年이라燕人이한가지太子平을立ᄒᆞ니이昭王이되는지라昭王이燕을破ᄒᆞᆫ後에位에即ᄒᆞ야死를吊ᄒᆞ고孤를問ᄒᆞ고百姓으로더부러甘과苦를同히ᄒᆞ고身을卑ᄒᆞ고幣를厚ᄒᆞ야써賢者를招ᄒᆞᆯ시郭隗다려謂ᄒᆞ여日齊ㅣ孤의國亂ᄒᆞᆷ을因ᄒᆞ야襲ᄒᆞ

涓潔也涓人今中涓也主居中而潔除之人

(爭趣)趣與越亦同 毅의굿셀 劇극할 亞아버금

야燕을破ᄒᆞ니孤ㅣ極히燕이小ᄒᆞ고力이少ᄒᆞ야足히써報치못ᄒᆞᆯ줄은아나그러나
진실로賢士를得ᄒᆞ야더부러國을共ᄒᆞ야써先王의耻를雪ᄒᆞᆷ이孤의願이니先生은
可ᄒᆞᆫ者를視ᄒᆞ라시러곰몸소事ᄒᆞ리라

郭隗ㅣ曰古之人君이有以千金으로使涓人ᄒᆞ야求千里馬者ㅣ러니馬ㅣ已死ㅣ라買其骨五百金而返이어ᄂᆞᆯ君이大怒ᄒᆞᆫ대涓人이曰死馬도且買之온況生者乎잇가馬今至矣리이다不期年에千里馬之至者ㅣ三이라ᄒᆞ니今王이必欲致士넌대先從隗始ᄒᆞ시면況賢於隗者ㅣ豈遠千里哉ㅣ리잇고於是에昭王이爲隗ᄒᆞ야改築宮而師事之ᄒᆞ니於是에士爭趣燕이라樂毅ᄂᆞᆫ自魏往ᄒᆞ고劇辛은自趙往ᄒᆞ니昭王이以樂毅로爲亞卿ᄒᆞ야任以國政ᄒᆞ다

郭隗ㅣ曰古의人君이千金으로써涓人을使ᄒᆞ야千里馬를求ᄒᆞᆫ者ㅣ有ᄒᆞ더니馬가임의死ᄒᆞᆫ지라그骨를五百金으로買ᄒᆞ야返ᄒᆞ거ᄂᆞᆯ君이크게怒ᄒᆞᆫ대涓人이曰死馬도또買ᄒᆞ곤況生ᄒᆞᆫ者리잇가馬가今에至ᄒᆞ리이다期年이못되여千里馬의至ᄒᆞᆫ者ㅣ三이라ᄒᆞ니今에王이반다시士를致코져ᄒᆞ실진ᄃᆡ먼저隗로從ᄒᆞ야始ᄒᆞ시면ᄒᆞ

格猶敵也
格 디뎍ᄒᆞᆯ격

(韓王)哀王倉
(孟賁烏獲)皆勇士也
據 웅거ᄒᆞᆯ거
(鈞)三十斤也
(齊王)泯王也

물며隗보더賢ᄒᆞᆫ者ㅣ엇지千里ᄅᆞᆯ遠히ᄒᆞ오릿고이에昭王이隗ᄅᆞᆯ위ᄒᆞ야곳쳐宮을築ᄒᆞ고師로事ᄒᆞ니이에士가닷토아燕에趣ᄒᆞᄂᆞᆫ지라樂毅ᄂᆞᆫ魏로自ᄒᆞ야往ᄒᆞ고劇辛은趙로自ᄒᆞ야往ᄒᆞ니昭王이樂毅로써亞卿을숨아써國政ᄅᆞᆯ任ᄒᆞ다

(庚戌)四年이라 張儀ㅣ 說楚王曰夫爲從者ᄂᆞᆫ 無以異於驅羣羊而攻猛虎ㅣ니 不格이 明矣라 今王이 不事秦이면 秦이 刼韓驅梁而攻楚則楚ㅣ 危矣리이다 楚王이 許之어늘

四年이라張儀ㅣ楚王을說ᄒᆞ야曰무릇從을ᄒᆞᄂᆞᆫ者ᄂᆞᆫ群羊을驅ᄒᆞ야猛虎ᄅᆞᆯ攻ᄒᆞᆷ과異ᄒᆞᆷ이업ᄉᆞ니格치못ᄒᆞᆷ이明ᄒᆞᆫ지라今에王이秦을事치아니ᄒᆞ면秦이韓을刼ᄒᆞ고梁을驅ᄒᆞ야楚ᄅᆞᆯ攻ᄒᆞᆫ則楚ㅣ危ᄒᆞ리이다楚王이許ᄒᆞ거늘

張儀遂之韓ᄒᆞ야 說韓王曰夫戰에 孟賁烏獲之士로 以攻不服之弱國이 無異垂千鈞之重於鳥卵之上이니 必無幸矣라 大王이 不事秦이면 秦이 下甲ᄒᆞ야 (下猶頓也) 據宜陽ᄒᆞ고 塞成皐則王之國이 分矣리니 爲大王計컨ᄃᆡ 莫如事秦而攻楚니이다 韓王이 許之어늘 張儀ㅣ 歸報秦王ᄒᆞ니 復使東說齊王曰從人說大王者ㅣ 必曰齊ㅣ 蔽於

嫁 싀집갈가
(効)獻也
(河間)河猿之間邑也

(趙王)武震王雍

三晉ᄒᆞ고 地廣兵彊ᄒᆞ니 雖有百秦이라도 將無奈齊에 何라ᄒᆞ나 今에 秦楚ㅣ 嫁女娶婦ᄒᆞ야 爲昆弟之國ᄒᆞ고 韓이 獻宜陽ᄒᆞ고 梁이 効河外ᄒᆞ고(黃河之南曲沃平周等邑) 趙王이 入朝ᄒᆞ야 割河間以事秦ᄒᆞ니 大王이 不事秦이면 秦이 驅韓梁趙ᄒᆞ야 攻之면 雖欲事秦이나 不可得也리이다 齊王이 許之어늘

張儀드듸에韓에之ᄒᆞ야韓王을說ᄒᆞ야曰무릇戰에孟賁과烏獲의士로써服지아니ᄒᆞ는弱國을攻홈이千鈞의重을鳥卵의上에垂홈과異홈이無ᄒᆞ니반다시幸홈이無홀지라大王이秦을事치아니ᄒᆞ면秦이甲을下ᄒᆞ야宜陽에據ᄒᆞ고成皐를塞ᄒᆞᆫ則王의國이分ᄒᆞ리니大王을爲ᄒᆞ야計컨듸秦을事ᄒᆞ고楚를攻홈만갓지못ᄒᆞ니이다韓王이許ᄒᆞ거늘張儀ㅣ歸ᄒᆞ야秦王에게報ᄒᆞ니다시使ᄒᆞ야東으로齊王을說ᄒᆞ야曰從人이大王을說ᄒᆞ는者ㅣ반다시갈오듸齊는三晉에蔽ᄒᆞ고地가廣ᄒᆞ고兵이彊ᄒᆞ니비록百秦이有홀지라도장찻齊에웃자ᄒᆞ지못ᄒᆞ것다ᄒᆞ나今에秦과楚가女를嫁ᄒᆞ고婦를娶ᄒᆞ야昆弟의國이되고韓이宜陽을獻ᄒᆞ고梁이河外를効ᄒᆞ고趙王이朝에入ᄒᆞ야河間을割ᄒᆞ야써秦을事ᄒᆞ니大王이秦을事치아니ᄒᆞ면秦이韓梁趙를驅ᄒᆞ야攻ᄒᆞ면비록秦을事코져ᄒᆞ나可히得치못ᄒᆞ리이다齊王이許ᄒᆞ거늘

張儀ㅣ 去西ᄒᆞ야 說趙王曰大王이 收率天下ᄒᆞ야 以擯秦ᄒᆞ시니 秦兵이

藩 울타리 번　肩 억기 견

不敢出函谷關이 十五年이라 大王之威ㅣ 行於山東이어니와 今에 楚ㅣ 與秦으로 爲昆弟之國而韓梁이 稱東藩之臣ᄒᆞ고 齊獻魚鹽之地ᄒᆞ니 此ᄂᆞᆫ 斷趙之右肩也라 夫斷右肩而與之鬪ᄒᆞ며 失其黨而孤居ᄒᆞ야 求欲無危나 得乎아 爲大王計컨ᄃᆡ 莫如與秦王으로 面約ᄒᆞ야 常爲兄弟之國이니이다 趙王이 許之어늘

張儀ㅣ西로去ᄒᆞ야趙王을說ᄒᆞ야曰大王이天下를取率ᄒᆞ야써秦을擯ᄒᆞ시니秦兵이敢히函谷關을出치못ᄒᆞᆷ이十五年이라大王의威가山東에行ᄒᆞ엿거니와今에楚ㅣ秦으로더부러昆弟의國이되고韓과梁이東藩의臣이라稱ᄒᆞ고齊가魚鹽의地을獻ᄒᆞ니此는趙의右肩을斷ᄒᆞᆷ이라무릇右肩을斷ᄒᆞ고與ᄒᆞ야鬪ᄒᆞ며其黨을失ᄒᆞ고孤히居ᄒᆞ야危ᄒᆞᆷ이無코져ᄒᆞᆷ을求ᄒᆞ나得ᄒᆞ리오大王을爲ᄒᆞ야計ᄒᆞ건ᄃᆡ秦王으로더부러面으로約ᄒᆞ야常히兄弟의國이됨만갓지못ᄒᆞ니이다趙王이許ᄒᆞ거늘

張儀ㅣ 乃北說燕王曰 大王이 不事秦이면 秦이 下甲雲中九原ᄒᆞ야 驅趙而攻燕則易水長城은 非大王之有也리이다 燕王이 請獻常山之尾五城ᄒᆞ야 以和어늘 張儀ㅣ 歸報ᄒᆞᆯᄉᆡ 未至咸陽ᄒᆞ야 秦惠王이

薨 죽을 훙 (武王)名 蕩
隙 한 극

薨ᄒᆞ고 子武王이 立ᄒᆞ니 武王이 自爲太子時로 不說(通悅)張儀러니 及卽位에 羣臣이 多毁短之어ᄂᆞᆯ 諸侯ㅣ 聞儀與秦王으로 有隙ᄒᆞ고 皆叛衡ᄒᆞ고 復合從ᄒᆞ다

張儀ㅣ 이에 北으로 燕王을 說ᄒᆞ여 曰大王이 秦을 事치아니ᄒᆞ면 秦이 甲을 雲中九原에 下ᄒᆞ야 趙를 驅ᄒᆞ고 燕을 攻ᄒᆞᆫ즉 易水와 長城이 大王의 所有가 못되리이다 燕王이 常山의 尾五城을 獻ᄒᆞ야 써 和ᄒᆞ기를 請ᄒᆞ거늘 張儀ㅣ 歸ᄒᆞ야 報ᄒᆞᆷ셰 咸陽에 至치못ᄒᆞ야 秦惠王이 薨ᄒᆞ고 子武王이 立ᄒᆞ니 武王이 太子되엿든 時로부터 張儀를 說치아니ᄒᆞ더니 밋 位에 卽ᄒᆞᆷ에 羣臣이 短을 毁ᄒᆞᄂᆞᆫ이가 多ᄒᆞ거늘 諸侯ㅣ 儀가 秦王으로더부러 隙이 有ᄒᆞ다 ᄒᆞᆷ을 聞ᄒᆞ고 다 衡을 叛ᄒᆞ고 다시 從으로 合ᄒᆞ다

(辛亥)五年이라 張儀ㅣ 相魏一歲에 卒ᄒᆞ다 儀與蘇秦이 皆以縱橫之術로 遊說諸侯ᄒᆞ야 致位富貴ᄒᆞ니 天下ㅣ 爭慕效之러라 又有魏人公孫衍者ᄒᆞ니 號曰犀首라 亦以談說로 顯(音稅)名ᄒᆞ고 其餘蘇代蘇厲周最樓緩之徒ㅣ 紛紜徧於天下ᄒᆞ야 務以辯詐로 相高ᄒᆞ니 不可勝紀로되 而儀秦衍이 最著러라

衍 부를 연
紛 어즈러울 분
紜 어즈러울 운
著 뛰하날 져

質 볼모 질　**囚** 가둘 슈　**狐** 여호 호

(秦王昭襄王稷)(約楚王會盟於武關)秦王遺楚王言願與君王會武關面相約結盟王欲往屈平無往可矣子蘭勸王行終不歸國(涇陽君)名悝秦王同母弟也(爲質)信也(亟相承)々也相助也謂

五年이라張儀ㅣ魏에相ᄒᆞᆫ지一歲에卒ᄒᆞ다儀와다못蘇秦이다縱橫의術로써諸侯에게遊說ᄒᆞ야位가富貴에致ᄒᆞ니天下ㅣ爭ᄒᆞ야慕ᄒᆞ고效ᄒᆞ더라또魏人公孫衍이라ᄂᆞᆫ者ㅣ有ᄒᆞ니號ᄒᆞ야曰犀首라또ᄒᆞᆫ談說로써名을顯ᄒᆞ고其餘蘇代와蘇厲와周最와樓緩의徒ㅣ紛紜히天下에徧ᄒᆞ야務ᄒᆞ야辯詐로써서로高ᄒᆞ니可히이긔여紀ᄒᆞᆯ슈업되儀와秦과衍이가장著ᄒᆞ더라

(壬戌)十六年이라秦王이約楚王ᄒᆞ야會盟於武關ᄒᆞᆯ서楚王이入秦ᄒᆞ니秦人이留之ᄒᆞ다 (秦王昭襄王稷也立於乙卯年)

十六年이라秦王이楚王과約ᄒᆞ야武關에會ᄒᆞ야盟ᄒᆞᆯ식楚王이秦에入ᄒᆞ니秦人이留ᄒᆞ다

(癸亥)十七年이라秦王이聞孟嘗君之賢ᄒᆞ고使涇陽君으로爲質於齊ᄒᆞ고以請孟嘗君ᄒᆞ니來入秦이어늘秦王이以爲丞相ᄒᆞᆫ대或이謂秦王曰孟嘗君이相秦이면必先齊而後秦ᄒᆞ리니秦其危哉리이다秦王이乃以樓緩으로爲相ᄒᆞ고囚孟嘗君ᄒᆞ야欲殺之어늘孟嘗君이使人으로求解於秦王幸姬ᄒᆞ니姬曰願得君의狐白裘ᄒᆞ노라 (集狐腋之白毛以爲裘溫而且美蓋貴而難得者說者謂此天子諸侯讌居之盛服)

之掌承天子助理萬機

悔 뉘우칠회

脫 버슬탈

十七年이라秦王이孟嘗君의賢ᄒᆞᆷ을聞ᄒᆞ고涇陽君으로하여곰齊에質ᄒᆞ고써孟嘗君을請ᄒᆞ니來ᄒᆞ야秦에入ᄒᆞ거ᄂᆞᆯ秦王이써丞相을삼은ᄃᆡ或이秦王다려謂ᄒᆞ야曰孟嘗君이秦에相ᄒᆞ면반다시齊를先히ᄒᆞ고秦을後ᄒᆞ리니秦이그危ᄒᆞᆯ진ᄃᆡ秦王이이에樓緩으로써相을삼고孟嘗君을囚ᄒᆞ야殺코져ᄒᆞ거ᄂᆞᆯ孟嘗君이人으로하야곰解ᄒᆞ기를王의幸ᄒᆞᄂᆞᆫ姬에게求ᄒᆞ니姬ㅣ曰君의狐白裘를엇기願ᄒᆞ노라

孟嘗君이**有狐白裘**라가**已獻之秦王**ᄒᆞ야**無以應姬求**러니**客**에**有善爲狗盜者**ᄒᆞ야**入秦藏中**(畜貨物之所曰藏)ᄒᆞ야**盜狐白裘**ᄒᆞ야**以獻姬**ᄒᆞᆫᄃᆡ**姬**ㅣ**乃爲之言於王而遣之**러니**王**이**後悔**ᄒᆞ야**使追之**ᄒᆞ다**孟嘗君**이**至關**ᄒᆞ니**關法**에**鷄鳴**이라야**而出客**이라**時尙早**ᄒᆞ고**追者**ㅣ**將至**러니**客**에**有善爲鷄鳴者**ᄒᆞ야**野鷄**ㅣ**聞之**ᄒᆞ고**皆鳴**이어ᄂᆞᆯ**孟嘗君**이**乃得脫歸**ᄒᆞ다

孟嘗君이狐白裘가有ᄒᆞ다가임의秦王게獻ᄒᆞ야써姬의求ᄒᆞᆷ을應ᄒᆞᆯ슈업더니客에狗盜잘ᄒᆞᄂᆞᆫ者ㅣ有ᄒᆞ야秦의藏中에入ᄒᆞ야狐白裘를盜ᄒᆞ야써姬게獻ᄒᆞᆫᄃᆡ姬가이에爲ᄒᆞ야王게言ᄒᆞ야遣ᄒᆞ엿더니王이後에悔ᄒᆞ야ᄒᆞ여곰追ᄒᆞ다孟嘗君이關에至ᄒᆞ니關法에鷄가鳴ᄒᆞ여야客을出ᄒᆞᄂᆞᆫ지라時가尙히早ᄒᆞ고追者ㅣ장찻至ᄒᆞ더니客에鷄의鳴을善히ᄒᆞᄂᆞᆫ者ㅣ有ᄒᆞ야野鷄가聞ᄒᆞ고다鳴ᄒᆞ거ᄂᆞᆯ孟嘗君이이에脫ᄒᆞ

야歸홈을得ᄒᆞ다

趙王이封其弟勝ᄒᆞ야爲平原君ᄒᆞ니平原君이好士ᄒᆞ야食客이常數千人이러라

趙王이그弟勝을封ᄒᆞ야平原君을삼으니平原君이士를好ᄒᆞ야食客이ᄉᆞᆼ해數千人이러라

(乙丑)十九年이라楚懷王이發病ᄒᆞ야薨於秦ᄒᆞ니楚人이皆憐之를如悲親戚이라諸侯ㅣ由是로不直秦이러라

十九年이라楚懷王이病이發ᄒᆞ야秦에서薨ᄒᆞ니楚人이다憐히여김을親戚을悲홈과如ᄒᆞᆫ지라諸侯ㅣ是로由ᄒᆞ야秦을直치아니ᄒᆞ더라

(丙子)三十年이라齊湣王이既滅宋而驕ᄒᆞ야(去年滅宋)乃南侵楚ᄒᆞ고西侵三晉ᄒᆞ고欲并二周ᄒᆞ야爲天子어늘燕昭王이日夜에撫循其人ᄒᆞ야乃與樂毅로謀伐齊홀ᄉᆡ王이悉起兵ᄒᆞ야以樂毅로爲上將軍ᄒᆞ고幷將秦魏韓趙之兵ᄒᆞ야以伐齊ᄒᆞ니齊湣王이悉國中之衆ᄒᆞ야以拒之라가

湣 약ᄒᆞᆫ시호 민
撫 어로만질 무
拒 막을 거

度 법도 도
輸 수운할 슈
莒 ᄯᅡ일홈 거
淖 진흙 뇨
弑 죽일 시

（弑王於鼓里）淖齒欲與燕分齊地乃執湣王數之曰千乘博昌之間方數百里血雨沾衣王知之乎嬴博之間地坼及泉王知之乎曰知之有人當闕而哭者王知之乎齒曰

戰于濟西ᄒᆞ야 齊師ㅣ大敗어늘 遂進軍ᄒᆞᆫᄃᆡ 齊人이 大亂失度ㅣ라 湣王이 出走어늘 樂毅ㅣ入臨淄ᄒᆞ야 (齊都城名屬青州) 取寶物祭器ᄒᆞ야 輸之於燕ᄒᆞ니 燕王이 封樂毅ᄒᆞ야 爲昌國君ᄒᆞ고 (昌國齊縣名即樂丘故城) 遂使留徇齊城之未下者ᄒᆞ다 齊王이 走莒어늘 (故莒子國) 楚ㅣ使淖齒로 (淖音鬧姓也楚人) 將兵救齊ᄒᆞ고 因爲齊相ᄒᆞᆫᄃᆡ 淖齒ㅣ欲與燕으로 分齊地ᄒᆞ야 乃遂弑王於鼓里ᄒᆞ다

三十年이라齊湣王이임의宋을滅ᄒᆞ고驕ᄒᆞ야이에南으로楚를侵ᄒᆞ고西으로三晉을侵ᄒᆞ고二周를並ᄒᆞ야天子가되고져ᄒᆞ거늘燕昭王이日과夜에其人을撫循ᄒᆞ야이에樂毅로더부러謀ᄒᆞ야齊를伐ᄒᆞᆯᄉᆡ王이다兵을起ᄒᆞ야樂毅로써上將軍을삼고秦魏韓趙의兵을아올너거나리써齊를伐ᄒᆞ니齊湣王이國中의衆을다ᄒᆞ야써拒ᄒᆞ다가濟西에戰ᄒᆞ야齊師ㅣ크게敗ᄒᆞ거늘드듸여軍을進ᄒᆞᆫᄃᆡ齊人이크게亂ᄒᆞ야度를失ᄒᆞᆫ지라燕王이出ᄒᆞ야走ᄒᆞ거늘樂毅ㅣ臨淄이入ᄒᆞ야寶物과祭器를取ᄒᆞ야燕에輸ᄒᆞ니燕王이樂毅를封ᄒᆞ야昌國君을삼고드듸여하여곰齊城의下치못ᄒᆞᆫ者를留徇케ᄒᆞ다齊王이莒로走ᄒᆞ거늘楚ㅣ淖齒로하여곰兵을將ᄒᆞ야齊를救ᄒᆞ고因ᄒᆞ야齊相을삼은ᄃᆡ淖齒ㅣ燕으로더브러齊地를分코져ᄒᆞ야이에드듸여王을鼓里에서弑ᄒᆞ다

蠋 버레 촉　屠 뭇지를 도　劫 겁박할 겁　雨血者天以告之也地圻者地以告之也當關而哭者人以告之也而王不戒何以無誅遂擢王筋縣之廟欅宿昔而死也 (宿昔一夕之間也 (屠邑)屠殺也屠殺其民若宰六畜然也　潰 문어질 궤　整 정제할 정　掠 로략할 략

毅ㅣ聞畫邑人王蠋이賢하고(畫胡封反蠋音蜀○畫一名戟里城春秋作棘邑)令軍中ᄒᆞ야環畫邑三十里無入ᄒᆞ고使人으로請蠋ᄒᆞᆫᄃᆡ蠋이謝不往이어늘燕人이曰不來면吾且屠畫邑ᄒᆞ리라蠋이曰忠臣은不事二君이오烈女는不更二夫ᄒᆞᄂᆞ니齊王이不用吾諫故로退而耕於野러니國破君亡에吾不能存而又欲劫之以兵ᄒᆞ니吾ㅣ與其不義而生으론不若死ㅣ라ᄒᆞ고遂經其頸而死ᄒᆞ다

毅ㅣ畫邑人王蠋이賢ᄒᆞᆷ을聞ᄒᆞ고軍中에令ᄒᆞ야畫邑三十里를環ᄒᆞ야入ᄒᆞᆷ이無케ᄒᆞ고人으로하여곰蠋을請ᄒᆞᆫᄃᆡ蠋이謝ᄒᆞ고往치안커늘燕人이曰來치아니ᄒᆞ면吾ㅣᄯᅩᄒᆞᆫ邑을屠ᄒᆞ리라蠋이曰忠臣은二君을事치안코烈女는二夫를更치안ᄂᆞ니齊王이吾의諫을用치안는故로退ᄒᆞ야野에耕ᄒᆞ엿더니國이破ᄒᆞ고君이亡ᄒᆞᆷ에吾ㅣ能히存치못ᄒᆞ고ᄯᅩ兵으로써刼코져ᄒᆞ니吾ㅣ그不義로與ᄒᆞ야生ᄒᆞᆷ으론死ᄒᆞᆷ만若치못ᄒᆞ다ᄒᆞ고드듸여其頸을經ᄒᆞ고死ᄒᆞ다

燕師ㅣ乘勝長驅ᄒᆞ니齊城이皆望風奔潰러라樂毅ㅣ修整燕軍ᄒᆞ야禁止侵掠(音略)ᄒᆞ고求齊之逸民ᄒᆞ야顯而禮之ᄒᆞ고(逸民節行超逸者也)寬其賦斂ᄒᆞ며除

歛 거둘 렴
閭 마을 려
墓 무덤 묘

其暴令ᄒᆞ고 修其舊政ᄒᆞ니 齊民이 喜悅이러라 祀桓公管仲於郊ᄒᆞ고 表賢者之閭ᄒᆞ고 封王蠋之墓ᄒᆞ고 六月之間에 下齊七十餘城ᄒᆞ야 (下齊彼自歸伏曰下又以兵威伏人曰下) 皆爲郡縣ᄒᆞ다

燕師ㅣ勝을乘ᄒᆞ야長히驅ᄒᆞ니齊城이다風을望ᄒᆞ고奔潰ᄒᆞ더라樂毅ㅣ燕軍을修整ᄒᆞ야侵掠을禁止ᄒᆞ고齊의逸民을求ᄒᆞ야顯ᄒᆞ야禮ᄒᆞ고그賦歛을寬히ᄒᆞ며그暴令을除ᄒᆞ고그舊政을修ᄒᆞ니齊民이喜ᄒᆞ고悅ᄒᆞ더라桓公과管仲을郊에祀ᄒᆞ고賢者의閭를表ᄒᆞ고王蠋의墓를封ᄒᆞ고六月의間에齊七十餘城을下ᄒᆞ야다郡縣을삼다

(戊寅)三十二年이라 齊淖齒之亂에 王孫賈ㅣ 從湣王이라가 失王之處어늘 其母ㅣ 曰汝ㅣ 朝出而晚來則吾ㅣ 倚門而望ᄒᆞ고 汝ㅣ 暮出而不還則吾ㅣ 倚閭而望이러니 汝ㅣ 今事王이라가 王이 走어시늘 汝ㅣ 不知其處ᄒᆞ니 汝尙何歸焉고 王孫賈ㅣ 乃攻淖齒ᄒᆞ야 殺之ᄒᆞ니 於是에 齊亡臣이 相與求齊王子法章ᄒᆞ야 立以爲齊王ᄒᆞ고 保莒城ᄒᆞ야 以

倚 비길 의
(倚閭)門 一家之門 閭二十五家一巷之都門也
(攻淖齒殺之)賈乃入市呼曰淖齒亂齊國殺湣王欲與誅

之者祖右市人從者四百人與攻淖齒殺之

藺 셩린

拒燕ᄒᆞ다

三十二年이라齊淖齒의亂에王孫賈ㅣ齊王을從ᄒᆞ다가王의잔곳을失ᄒᆞ엿거늘그母ㅣ曰汝가朝에出ᄒᆞ고晩에來ᄒᆞᆫ則吾ㅣ門에倚ᄒᆞ야望ᄒᆞ고汝ㅣ暮에出ᄒᆞ야還치아니ᄒᆞᆫ則吾ㅣ閭에倚ᄒᆞ야望ᄒᆞ더니汝ㅣ今에王을事ᄒᆞ다가王이走ᄒᆞ셧거늘汝ㅣ그處를知치못ᄒᆞᄂᆞ니汝ㅣ오히려엇지歸ᄒᆞ엿ᄂᆞ뇨王孫賈ㅣ이에淖齒를攻ᄒᆞ야殺ᄒᆞ니이에齊亡臣이셔로더부러齊王의子法章을求ᄒᆞ야셰워써齊王을삼고莒城을保ᄒᆞ야써燕을拒ᄒᆞ다

趙王이得楚和氏璧이러니卞和楚之野民得璞於楚山中獻之武王王使玉人相之曰石也刖其左足文王立和又奉璞獻玉人曰石也刖其右足成王立和抱璞泣王使玉人破之得寶璧秦昭王이欲之ᄒᆞ야請易以十五城이어ᄂᆞᆯ趙王이以問藺相如ᄒᆞᆫ대藺趙邑名韓獻子玄孫曰康食邑於藺氏焉對曰秦이以城求璧而王이不許면曲在我矣오我ㅣ與之璧而秦이不與我城則曲在秦이니臣은願奉璧而往ᄒᆞ야使秦으로城不入이어든臣이請完璧而歸ᄒᆞ리이다

趙王이楚의和氏璧을得ᄒᆞ엿더니秦昭王이欲ᄒᆞ야十五城으로써易ᄒᆞ기를請ᄒᆞ거늘趙王이써藺相如에게問ᄒᆞᆫᄃᆡ對ᄒᆞ야曰秦이城으로써璧을求홈에王이許치아니

償 갑흘 상
給 소길 티
酣 취할 감
濺 쑤릴 천
靡 쓰러질 미

(趙王)惠文王何(鼓瑟)三十五絃伏義所作也趙八善琴故請鼓之(濺大王)言將殺秦王也(靡)散也又披靡分

ᄒᆞ시면曲홈이我에게在ᄒᆞ고我가璧을與ᄒᆞ되秦이我에게城을與치아니ᄒᆞᆫ則曲홈이秦에在ᄒᆞ니臣은願컨ᄃᆡ璧을奉ᄒᆞ고往ᄒᆞ야秦으로하야곰城을入치아니ᄒᆞ거든臣이請컨ᄃᆡ璧을完ᄒᆞ야歸호리이다

相如ㅣ至秦ᄒᆞ니秦王이無意償趙城이라相如ㅣ乃紿秦王ᄒᆞ야復取璧ᄒᆞ야(紿音殆欺也)遣使者懷歸趙而以身으로待命於秦ᄒᆞ니秦王이賢而弗誅ᄒᆞ고禮而歸之어늘趙王이以相如로爲上大夫ᄒᆞ다

相如ㅣ秦에至ᄒᆞ니秦王이趙에城을償ᄒᆞᆯ意가無ᄒᆞᆫ지라相如ㅣ이에秦王을紿ᄒᆞ야다시璧을取ᄒᆞ야使者을遣ᄒᆞ야懷ᄒᆞ야趙로歸케ᄒᆞ고身으로써命을秦에待ᄒᆞ니秦王이賢케여겨誅치아니ᄒᆞ고禮ᄒᆞ야歸ᄒᆞ거늘趙王이相如로써上大夫를삼다

(壬午)三十六年이라秦王이會趙王於河外澠(音民)池러니王이與趙王으로飮酒酣에秦王이請趙王鼓瑟ᄒᆞᆫᄃᆡ趙王이鼓之어늘藺相如ㅣ復請秦王擊缶ᄒᆞᆫᄃᆡ(缶音否盛酒瓦器秦俗擊之以節樂)秦王이不肯이어늘相如ㅣ曰五步之內에(周六尺四寸爲步)臣이請得以頸血로濺(音薦湔通沾也)大王矣리다어늘左右ㅣ欲刃相如어늘相如ㅣ張目叱之ᄒᆞ니左右ㅣ皆靡라王이不豫ᄒᆞ야爲一擊缶ᄒᆞ고罷酒

匿숨을익

(廉頗之)右秦漢以前用右爲上(舍人)親近左右之通稱也後遂以爲親屬官號

ᄒᆞ다秦이終不能有加於趙ᄒᆞ고趙人이亦盛爲之備ᄒᆞ니秦不敢動이러라

三十六年이라秦王이趙王을河外澠池에서會ᄒᆞ더니王이趙王이로더부러酒를飮ᄒᆞ고酣홈에秦王이趙王에게瑟을鼓ᄒᆞ기를請ᄒᆞᆫᄃᆡ趙王이鼓ᄒᆞ거늘藺相如ㅣ다시秦王게請ᄒᆞ야缶를擊ᄒᆞ라ᄒᆞᆫᄃᆡ秦王이肯치안커늘相如ㅣ曰五步의內에臣이請컨ᄃᆡ시러곰頸血로써大王을濺ᄒᆞ리이다左右ㅣ相如를刃코져ᄒᆞ거늘相如ㅣ目을張ᄒᆞ고叱ᄒᆞ니左右ㅣ다靡ᄒᆞᆫ지라王이悅치아니ᄒᆞ야爲ᄒᆞ야ᄒᆞᆫ번缶를擊ᄒᆞ고酒를罷ᄒᆞ다秦이終도록能히趙에加홈이잇지못ᄒᆞ고趙人이ᄯᅩ盛ᄒᆞ게備ᄒᆞ니秦이敢히動치못ᄒᆞ더라

趙王이歸國ᄒᆞ야以藺相如로爲上卿ᄒᆞ니位在廉頗之右ㅣ라廉頗ㅣ曰我見相如면必辱之리라相如ㅣ聞之ᄒᆞ고每朝에常稱病ᄒᆞ고不欲爭列이러라出而望見ᄒᆞ고輒引車避匿ᄒᆞ니其舍人이皆以爲恥어늘

趙王이國에歸ᄒᆞ야藺相如로써上卿을ᄉᆞᆷ으니位가廉頗의右에在ᄒᆞᆫ지라廉頗ㅣ曰我ㅣ相如를見ᄒᆞ면반다시辱ᄒᆞ리라相如ㅣ聞ᄒᆞ고每朝에일즉이病을稱ᄒᆞ고列을爭코저아니ᄒᆞ더라出ᄒᆞ야望見ᄒᆞ고문득車를引ᄒᆞ고避匿ᄒᆞ니그舍人이다써恥ᄒᆞ다ᄒᆞ거늘

駑 로마 노
讎 원슈 슈
袒 옷버서메일 단
刎 목지를 문
(駑)凡馬之通稱
(負荊)荊楚也미以爲鞭盖令之其鞭己以謝罪也

相如ㅣ曰子視廉將軍이孰與秦王고曰不若이니이다相如ㅣ曰夫以秦王之威로도而相如ㅣ廷叱之ᄒᆞ고辱其羣臣ᄒᆞ니相如ㅣ雖駑ㅣ나獨畏廉將軍哉리오顧吾念之ᄒᆞ건딘彊秦之所以不敢加兵於趙者는徒以吾兩人이在也라今兩虎ㅣ共鬪에其勢ㅣ不俱生이니吾所以爲此者는先國家之急而後私讎也로라廉頗ㅣ聞之ᄒᆞ고肉袒負荊ᄒᆞ야至門謝罪ᄒᆞ고遂爲刎頸之交ᄒᆞ다 刎斷也言交契深重要濟生死雖斷頭而無悔也

相如ㅣ曰子가視ᄒᆞ니廉將軍이누가秦王과與ᄒᆞᆫ고曰갓지못ᄒᆞ니이다相如ㅣ曰무릇秦王의威로써라도相如ㅣ廷에셔叱ᄒᆞ고그群臣을辱ᄒᆞ니相如ㅣ비록駑ᄒᆞ나홀로廉將軍을畏ᄒᆞ리오吾로顧ᄒᆞ야念ᄒᆞ거딘彊秦의셔敢히兵을趙에加치못ᄒᆞ는바ㅅ者는한갓吾兩人이在ᄒᆞᆷ으로以ᄒᆞᆷ이라이제兩虎가ᄒᆞᆫ가지鬪ᄒᆞᆷ에그勢가俱히生치못ᄒᆞᆯ지니吾ㅣ써此를ᄒᆞ는바ㅅ者는國家의急을先히ᄒᆞ고私讎를後ᄒᆞᆷ이로라廉頗ㅣ聞ᄒᆞ고肉을袒ᄒᆞ고荊을負ᄒᆞ야門에至ᄒᆞ야罪를謝ᄒᆞ고드듸여刎頸의交가되다

是時에齊地ㅣ皆屬燕ᄒᆞ딕獨莒卽墨이未下라樂毅ㅣ圍卽墨ᄒᆞ니卽

單 홑 단 (田單)臨菑布椽齊之疎族 (宗人)官名周禮有郤宗人家宗人掌禮與衣服宮室車旗之禁令 讒 참쇼할 참 吸 마실 흡 仗 깁흘 장 (得全)以鐵籠傳車轉及城隕人爭出門皆以軸折被擒獨田單宗人得免奔即墨 (不受拜書)拜而上書也

墨大夫ㅣ出戰而死어늘卽墨人이曰安平之戰에田單宗人이以鐵籠으로得全ᄒᆞ니是는多智習兵이라ᄒᆞ고因共立以爲將ᄒᆞ야以拒燕ᄒᆞ다

이ᄯᅢ에齊地가다燕에屬호되홀노莒와卽墨이下치못ᄒᆞᆫ지라樂毅ㅣ卽墨을圍ᄒᆞ니卽墨大夫ㅣ戰에出ᄒᆞ야死ᄒᆞ거늘卽墨人이曰安平의戰에田單宗人이鐵籠으로써全을得ᄒᆞ니是는智가多ᄒᆞ고兵에習홈이라ᄒᆞ고因ᄒᆞ야ᄒᆞᆫ가지세위써將을삼아써燕을拒ᄒᆞ다

樂毅ㅣ圍二邑三年에未下ㅣ러니或이讒之於燕昭王曰樂毅는智謀過人ᄒᆞ야伐齊呼吸之間에剋七十餘城ᄒᆞ고今不下者ㅣ兩城爾니非其力不能拔이라欲久仗兵威ᄒᆞ야以服齊人ᄒᆞ야南面而王이라ᄒᆞ되昭王이於是에置酒大會ᄒᆞ고引言者ᄒᆞ야斬之ᄒᆞ고遣國相ᄒᆞ야立樂毅爲齊王ᄒᆞ니毅ㅣ惶恐ᄒᆞ야不受拜書ᄒᆞ고以死自誓라由是로齊人이服其義ᄒᆞ고諸侯ㅣ畏其信ᄒᆞ야莫敢復有謀者ㅣ러니頃之오昭王이薨ᄒᆞ고惠王立이라

惋 분할 완 (憤)懣也 (惋)驚歎也
反 담를 版 판 鍤 가래 삽

樂毅ㅣ二邑을圍ᄒᆞᆫ지三年에下치못ᄒᆞ엿더니或이燕昭王에게讒ᄒᆞ야曰樂毅ᄂᆞᆫ智와謀가人에過ᄒᆞ야齊를伐ᄒᆞᆫ지呼吸의間에七十餘城을尅ᄒᆞ고今에下치못ᄒᆞᆫ者ᄂᆞᆫ兩城이니그力이能히拔치못ᄒᆞᆷ이아니라久히兵威를仗ᄒᆞ야써齊人을服ᄒᆞ야南으로面ᄒᆞ고王코져ᄒᆞᆷ이라ᄒᆞᆫᄃᆡ昭王이이에酒를置ᄒᆞ고크게會ᄒᆞ고言ᄒᆞᆫ者를引ᄒᆞ야斬ᄒᆞ고國相을遣ᄒᆞ야樂毅를세워齊王을삼으니毅ㅣ惶恐ᄒᆞ야受치안코拜ᄒᆞ고書ᄒᆞ고死로써스ᄉᆞ로誓ᄒᆞᄂᆞᆫ지라是로由ᄒᆞ야齊人이그義를服ᄒᆞ고諸侯ㅣ그信을畏ᄒᆞ야敢히다시謀ᄒᆞᄂᆞᆫ者ㅣ有치안터니을마잇서昭王이薨ᄒᆞ고惠王이立ᄒᆞᆫ지라

惠王이 自爲太子時로 嘗不快於樂毅러니 田單이 聞之ᄒᆞ고 乃縱反間曰(反間因敵間而用計也) 樂毅ㅣ 與燕新王으로 有隙ᄒᆞ야 畏誅而不敢歸ᄒᆞ고 以伐齊爲名ᄒᆞ니 齊人이 唯恐他將어 來면 卽墨이 殘矣라ᄒᆞᆫᄃᆡ 燕王이 已疑러니 得齊反間ᄒᆞ고 乃使騎劫으로 代將(騎劫姓名) 而召樂毅어늘 毅遂奔趙ᄒᆞ니 燕將士ㅣ 由是로 憤惋不和러라

惠王이太子가된時로브터일즉樂毅에게快치못ᄒᆞ더니田單이듯고이에反間을노와曰樂毅ㅣ燕新王으로더브러隙이有ᄒᆞ야誅를畏ᄒᆞ야敢히歸치못ᄒᆞ고齊를伐ᄒᆞᆷ으로써名을ᄒᆞ니齊人이오쟉他將이來ᄒᆞ면卽墨이殘ᄒᆞᆯ가恐ᄒᆞᆫ다ᄒᆞᆫᄃᆡ燕王이임의

(行伍)二十五人爲行五人爲伍

懈 게으를 히　繒 비단 증　灌 물될 관　葦 갈듸 위　鑿 뚜를 착　觸 씨를 축　譟 지거릴 조　北 픽ᄒᆞ야 다라날 븨

(追亾逐北)逃亡者追之奔北者遯之北者北方幽陰之地軍敗走曰北

疑ᄒᆞ더니齊의反間을得ᄒᆞ고이에騎刼으로하야곰將을代ᄒᆞ고樂毅를召ᄒᆞ거늘毅가드듸여趙로奔ᄒᆞ니燕將士ㅣ是로由ᄒᆞ여憤惋ᄒᆞ야和치못ᄒᆞ더라

田單이乃身操版鍤ᄒᆞ야(音揷鍬也)與士卒로分功ᄒᆞ고妻妾을編於行伍之間ᄒᆞ고盡散飮食ᄒᆞ야饗士ᄒᆞ고令甲卒로皆伏ᄒᆞ고使老弱女子로乘城約降ᄒᆞ니燕軍이益懈어늘田單이乃收城中ᄒᆞ야得牛千餘ᄒᆞ야爲絳繒衣ᄒᆞ되(繒音曾赤色衣也)畵以五采龍文ᄒᆞ고束兵刃於其角ᄒᆞ고而灌脂束葦於其尾ᄒᆞ야(葦音偉大葭也)燒其端ᄒᆞ고鑿城數十穴ᄒᆞ야夜縱牛ᄒᆞ고壯士五千人이隨其後ᄒᆞ니牛尾ㅣ熱ᄒᆞ야怒而犇燕軍ᄒᆞ되燕軍이大驚視牛ᄒᆞ니皆龍文이오所觸에盡死傷而城中이鼓譟(譟音掃鼓譟群呼也)從之ᄒᆞ고老弱이皆擊銅器爲聲ᄒᆞ니聲動天地라燕軍이大敗走어늘齊人이殺騎刼ᄒᆞ고追亡逐北ᄒᆞ니所過城邑이皆叛燕ᄒᆞ고復爲齊ᄒᆞ야齊七十餘城이皆復焉이라乃迎襄王於莒ᄒᆞ야入臨淄ᄒᆞ니封田單ᄒᆞ야爲安平君ᄒᆞ다

田單이이에身으로版鍤을操ᄒᆞ고士卒로더부러功을分ᄒᆞ고妻妾을行伍의間에編

狄 오랑키뎍

墟 터허

ᄒᆞ고飮食을盡散ᄒᆞ야士를饗ᄒᆞ고甲卒로하야곰다伏케ᄒᆞ고老弱과女子로하야곰城을乘ᄒᆞ야降을約ᄒᆞ니燕軍이더욱懈ᄒᆞ거늘田單이이에城中에收ᄒᆞ야牛千餘를得ᄒᆞ야絳繒衣로ᄒᆞᄃᆡ五采龍文으로써畵ᄒᆞ고兵刃을角에束ᄒᆞ고脂를灌ᄒᆞ야葦를其尾에束ᄒᆞ야그端을燒ᄒᆞ고城數十穴을鑿ᄒᆞ야夜에牛를縱ᄒᆞ고壯士五千人이그後를隨ᄒᆞ니牛尾ㅣ熱ᄒᆞ야怒ᄒᆞ야燕軍으로奔ᄒᆞᆫᄃᆡ燕軍이크게驚ᄒᆞ야牛를視ᄒᆞ니다龍文이오觸ᄒᆞ는바에다死傷ᄒᆞ고城中이鼓譟ᄒᆞ야從ᄒᆞ고老弱이다銅器를擊ᄒᆞ야聲을ᄒᆞ니聲이天地를動ᄒᆞ는지라燕軍이大敗ᄒᆞ야走ᄒᆞ거늘齊人이騎刼을殺ᄒᆞ고亡을追ᄒᆞ고北을逐ᄒᆞ니過ᄒᆞ는바城邑이다燕을叛ᄒᆞ고다시齊가되여齊七十餘城이다復ᄒᆞᆫ지라이에襄王을莒에迎ᄒᆞ야臨淄로入ᄒᆞ니田單을封ᄒᆞ야安平君을삼다

田單이將攻狄ᄒᆞᆯ서往見魯仲連ᄒᆞᆫᄃᆡ仲連(齊人)이曰將軍이攻狄에不能下也리라田單이曰臣이以卽墨破亡餘卒로破萬乘之燕ᄒᆞ고復齊之墟어늘今攻狄而不下는何也오ᄒᆞ고上車弗謝而去ᄒᆞ다

田單이장찻狄을攻ᄒᆞᆯ시往ᄒᆞ야魯仲連을見ᄒᆞᆫᄃᆡ仲連이曰將軍이狄을攻ᄒᆞᆷ에能히下치못ᄒᆞ리라田單이曰臣이卽墨의破亡ᄒᆞᆫ餘卒로써萬乘의燕을破ᄒᆞ고齊의墟를復ᄒᆞ엿거늘今에狄을攻ᄒᆞ야下치못ᄒᆞᆫ다ᄒᆞᆷ은何이노ᄒᆞ고車에上ᄒᆞ야謝치아니ᄒᆞ

蕢 삼퇴이 궤
夜 쌰역
娛 질길 오
澠 물일홈 승
(厲氣) 勉厲也 奮厲也
援 당길 원
枹 북채 포

고去ᄒᆞ다

遂攻狄三月에 不克ᄒᆞ니 田單이 乃懼ᄒᆞ야 問魯仲連ᄒᆞᆫᄃᆡ 仲連이 曰將軍之在卽墨에 坐則織蕢ᄒᆞ고(蕢音饋草器也) 立則杖鍤ᄒᆞ야 爲士卒倡ᄒᆞ니 當此之時ᄒᆞ야 將軍은 有死之心ᄒᆞ고 士卒은 無生之氣ᄒᆞ니 所以破燕也어니와 今엔 將軍이 東有夜邑之奉ᄒᆞ고(夜邑地名) 西有淄上之娛ᄒᆞ고 黃金엔 橫帶而騁乎淄澠之間ᄒᆞ야(淄澠二水名) 有生之樂ᄒᆞ고 無死之心ᄒᆞ니 所以不勝也니라 田單이 曰單之有心을 先生이 志之矣로다ᄒᆞ고 明日에 乃厲氣循城ᄒᆞ야 立於矢石之所ᄒᆞ야 援枹鼓之ᄒᆞ니(援引也枹音桴擊鼓杖也) 狄人이 乃下ᄒᆞ다

드ᄃᆡ여狄을攻ᄒᆞᆫ지三月에克치못ᄒᆞ니田單이이에懼ᄒᆞ야魯仲連에게問ᄒᆞᆫᄃᆡ仲連이曰將軍이卽墨에在ᄒᆞ얀坐ᄒᆞᆫ則蕢를織ᄒᆞ고立ᄒᆞᆫ則鍤을杖ᄒᆞ야士卒을爲ᄒᆞ야倡ᄒᆞ니此時를當ᄒᆞ야將軍은死ᄒᆞᆯ心이有ᄒᆞ고士卒은生ᄒᆞᆯ氣가無ᄒᆞᆫ지라그럼으로써燕을破ᄒᆞ엿거니와今엔將軍이東으로夜邑의奉이有ᄒᆞ고西으로淄上의娛가有ᄒᆞ고黃金을帶로橫ᄒᆞ야淄澠의間을騁ᄒᆞ야生의樂이有ᄒᆞ고死의心이無ᄒᆞ니써勝치못ᄒᆞᆫ바이니라田單이曰單의心이有ᄒᆞᆷ을先生이志ᄒᆞ엿도다ᄒᆞ고明ᄒᆞᆫ日에이에

睢 물일홈 슈

搏 칠 박

蹇 절 건 (韓盧)田犬也韓國盧天下之駿犬也 (穰侯)魏冉

跽 꾸러안질 긔

樞 문지두리 츄

氣를厲ᄒᆞ고城을循ᄒᆞ야矢石의所에立ᄒᆞ야枹를援ᄒᆞ고鼓ᄒᆞ니狄人이이에下ᄒᆞ다

(辛卯)四十五年이라 魏人范睢ㅣ亾入秦ᄒᆞ야 說秦王曰以秦國之大와士卒之勇으로以治諸侯ㅣ 譬如走韓盧而搏蹇兎也어늘韓盧犬名而閉關十五年에不敢窺兵於山東者는是는 穰侯ㅣ爲秦謀不忠而大王之計ㅣ 亦有所失也로소이다 王이跽曰願聞失計ᄒᆞ노라 睢ㅣ曰夫穰侯ㅣ越韓魏而攻齊ㅣ 非計也라 今王이不如遠交而近攻이니得寸이라도 則王之寸也오 得尺이라도則王之尺也라 今夫韓魏는 中國之處而天下之樞也니 王若欲霸ㅣ딘 必親中國ᄒᆞ야以爲天下樞ᄒᆞ야 (樞猶言出入往來之所也) 以威楚趙니楚趙ㅣ 皆附면 齊必懼矣리니齊附則韓魏를 因可虜也리이다 王曰善타ᄒᆞ고 乃以范睢로爲客卿ᄒᆞ야與謀國事ᄒᆞ다

四十五年이라魏人范睢ㅣ亾ᄒᆞ야秦에入ᄒᆞ야秦王을說ᄒᆞ야曰秦國의大와士卒의

齕 씹을 흘 按據 遏也 按 막을 알 數 자조 삭 括 거둘 괄

勇으로써諸侯를治홈이譬컨되韓盧를走호야蹇호는兎를搏홈과如호거늘關을閉호지十五年에敢히兵을山東에窺치못호는者는이는穰侯ㅣ秦을爲호야謀홈이忠치못홈이오大王의計가또호失호바이有홈이로소이다王이跽호야曰計를失홈을聞키願호노라睢ㅣ曰무릇穰侯ㅣ韓魏를越호야齊를攻홈이計가아니라今에王이遠히交호고近히攻홈만갓지못호니寸을得호드라도곳王의寸이오尺을得호드라도곳王의尺이라이제무릇韓과魏는中國의處이고天下의樞니王이만일覇코져호실진되반다시中國을親호야써天下의樞가되여써楚와趙를威홀지니楚와趙가다附호면齊가반다시懼호리니齊가附호則韓과魏를因호야可히虜호리이다王이曰善타호고이에范睢로써客卿을숨어더브러國事를謀호다

(辛丑)五十五年이라秦左庶長王齕이伐韓호야攻上黨拔之호니上黨民이走趙어늘趙廉頗ㅣ軍於長平호야以按據上黨民호니王齕이因伐趙호되趙軍이戰數不勝이라廉頗ㅣ堅壁不出이어늘趙王이以頗로失亡이多而更怯不戰이라호야怒數讓之호되應侯ㅣ使人으로反間曰秦之所畏는獨畏馬服君之子趙括이爲將爾니馬服君趙奢 廉頗는易

(膠)柱鼓瑟絃有緩急而調之

膠 아교 교

在於轉運其柱若膠其柱則絃不可得而調之言不知合變是也(書傳)傳去聲

奢 사치 샤

與오 且降矣리라ᄒᆞᆫ되 趙王이 遂以趙括로 代頗將ᄒᆞ니 藺相如ㅣ曰王이 不知

以名使括ᄒᆞ시나 若膠柱鼓瑟이로소이다 括은 徒能讀其父書傳이오 不知

合變也니이다 王이 不聽ᄒᆞ다

五十五年이라秦左庶長王齕이韓을伐ᄒᆞ야上黨을攻ᄒᆞ야拔ᄒᆞ니上黨民이趙로走ᄒᆞ거늘趙廉頗ㅣ長平에軍ᄒᆞ야써上黨을按據ᄒᆞ니王齕이因ᄒᆞ야趙를伐ᄒᆞᆫ대趙軍이戰을자조ᄒᆞ대勝치못ᄒᆞᄂᆞᆫ지라廉頗ㅣ壁을堅히ᄒᆞ고出치아니ᄒᆞ거늘趙王이頗로써失亡ᄒᆞᆷ이多ᄒᆞ고다시怯ᄒᆞ야戰치안는다ᄒᆞ야怒ᄒᆞ야자조讓ᄒᆞᆫ대應侯ㅣ人으로ᄒᆞ야곰反間ᄒᆞ야曰秦의畏ᄒᆞᄂᆞᆫ바ᄂᆞᆫᄒᆞᆯ노馬服君의子趙括이將이됨을畏ᄒᆞᆷ이니廉頗ᄂᆞᆫ쉬입고또ᄒᆞᆫ降ᄒᆞ리라ᄒᆞᆫ대趙王이드대여趙括로써頗를代ᄒᆞ야將ᄒᆞ니藺相如ㅣ曰王이名으로써括을使ᄒᆞ시나柱에膠ᄒᆞ고瑟을鼓ᄒᆞᆷ과갓도소이다括은한갓能히그父의書傳을讀ᄒᆞᆷ이오合變은知치못ᄒᆞᄂᆞ니다王이聽치안타

初에 趙括이 自少時로 學兵法ᄒᆞ야 以天下ㅣ莫能當이라ᄒᆞ야 嘗與其父奢로 言兵事에 奢ㅣ不能難이나 然이나 不謂善이어늘 括母ㅣ問其故ᄒᆞᆫ되 奢ㅣ曰兵은 死地也어늘 而括이 易言之ᄒᆞ니 趙若將括이면 破趙軍者는 必括也리라ᄒᆞ더니 及括이 將行에 其母ㅣ上書言括을 不可使리ᄒᆞᆫ되 王曰吾己决矣로라 母曰卽有不稱이라도 妾은 請無隨坐ᄒᆞ소서 王이 許之ᄒᆞ다

初에趙括이少時로브터兵法을學ᄒᆞ야써天下ㅣ能히當ᄒᆞ리가업다ᄒᆞ야일즉이그父奢로더브러兵事를言ᄒᆞᆯ시奢ㅣ能히難치못ᄒᆞ나그러나善ᄒᆞ다謂치안커늘括의母ㅣ그故를問ᄒᆞᆫᄃᆡ奢ㅣ曰兵은死地거늘括이쉽게말ᄒᆞ니趙가만일括을將ᄒᆞ면趙軍을破ᄒᆞᆯ者는반다시括이라ᄒᆞ더니밋括이장찻行ᄒᆞᆷ에그母ㅣ書를上ᄒᆞ야言호대括을可히使치못ᄒᆞᆯ것이라ᄒᆞᆫ대王이曰吾ㅣ임의決ᄒᆞ엿노라母ㅣ曰곳稱치못ᄒᆞᆷ이有ᄒᆞᆯ지라도請컨ᄃᆡ妾은隨ᄒᆞ야坐ᄒᆞ지마소셔王이許ᄒᆞ다

秦王이聞括이爲趙將ᄒᆞ고乃陰使武安君으로爲上將ᄒᆞ고(釋義 武安君은秦白起也)而王齕로爲裨將ᄒᆞ고令軍中ᄒᆞ되有敢泄武安君將者ᄆᆞ斬ᄒᆞ리라

秦王이括이趙將됨을聞ᄒᆞ고이에감안이武安君으로ᄒᆞ야곰上將을삼고王齕로裨將을삼고軍中에令ᄒᆞ되敢히武安君이將ᄒᆞ엿다泄ᄒᆞ난지有ᄒᆞ면斬ᄒᆞ리라

趙括이至軍ᄒᆞ야悉更約束ᄒᆞ고易置軍吏ᄒᆞ고出兵擊秦이어늘武安君이佯敗而走ᄒᆞ고張二奇兵ᄒᆞ야以刦之러니趙括이乘勝ᄒᆞ야追造秦壁ᄒᆞ니堅拒不得入ᄒᆞ고奇兵이絕趙軍之後ᄒᆞ니趙軍이食絕四十六日에皆內陰相殺食이라趙括이自出銳卒ᄒᆞ야摶戰ᄒᆞ니秦人이射殺之ᄒᆞᆫᄃᆡ趙師ㅣ大敗ᄒᆞ야卒四十萬人이皆降이어늘武安君이乃挾詐而盡坑殺之ᄒᆞ고遣其小者二百四十人ᄒᆞ야歸趙ᄒᆞ다

裨 도을 비
泄 실 설
更 고칠 경
佯 거짓 양
坑 무들 ᄀᆡᆼ
(摶戰)摶 手對搏也

斌 빗날 변　貪 탐할 탐

哺 먹일 포　棟 들보 동　呴 질길 후 (呴々)和悅貌

趙括이軍에至ᄒᆞ야다約束을更ᄒᆞ고軍吏를밧고어두고兵을出ᄒᆞ야趙을擊ᄒᆞ거늘武安君이거짓敗ᄒᆞ야走ᄒᆞ고二奇兵을張ᄒᆞ야써刼ᄒᆞ더니趙括이勝을乘ᄒᆞ야秦壁을追ᄒᆞ야造ᄒᆞ니堅히拒홈으로시러곰入치못ᄒᆞ고奇兵이趙軍의後를絶ᄒᆞ니趙軍이食이絶ᄒᆞᆫ지四十六日에다內로가만니서로殺ᄒᆞ야食ᄒᆞ는지라趙括이스ᄉᆞ로銳卒을出ᄒᆞ야搏戰ᄒᆞ니秦人이射ᄒᆞ야殺ᄒᆞᆫ대趙師ㅣ크게敗ᄒᆞ야卒四十萬人이다降ᄒᆞ거늘武安君이이에詐를挾ᄒᆞ야다坑ᄒᆞ야殺ᄒᆞ고그小者二百四十人을遣ᄒᆞ야趙로歸ᄒᆞ다

(壬寅)五十六年이라秦之始伐趙也에魏王이問諸大夫ᄒᆞᆫ듸皆以爲秦伐趙는於魏에便이라ᄒᆞ야늘孔斌이(孔子六世孫子順也)曰不然ᄒᆞ다秦은貪暴之國也라勝趙면必復他求ㅣ니吾恐於時에魏受其師也ᄒᆞᆯ가ᄒᆞ노라

五十六年이라秦이비로소趙를伐홈의魏王이大夫에게問ᄒᆞᆫ대다써ᄒᆞ되秦이趙를伐홈은魏에便ᄒᆞ다ᄒᆞ거늘孔斌이曰然치안타秦은貪暴의國이라趙를勝ᄒᆞ면반다시다시他를求ᄒᆞ리니吾ㅣ恐ᄒᆞ건티그ᄯᅢ에魏가其師를受ᄒᆞᆯ가ᄒᆞ노라

先人이有言ᄒᆞ듸燕雀이處堂ᄒᆞ야子母ㅣ相哺呴呴(音句)焉相樂也ᄒᆞ야自以爲安이러니竈突炎上ᄒᆞ야棟宇ㅣ將焚ᄒᆞ듸燕雀이顔不變ᄒᆞ고不知禍

悟셔다를오

邯싸한 鄲싸단 (武安君)武安縣名一說戰必克得百姓安集故曰武安也

之將及己也라ᄒᆞ니 今子ㅣ不悟趙破에 患將及己ᄒᆞ니 可以人而同
於燕雀乎아 當今山東之國이 敝而不振ᄒᆞ고 三晉이 割地以求
安ᄒᆞ고 二周ㅣ 折而入秦ᄒᆞ고 燕齊楚ㅣ 己屈服矣니 以此觀之컨ᄃᆡ 不
出二十年ᄒᆞ야 天下ㅣ 其盡爲秦乎ㄴ뎌

先人이言이有ᄒᆞᄃᆡ燕雀이堂에處ᄒᆞ야子와母ㅣ서로哺ᄒᆞ고呴々ᄒᆞ며서로樂ᄒᆞ야
ᄉᆞᄉᆞ로써安ᄒᆞ다ᄒᆞ더니竈突에炎이上ᄒᆞ야棟과宇가장ᄎᆞᆺ焚ᄒᆞᆫ대燕雀이顏을變치
아니ᄒᆞ고禍가장ᄎᆞᆺ己에及ᄒᆞᆯ줄을知치못ᄒᆞᆫ다ᄒᆞ니今에子ㅣ趙가破ᄒᆞᆷ에患이장ᄎᆞᆺ
己에及ᄒᆞᆯ줄을悟치못ᄒᆞ니可히써人이고燕雀과同ᄒᆞᆫ가當今에山東의國이敝ᄒᆞ야
振치못ᄒᆞ고三晋이地를割ᄒᆞ야써安을求ᄒᆞ고二周가折ᄒᆞ야秦으로入ᄒᆞ고燕과齊
와楚ㅣ임의屈服ᄒᆞ엿ᄉᆞ니此로써觀컨ᄃᆡ二十年을出치못ᄒᆞ야天下ㅣ그다秦이될
진뎌

(癸卯)五十七年이라 秦이 以王陵으로 攻邯鄲ᄒᆞ니 武安君이 曰邯鄲은
實ᄒᆞ니 未易攻也ㅣ오 且諸侯之救ㅣ 日至니 破秦軍이 必矣라ᄒᆞ고 辭疾
不行ᄒᆞᆫᄃᆡ 乃以王齕로 代王陵이어늘 趙王이 使平原君으로 求救於楚ᄒᆞᆫᄃᆡ

(平原君)趙公子勝也 (求救於楚)楚烈王宛

錐(송곳 추) 立見却便也易也

平原君이約其門下食客文武備具者二十人ᄒᆞ야與之俱ᄒᆞᆯ서 得十九人ᄒᆞ고餘無可取者러니毛遂ㅣ自薦於平原君이어늘

五十七年이라秦이王陵으로써邯鄲을攻ᄒᆞ니武安君이曰邯鄲은實ᄒᆞ니易ᄒᆞ게攻홈슈업고ᄯᅩ諸侯의救ㅣ日로至ᄒᆞ니秦軍을破홈이必ᄒᆞ리라ᄒᆞ고疾을辭ᄒᆞ고行치아니ᄒᆞᆫ대이에王齕로써王陵을代ᄒᆞ거늘趙王이平原君으로하야곰楚에救를求케ᄒᆞᆫ대平原君이그門下食客에文武가備具ᄒᆞᆫ者二十人을約ᄒᆞ야더부러ᄒᆞᆫ가지ᄒᆞ려ᄒᆞᆯ시十九人을得ᄒᆞ고餘는可히取ᄒᆞᆯ者ㅣ無ᄒᆞ더니毛遂ㅣᄉᆞᄉᆞ로平原君에게薦ᄒᆞ거늘

平原君이曰夫賢士之處世也ㅣ譬若錐之處囊中ᄒᆞ야其末이立見이어늘(現音)今先生은處勝之門下ㅣ三年於此矣로되勝이未有所聞ᄒᆞ니是는先生이無所有也로다

平原君이曰무릇賢士가世에處홈이譬컨디錐가囊中에處ᄒᆞ야그끗이셔셔보이는것과갓거늘今에先生은勝의門下에處ᄒᆞᆫ지此에三年이로대勝이聞ᄒᆞᆫ바이잇지아니ᄒᆞ니是는先生이有ᄒᆞᆫ바가無홈이로다

毛遂ㅣ曰臣이乃今日에請處囊中이니使遂로蚤得處囊中이면

穎 자로 영

按 안음할 안 (按)持也

(兩言)謂利害也

乃穎脫而出이오 非特其末見而已라ᄒᆞ야늘 平原君이 乃與之俱ᄒᆞ니 十九人이 相與目笑之러라

毛遂ㅣ曰臣이이에今日에囊中에處ᄒᆞ기를請ᄒᆞᆷ이니遂로하야곰일즉이囊中에處ᄒᆞᆷ을得ᄒᆞ엿더면이에穎이脫ᄒᆞ야出ᄒᆞ엿슬것이오特히그末만見ᄒᆞᆯ다름이아니라ᄒᆞ야늘平原君이이에더브러한가지ᄒᆞ니十九人이서로더브러目ᄒᆞ야笑ᄒᆞ더라

平原君이 至楚ᄒᆞ야 與楚王으로 言合從之利害ᄒᆞᆯ서 日出而言之ᄒᆞ야 日中不決이어늘 毛遂ㅣ 按劒歷階而上ᄒᆞ야 謂平原君曰從之利害는 兩言而決爾어늘 今에 日出而言ᄒᆞ야 日中不決은 何也잇고 楚王이 怒叱曰胡不下오 吾ㅣ 乃與而君言이어늘 汝는 何爲者也오

平原君이楚에至ᄒᆞ야楚王으로더부러合從의利害를言ᄒᆞᆯ서日이出ᄒᆞᆯ제言ᄒᆞ야日이中토록決치못ᄒᆞ거늘毛遂ㅣ劒을按ᄒᆞ고階를歷ᄒᆞ야上ᄒᆞ야原君君다려謂ᄒᆞ야曰從의利害는兩言으로決ᄒᆞᆯ것이어늘今에日이出ᄒᆞᆯ제브러言ᄒᆞ야日이中토록決치못ᄒᆞᆷ은엇지ᄒᆞᆷ이니잇고楚王이怒ᄒᆞ야ᄭᅮ지져曰엇지下치안나뇨吾가이에너의君으로더부러言ᄒᆞ거늘汝는엇더ᄒᆞᆫ者이뇨

恃 믿을 시
懸 달 현
竪 더벅머리 슈
鄢 싸 언
(擧)挈也 拔也 拔之如擧物然 言易也
(辱王之先人)赧王三十七年秦白起伐楚拔郢燒夷陵楚徒都陳秦置南郡
歃 직을 삽

遂ㅣ按劍而前曰王之所以叱遂者ᄂᆞᆫ 以楚國之衆이어니와 今十步之內에 不得恃衆也리이다 王之命이 懸於遂手ᄒᆞ니 吾君이 在前에 叱者ᄂᆞᆫ 何也오 今에 以楚之彊으로 天下ㅣ 弗能當이라ᄒᆞ나 白起ᄂᆞᆫ 小竪子爾로되(釋義 小竪子言其庸劣無知若童竪然) 一戰而擧鄢(音偃)郢ᄒᆞ고 再戰而燒夷陵ᄒᆞ고 三戰而辱王之先人ᄒᆞ니 此ᄂᆞᆫ 百世之怨而趙之所羞어ᄂᆞᆯ 而王이 弗知惡焉ᄒᆞ니 合從者ᄂᆞᆫ 爲楚오 非爲趙也니이다 楚王이 曰唯唯라 誠若先生之言인된 謹奉社稷以從호리라

遂가劍을按ᄒᆞ고前ᄒᆞ야曰王이써遂를叱ᄒᆞᄂᆞᆫ바ㅅ者ᄂᆞᆫ楚國의衆으로써홈이어니와이제十步에內에시려곰衆을恃치못ᄒᆞ게ᄒᆞ리이다王의命이遂의手에懸ᄒᆞ엿ᄉᆞ니吾君이前에在ᄒᆞ미叱ᄒᆞᄂᆞᆫ者ᄂᆞᆫ무엇이오今에楚의彊홈으로써天下ㅣ能히當치못ᄒᆞᆫ다ᄒᆞ나白起ᄂᆞᆫ小ᄒᆞᆫ竪子로ᄃᆡ一戰ᄒᆞ야鄢郢을擧ᄒᆞ고再戰ᄒᆞ야夷陵을燒ᄒᆞ고三戰ᄒᆞ야王의先人을辱ᄒᆞ엿ᄉᆞ니此ᄂᆞᆫ百世의怨이고趙의羞ᄒᆞᄂᆞᆫ바이어ᄂᆞᆯ王이惡홈을知치못ᄒᆞ니合從ᄒᆞᄂᆞᆫ者ᄂᆞᆫ楚를爲홈이오趙를爲홈은아니니이다楚王이曰唯唯로라진실로先生의言과갓흘진ᄃᆡ삼가社稷을奉ᄒᆞ야써從호리라

毛遂ㅣ謂楚王之左右曰取鷄狗馬之血來ᄒᆞ라 毛遂ㅣ奉銅盤而跪進之楚王曰王은當歃血而定從ᄒᆞ소서(歃音箑 釋義 盟者各以血塗口旁曰歃血餘者瘞之故歃盟之用牲貴賤

碌 록록 할록 록

不同天子用牛馬諸侯犬豭大夫以下用鷄今云鷄狗馬者蓋總盟之用牲也 次者는吾君이오次者는遂라ᄒᆞ고遂定從於殿上ᄒᆞ고毛遂ㅣ左手로持盤血而右手로招十九人ᄒᆞ야歃血於堂下曰公等은碌碌ᄒᆞ니(音祿)所謂因人成事者也로다平原君이已定從而歸ᄒᆞ야至於趙曰勝이不敢復相天下士矣라ᄒᆞ고遂以毛遂로爲上客ᄒᆞ니於是에楚王이使春申君으로(黃歇)將兵救趙ᄒᆞ다

毛遂ㅣ楚王의左右더러謂ᄒᆞ야曰雞狗馬의血을取ᄒᆞ야來ᄒᆞ라毛遂ㅣ銅盤을奉ᄒᆞ고跪ᄒᆞ야楚王에게進ᄒᆞ야曰王은맛당이血을歃ᄒᆞ고從을定ᄒᆞ소서次者는吾君이오次者는遂라ᄒᆞ고드대여從을殿上에定ᄒᆞ고毛遂ㅣ左手로盤血을持ᄒᆞ고右手로十九人을招ᄒᆞ야血을堂下에서歃케ᄒᆞ고曰公等은碌碌ᄒᆞ니일운바人을因ᄒᆞ야事를成ᄒᆞ는者이로다平原君이엇의從을定ᄒᆞ고歸ᄒᆞ야趙에至ᄒᆞ야曰勝이敢히다시天下의士를相ᄒᆞ지안컷다ᄒᆞ고드대여毛遂로써上客을ᄉᆞᆷ으니이에楚王이春申君으로ᄒᆞ야곰兵을將ᄒᆞ고趙를救ᄒᆞ다

(戊寅)以鄴爲憂如河伯娶婦之類史記西門豹爲鄴令三老廷掾歲歛民錢爲河伯娶婦巫行視小家女好者聘取如嫁女床席令女居上浮之河中豹呼河伯婦曰是女不好煩大巫嫗爲入報河伯更求好女使吏卒抱巫嫗投之河中復以弟子投河中凡三投豹曰是皆不能白煩三老入白之復投三老良久豹曰欲使廷掾與豪長者趣之皆叩頭流血史民大驚自此不敢復言(庚寅)田和陳厲公佗之子完之九世田常之曾孫也完避禍奔齊齊以陳爲田氏爲齊世卿嘗弑簡公和簒齊爲諸侯是爲威王○陳嬀姓侯爵帝舜之後武王封閼父之子滿於陳三十四世爲楚所滅(壬戌)齊桓公與魯莊公會于柯將盟曹沫執匕首刼桓公曰請歸侵地桓公許之後桓公欲背約勿與管仲曰不可乃悉以侵地歸之于魯伐原之利晉文公圍原命三日之糧原不降命去之諜曰原將降矣軍吏請待之公曰信國之寶也得原失信所亡滋多退一舍而原降

垣(담원)

(晋鄙)姓名也

(新垣)複姓也

周紀

赧王下

(甲辰)五十八年이라 魏王이 使晋鄙로 救趙호서 秦王이 使謂魏曰吾ㅣ 攻趙호야 旦暮에 且下니 諸侯ㅣ 敢救者면 必移兵先擊之호리라

五十八年이라魏王이晋鄙로호야곰趙를救호실서秦王이使호야魏에謂호야曰吾ㅣ趙를攻호야旦暮에또下호것이니諸侯ㅣ敢히救호는者면반다시兵을移호야먼저擊호리라

魏王이 恐호야 止晋鄙壁鄴호고 又使將軍新垣衍으로 說趙王호야 欲共尊秦爲帝호야 以却其兵이어늘 魯仲連이 聞之호고 往見衍曰彼秦者는 棄禮義而上首功之國也라 (秦法置爵三十等以戰獲首級者計以受爵謂斬一人首賜爵一級故天下謂之上首功之國者以惡之也) 彼卽肆然而爲帝則連은 有蹈東海而死耳언정 不願爲之民也호노라

魏王이恐호야晋鄙를止호야鄴에壁호고또將軍新垣衍으로호야곰趙王을說호야

憎 미위함증

한가지秦을尊ᄒᆞ야帝를삼아써그兵을却코져ᄒᆞᆫ거늘魯仲連이聞ᄒᆞ고가셔衍을見ᄒᆞ고曰져秦인者는禮義를棄ᄒᆞ고首功을上ᄒᆞ는國이라제곳肆然히帝가된즉連은東海에蹈ᄒᆞ야死홈이有ᄒᆞᆯ지언졍民되기는願치안노라

今秦도萬乘之國也오梁亦萬乘之國也라(梁即魏也)從而帝之면秦이將行天子之禮ᄒᆞ야以號令於天下ᄒᆞ고變易諸侯之大臣ᄒᆞ리니彼將奪其所不肖而與其所賢ᄒᆞ며奪其所憎而與其所愛ᄒᆞ면梁王은安得晏然而已乎아衍이起再拜曰吾ㅣ乃今에知先生은天下之士也로니不敢復言帝秦矣리로라

이제秦도萬乘의國이오梁도ᄯᅩ萬乘의國이라從ᄒᆞ야帝ᄒᆞ면秦은쟝ᄎᆞᆺ天子의禮를行ᄒᆞ야써天下에號令ᄒᆞ고諸侯의大臣을變易ᄒᆞ리니졔가쟝ᄎᆞᆺ그不肖ᄒᆞᆫ바를奪ᄒᆞ고그賢ᄒᆞ는바를與ᄒᆞ며그憎ᄒᆞ는바를奪ᄒᆞ고그愛ᄒᆞ는바를與ᄒᆞ면梁王은엇지시러곰晏然ᄒᆞᆯᄯᆞ름이랴衍이起ᄒᆞ야再拜ᄒᆞ고曰吾ㅣ이졔야先生은天下의士이신줄知ᄒᆞ엿노니敢히다시秦을帝ᄒᆞᆫ다言치안킷로라

初에魏公子無忌ㅣ愛人下士ᄒᆞ야(下禮過也)致食客이三千人이라魏有隱

嬴 넉넉홀 영

讓 ᄭᅮ지질 양 (冠蓋)有冠者有蓋之士也

士ᄒᆞ니 日侯嬴이니 年七十에 家貧ᄒᆞ야 爲夷門(梁城東門)監者ㅣ러니(夷門之抱關者) 公子ㅣ 置酒ᄒᆞ고 大會賓客ᄒᆞ야 坐定에 公子ㅣ 從車騎虛左ᄒᆞ고(凡乘車尊者居左御者居中又一人處其右以備傾側虛左謂空左方一位以迎之盖尊之也) 自迎侯生ᄒᆞ다가 侯生이 至에 引坐上坐ᄒᆞ니 賓客이 皆驚ᄒᆞ더라

初에魏公子無忌ㅣ人을愛ᄒᆞ고士를下ᄒᆞ야食客이三千人에致ᄒᆞᆫ지라魏에隱士ㅣ有ᄒᆞ니曰侯嬴이니年이七十에家가貧ᄒᆞ야夷門監者가되엿더니公子ㅣ酒를置ᄒᆞ고크게賓客을會ᄒᆞ야坐를定ᄒᆞᆷ의公子ㅣ車騎로從ᄒᆞ야左를虛ᄒᆞ고ᄉᆞᄉᆞ로侯生을迎ᄒᆞ다가侯生이至ᄒᆞᆷ에引ᄒᆞ야上坐에안치니賓客이다驚ᄒᆞ더라

及秦이 圍趙ᄒᆞᆫ대 趙平原君之夫人은 公子無忌之姊也ㅣ라 平原君의 使者冠蓋ㅣ 相屬於魏ᄒᆞ야 讓公子曰 勝이 所以自附於婚姻者는 以公子之高義로 能急人之困也ㅣ라 今邯鄲이 旦暮에 降秦이어ᄂᆞᆯ 而魏救ㅣ 不至ᄒᆞᆫ대

秦이趙를圍함에及ᄒᆞ얀趙平原君의夫人은公子無忌의姊이라平原君의使者冠蓋ㅣ서로魏에屬ᄒᆞ야公子를讓ᄒᆞ야日勝이써ᄉᆞᄉᆞ로婚姻에附ᄒᆞᆫ바ㅅ者는公子의高義로써能히人의困를急히ᄒᆞᆸ가ᄒᆞᆷ이라今에邯鄲이旦暮에秦에降ᄒᆞ게거ᄂᆞᆯ魏의救

敕 신측 힐측 屬 부탁ᄒᆞᆯ촉 (無他端)無他奇策以發端也 餒 주릴뇌

(報其父仇)如姬之父爲之所殺公子使客斬其仇首以進如姬 竊 도적절 符 병부부

ㅣ至치안는다ᄒᆞᆫ대

公子ㅣ數請魏王ᄒᆞ야敕晉鄙救趙ᄒᆞ고及賓客辯士ㅣ遊說音稅萬端ᄒᆞᆫ디王이終不聽이어놀公子ㅣ乃屬賓客ᄒᆞ야約車騎百餘乘ᄒᆞ야欲赴鬪以死於趙라가過見侯生ᄒᆞᆫ디生이曰公子ㅣ無他端而欲赴秦軍ᄒᆞ니如以肉으로投餒音賴餓也虎ㅣ니何功之有리오

公子ㅣ자조魏王께請ᄒᆞ야晉鄙를敕ᄒᆞ야趙를救ᄒᆞ게ᄒᆞ고밋賓客과辯士ㅣ萬端으로遊說ᄒᆞ되王이종시聽치안커늘公子ㅣ이에賓客에게屬ᄒᆞ야車騎百餘乘을約ᄒᆞ야鬪에赴ᄒᆞ야써趙에死코져ᄒᆞ다가過ᄒᆞ야侯生을見ᄒᆞᆫ대生이曰公子ㅣ他端이업시秦軍에赴코져ᄒᆞ니肉으로써餒ᄒᆞᆫ虎에게投ᄒᆞᆷ과如ᄒᆞ니무ᄉᆞᆫ功이有ᄒᆞ리오

公子ㅣ再拜問計ᄒᆞᆫ디生이曰吾聞晉鄙兵符ㅣ在王臥內ᄒᆞ고符信也輔也古者以竹爲之故字從竹後世詐僞蜂起以竹易得之物不足爲之防於是以銅鐵金銀鑄爲象而用故有虎符銅魚等剖與郡國各分一半右留京師左以與之朝廷徵發都督郡府參驗皆合然後遣之而如姬姬姓如氏最幸이라ᄒᆞ니力能竊之오且公子ㅣ嘗爲報其父仇ᄒᆞ니如姬ㅣ欲爲公子ᄒᆞ야死無所辭라誠一開口則得虎符ᄒᆞ야奪鄙兵ᄒᆞ니北救趙

（將在外君令有所不受）古孫武子之言

ᄒᆞ고西却秦이면此는五伯之功也니이다

公子ㅣ再拜ᄒᆞ고計ᄅᆞᆯ問ᄒᆞᆫ대生이曰吾ㅣ聞ᄒᆞ니晉鄙의兵符ㅣ王의臥內에在ᄒᆞ고如姬ㅣ가장幸ᄒᆞᆫ다ᄒᆞ니力이能히竊ᄒᆞᆯ것이오또公子ㅣ일즉이그父의仇ᄅᆞᆯ報ᄒᆞ엿ᄉᆞ니如姬ㅣ公子ᄅᆞᆯ爲ᄒᆞ고ᄌᆞᄒᆞ야死ᄒᆞᆯ지라도辭치아닐지라만일한번口ᄅᆞᆯ開ᄒᆞᆫ즉虎符ᄅᆞᆯ得ᄒᆞ리니鄙의兵을奪ᄒᆞ야北으로趙ᄅᆞᆯ救ᄒᆞ고西으로秦을却ᄒᆞ면此는五伯의功이니이다

公子ㅣ如其言ᄒᆞ야得兵符ᄒᆞ되侯生이曰將在外에君令을有所不受ᄒᆞ나니有如鄙ㅣ疑而復請之則事ㅣ危矣라臣의客朱亥는力士니可與俱라鄙ㅣ不聽이어든使擊之ᄒᆞ쇼서

公子ㅣ그言과如히ᄒᆞ야兵符ᄅᆞᆯ得ᄒᆞᆫ대侯生이曰將이外에在ᄒᆞ미君令을受치아니ᄒᆞᄂᆞᆫ바ㅣ有ᄒᆞᄂᆞ니만일에鄙가疑ᄒᆞ고다시請ᄒᆞᆷ이有ᄒᆞᆫ則事ㅣ危ᄒᆞᆯ지라臣의客朱亥ᄂᆞᆫ力士니可히더브러俱ᄒᆞᆯ지라鄙가聽치안커든하야곰擊ᄒᆞ소서

公子ㅣ至鄴ᄒᆞ니晉鄙ㅣ合符ᄒᆞ고果疑之ᄒᆞ야擧手視公子曰吾ㅣ擧十萬之衆ᄒᆞ고屯於境上ᄒᆞ니國之重任이어늘今單車來代之ᄂᆞᆫ何如

選 쎌선

憐 슬퍼홀 연

哉오 亥ㅣ袖四十斤鐵椎라가椎殺鄙ᄒᆞ다

公子ㅣ鄴에至ᄒᆞ니晉鄙ㅣ符를合ᄒᆞ고果然疑ᄒᆞ야手를擧ᄒᆞ고公子를視ᄒᆞ여曰吾ㅣ十萬의衆을擧ᄒᆞ야境上에屯ᄒᆞ니國의重任이거늘이제單車로來ᄒᆞ야代홈은엇지홈이뇨亥가四十斤鐵椎를袖ᄒᆞ얏다가鄙를椎ᄒᆞ야殺ᄒᆞ다

公子ㅣ下令曰父子ㅣ俱在軍中者는 父歸ᄒᆞ고兄弟ㅣ俱在軍中者는兄歸ᄒᆞ고獨子無兄弟者는 歸養ᄒᆞ라ᄒᆞ고 得選兵八萬人ᄒᆞ야 將之而進ᄒᆞ다

公子ㅣ令을下ᄒᆞ야曰父子ㅣ俱히軍中에在ᄒᆞᆫ者는父는歸ᄒᆞ고兄弟가俱히軍中에在ᄒᆞᆫ者는兄은歸ᄒᆞ고獨子로兄弟가無ᄒᆞᆫ者는歸ᄒᆞ야養ᄒᆞ라ᄒᆞ고兵을選ᄒᆞ야八萬人을得ᄒᆞ야將ᄒᆞ고進ᄒᆞ다

王齕이 久圍邯鄲ᄒᆞ되 不拔ᄒᆞ고 諸侯ㅣ來救ᄒᆞ야 數戰不利어늘 武安君이聞之ᄒᆞ고曰王이不聽吾計러니今何如矣오 奈王이聞之ᄒᆞ고 怒ᄒᆞ야免武安君ᄒᆞ야爲士伍ᄒᆞ고遷之陰密ᄒᆞᆯ서至杜郵ᄒᆞ야使使者로 賜之劒ᄒᆞᆫ디 武安君이遂自殺ᄒᆞ니秦人이憐之러라

(華陽夫人)自所奉之邑華陽縣故因以爲號

王齕이오래邯鄲을圍호되拔치못호고諸侯ㅣ와셔來救호야자조戰호되利치못호거놀武安君이듯고曰王이吾의計를聽치안터니이제엇더호고秦王이듯고怒호야武安君을免호야士伍를숨고陰密에遷홀시杜郵에至호야使者를부려劒을賜호대武安君이드대여스스로殺호니秦人이불상히너기더라

魏公子無忌ㅣ大破秦師於邯鄲下호니王齕이解邯鄲圍호고走라公子無忌ㅣ旣存趙호얀遂不敢歸魏호고使將으로將其軍以還호다 無忌封爲信陵君

魏公子無忌ㅣ秦師를邯鄲下에서크게破호니王齕이邯鄲의圍를解호고走호는지라公子無忌ㅣ임의趙를存호얀드대여敢히魏로歸치못호고將으로호야곰그軍을將호야써還호다

秦太子之子異人이自趙逃歸秦호니太子妃는曰華陽夫人이니無子호고夏姬ㅣ生子異人호야質於趙러니秦이數伐趙호야趙不禮之호니困不得意라 釋義異人孝文王子也後更名楚

秦太子의子異人이趙로브터逃호야秦에歸호니太子妃는曰華陽夫人이니子가無호고夏姬가子異人을生호야趙에質호얏더니秦이자조趙를伐호야趙가禮치아니호니困호야意를得지못호는지라

翟꿩적 賈장사고 嗣이을사 適맛아달적

陽翟河南縣名大賈音古往來賤貿貴賣者呂不韋ㅣ適邯鄲이라가見之ᄒᆞ고曰此는奇貨니可居라ᄒᆞ고釋義以異人方財貨也居蓄積也謂居蓄賤物以乘時射利也乃說之曰秦王이老矣오太子ㅣ愛華陽夫人而無子ᄒᆞ고子之兄弟二十餘人에子ㅣ居中ᄒᆞ되不甚見幸ᄒᆞ니太子ㅣ卽位라도子ㅣ不得爭爲嗣矣리라

陽翟大賈呂不韋ㅣ邯鄲에適ᄒᆞ얏다가見ᄒᆞ고曰이것은奇貨니可히싸어둘것이라ᄒᆞ고이에說ᄒᆞ야曰秦王이老ᄒᆞ엿고太子ㅣ華陽夫人을愛ᄒᆞ되子가無ᄒᆞ고子의兄弟二十餘人에子가中에居ᄒᆞ엿ᄉᆞ되심히幸홈을보지못ᄒᆞ니太子ㅣ位에卽ᄒᆞ드라도子ㅣ시러곰嗣되기를爭치못ᄒᆞ리라

異人이曰奈何오不韋ㅣ曰能立適音適嗣者는獨華陽夫人耳니不韋ㅣ雖貧이나請以千金으로爲子西遊ᄒᆞ야立子爲嗣호리라異人이曰必如君策인ᄃᆡ秦國을與子共之호리라

異人이曰엇지홀고不韋ㅣ曰能히適嗣를立홀者는홀노華陽夫人아니不韋ㅣ비록貧ᄒᆞ나請컨ᄃᆡ千金으로써子를爲ᄒᆞ야西로遊ᄒᆞ야子를立ᄒᆞ야嗣를삼게호리라異人이曰반다시君의策과如홀진ᄃᆡ秦國을子로與ᄒᆞ야共히호리라

與 줄여

玩 구경완

(賓客遍天下) 評曰異人賢故所結賓客多也泣思異人之泣思也出本傳

(中子) 中讀曰仲

寵 고일총

不韋ㅣ乃與五百金ᄒᆞ야令結賓客ᄒᆞ고復以五百金으로買奇物玩好ᄒᆞ야自奉而西ᄒᆞ야見夫人姊而以獻於夫人ᄒᆞ고因譽異人之賢ᄒᆞ고賓客이遍天下ᄒᆞ야日夜에泣思太子及夫人曰異人也ㅣ以夫人으로爲天이라ᄒᆞᆫ대夫人이喜어ᄂᆞᆯ不韋ㅣ因使其姊로說曰夫人아愛而無子ᄒᆞ니不以繁華時로蚤自結於諸子中賢孝者ᄒᆞ야擧以爲適이라가卽色衰愛弛면雖欲開一言이나尙可得乎아今異人이賢而自知中子ㅣ不得爲適ᄒᆞ니誠以此時로拔之면是는異人이無國而有國이오夫人이無子而有子也니則終身有寵於秦矣리이다

不韋ㅣ이에五百金을與ᄒᆞ야하야곰賓客을結케ᄒᆞ고다시五百金으로써奇物의玩好ᄒᆞᆫ것을買ᄒᆞ야스ᄉᆞ로밧들고西으로ᄒᆞ야夫人의姊를보고써夫人게드리고因ᄒᆞ야異人의賢홈을譽ᄒᆞ고賓客이天下에遍ᄒᆞ야日夜에泣ᄒᆞ며太子와夫人을思ᄒᆞ야曰異人이夫人으로써天을삼는다ᄒᆞᆫᄃᆡ夫人이喜ᄒᆞ거ᄂᆞᆯ不韋ㅣ因ᄒᆞ야그姊로ᄒᆞ야곰說ᄒᆞ야曰夫人이愛호ᄃᆡ子가無ᄒᆞ니繁華時로써일ᄌᆞᆨ이스ᄉᆞ로諸子가온ᄃᆡ賢孝ᄒᆞᆫ者를結ᄒᆞ야드러써適을삼지안타가곳色이衰ᄒᆞ고愛가弛ᄒᆞ면비록一言을開코

符 병부 부
傳 ᄉᆞ승 부
(乘間)謂乘間隙之時也
娠 ᄌᆞ식 ᄇᆡᆯ식
佯 것신 양짓
賂 뇌 뢰물

져ᄒᆞ나오히려可히得ᄒᆞ릿가今에異人이賢ᄒᆞ되스ᄉᆞ로中子ㅣ適됨을得지못ᄒᆞᆯ줄로知ᄒᆞ니진실로이ᄯᅢ로써拔ᄒᆞ면이는異人이國이無ᄒᆞ다가國이有ᄒᆞ고夫人이子가無ᄒᆞ다가有ᄒᆞᆷ이니곳身이終토록秦에寵ᄒᆞᆷ이有ᄒᆞ리이다

夫人이以爲然ᄒᆞ야乘間言之ᄒᆞ니라太子ㅣ與夫人으로又刻玉符ᄒᆞ야約以爲嗣ᄒᆞ고因請不韋ᄒᆞ야傳之ᄒᆞ다

夫人이써그러히너겨間을乘ᄒᆞ야言ᄒᆞ엿더니太子ㅣ夫人으로더브러ᄯᅩ玉符를刻ᄒᆞ야써嗣ᄉᆞᆷ기를約ᄒᆞ고因ᄒᆞ야不韋를請ᄒᆞ야傳ᄒᆞ다

不韋ㅣ娶邯鄲姬絕美者ᄒᆞ야與居ᄒᆞ다가知其有娠ᄒᆞ니라異人이見而請之어늘不韋ㅣ佯怒ᄒᆞ다가旣而오獻之ᄒᆞ야期年而生子政ᄒᆞ니(期十二月也政後爲秦始皇帝) 異人이遂以爲夫人ᄒᆞ다

不韋ㅣ邯鄲姬絕美ᄒᆞᆫ者를娶ᄒᆞ야與ᄒᆞ야居ᄒᆞ다가그娠이有ᄒᆞᆷ을知ᄒᆞ엿더니異人이見ᄒᆞ고請ᄒᆞ거늘不韋ㅣ그짓怒ᄒᆞ다가읃마잇다가獻ᄒᆞ야期年만에子政을生ᄒᆞ니異人이드듸여써夫人을삼다

邯鄲之圍에趙人이欲殺之어늘不韋ㅣ賂守者ᄒᆞ야得脫이다亾赴秦

現 보일 현　更 곳칠 경　摎 나무굽을 규　崩 무너질 붕　倍 비반ᄒᆞᆯ 배

軍ᄒᆞ야 遂歸ᄒᆞ다

邯鄲의圍에趙人이殺코져ᄒᆞ거ᄂᆞᆯ不韋ㅣ守者에게賂ᄒᆞ야脫ᄒᆞᆷ을得ᄒᆞᆫ지라ᄯᅩᄒᆞ야秦軍에赴ᄒᆞ야드대여歸ᄒᆞ다

異人이 楚服而見夫人ᄒᆞ니 見音現不韋以夫人楚人故使異人服楚製而說之 夫人이 曰吾ᄂᆞᆫ楚人也니 當自子之라ᄒᆞ고 子嗣也言我當自養之爲嗣也 更名曰楚라ᄒᆞ다 更音庚改也夫人見異人之楚服而悅之乃變其名曰楚

異人이楚服으로夫人게見ᄒᆞ니夫人이曰吾ᄂᆞᆫ楚人이니맛당이스ᄉᆞ로子ᄒᆞ리라ᄒᆞ고名을곳쳐曰楚라ᄒᆞ다

(乙巳)五十九年이라 秦이 伐韓ᄒᆞ야 取陽城 洛州縣名 負黍ᄒᆞ니 聚名 斬首ㅣ四萬이오 伐趙ᄒᆞ야 取二十餘縣ᄒᆞ니 斬首ㅣ九萬이라 赧王이 恐ᄒᆞ야 倍秦ᄒᆞ고 與諸侯로 約從ᄒᆞ야 欲伐秦이어ᄂᆞᆯ 秦이 使將軍摎로 音侯名也史失其姓前後左右將軍皆周末官秦因之位上卿 攻西周ᄒᆞ니 赧王이 入秦ᄒᆞ야 頓首受罪ᄒᆞ고 盡獻其邑三十六과 口三萬이어ᄂᆞᆯ 秦이 受其獻而歸赧王於周러니 是歲에 赧王아 崩ᄒᆞ다

五十九年이라秦이韓을伐ᄒᆞ야陽城과負黍를取ᄒᆞ니首를斬ᄒᆞᆷ이四萬이오趙를伐ᄒᆞ야二十餘縣을取ᄒᆞ니首를斬ᄒᆞᆷ이九萬이라赧王이恐ᄒᆞ야秦을倍ᄒᆞ고諸侯로더

부러從을約ᄒᆞ야秦을伐코져ᄒᆞ거ᄂᆞᆯ秦이將軍摎로ᄒᆞ야곰西周를攻ᄒᆞ니赧王이秦에入ᄒᆞ야首를頓ᄒᆞ고罪를受ᄒᆞ고다그邑三十六과口三萬을獻ᄒᆞ거ᄂᆞᆯ秦이그獻홈을受ᄒᆞ고赧王을周로歸ᄒᆞ엿더니이해에赧王이崩ᄒᆞ다

微(적을 미) 續(이을 속) 鞏(ᄯᅡ일홈 공)

先是에東西周ㅣ分治ᄒᆞ야(赧王微弱二周分王各居一都故曰東西周 西周王城今河南東周赧今成周洛陽也) 赧王이徙都西周ᄒᆞ니(出史記○自洛陽徙河南) 蓋以微弱으로不能主盟이라會武公依焉ᄒᆞ니라(武公西周君也)

先是에東西周ㅣ分治ᄒᆞ야赧王은都를西周로徙ᄒᆞ니대미微弱홈으로ᄡᅥ能히盟에主치못홈이라武公에게會ᄒᆞ야依ᄒᆞ니라

東周君

東周自考王封其弟于河南是爲桓公以續周公官職桓公卒子威公立威公卒子惠公立惠公乃封其小子於鞏以奉王號東周惠公(出史記)○南宮氏(靖一)曰周自武王至東周君滅而始亾此實錄也後有秉春秋之筆者盡從而改諸(按舊本仍溫公之書自赧王入秦之後即以秦承周統目爲秦記今遵綱目例正之而復得南宮氏之說以明之)

憚 싸일혼탄
聚 동리취
薨 숙을훙

(丙午)元年이라 秦昭襄王稷五十二楚考烈王八燕孝王三魏安釐王廿二趙孝成王十一韓桓惠王十八齊王建十年○凡七國 周民이 東亾이어늘 秦이 取其寶器ᄒᆞ고 遷西周公於憚狐聚ᄒᆞ다 憚音憚○憚狐地名

元年이라 周民이 東으로 亾ᄒᆞ거ᄂᆞᆯ 秦이 그 寶器를 取ᄒᆞ고 西周公을 憚狐聚로 遷ᄒᆞ다

秦丞相范睢ㅣ免ᄒᆞ다

秦丞相范睢가 免ᄒᆞ다

(丁未)二年이라 秦五十三楚九燕王喜元魏廿三趙十二韓十九齊十一年 秦이 伐魏ᄒᆞ야 取吳城ᄒᆞ다

二年이라 秦이 魏를 伐ᄒᆞ야 吳城을 取ᄒᆞ다

韓王이 入朝於秦ᄒᆞ다

韓王이 秦에 드러가 朝ᄒᆞ다

(庚戌)五年이라 秦五十六楚十二燕四魏廿六趙十五韓廿二齊十四年 秋에 秦昭襄王이 薨ᄒᆞ고 子孝文王柱ㅣ立ᄒᆞ다

五年이라 秋에 秦昭襄王이 薨ᄒᆞ고 子孝文王柱가 셔다

趙公子勝이 卒ᄒᆞ다

趙公子勝이 죽다

(三日薨) 評曰庚戌秋立今三日薨者從秦正故

(陳利害) 註遺燕將曰爲公計者不歸燕則歸齊今猶守狐城詘 굴펼 굴 寧 라차 리영 齊兵日益而燕求不至將何爲也 肆 펀홀 사

(辛亥)六年이라 秦孝文王柱元楚十三燕五魏廿七趙十六韓廿三齊十五年 十月에 秦王柱ㅣ 卽位三日에 薨ᄒᆞ고 子楚ㅣ 立ᄒᆞ니 是爲莊襄王이러라

六年이라 十月에 秦王柱ㅣ 位에 나아간지 三日만에 죽고 子楚ㅣ 立ᄒᆞ니 이것이 莊襄王이 되더라

燕將이 攻齊聊城ᄒᆞ야 拔之ᄒᆞ니 聊城在平原 或이 譖之燕王ᄒᆞᆫᄃᆡ 燕將이 保聊城ᄒᆞ고 不敢歸라 齊田單이 攻之歲餘에 不下어ᄂᆞᆯ 魯仲連이 乃爲書約 束縛 之矢ᄒᆞ야 以射城中ᄒᆞ야 遺燕將ᄒᆞ야 陳利害러니 燕將이 見書ᄒᆞ고 泣三日에 遂自殺ᄒᆞ니 聊城이 亂이라 田單이 克聊城ᄒᆞ고 歸言魯仲連於齊王ᄒᆞ야 欲爵之어ᄂᆞᆯ 仲連이 逃之海上曰吾ㅣ 與富貴而詘 屈通爲人下也 於人으론 寧貧賤而輕世肆志焉이라ᄒᆞ더라 輕世眇視天下 肆志放縱志意

燕將이 齊聊城을 攻ᄒᆞ야 拔ᄒᆞ니 或이 燕王에게 譖ᄒᆞᆫᄃᆡ 燕將이 聊城을 保ᄒᆞ고 敢히 歸치 못ᄒᆞᄂᆞᆫ지라 齊田單이 攻ᄒᆞᆫ지 歲餘에 下치 못ᄒᆞ거ᄂᆞᆯ 魯仲連이 이에 書를 ᄒᆞ야 矢에 約ᄒᆞ야 써 城中에 射ᄒᆞ야 燕將에게 遺ᄒᆞ야 利害를 陳ᄒᆞ엿더니 燕將이 書를 見ᄒᆞ고 泣ᄒᆞᆫ지 三日에 드듸여 스ᄉᆞ로 殺ᄒᆞ니 聊城이 亂ᄒᆞᄂᆞᆫ지라 田單이 聊城을 克ᄒᆞ고 도라가

釐복희 (子順)孔斌字孔子六世孫

魯仲連을齊王게言ᄒᆞ야爵코져ᄒᆞ거ᄂᆞᆯ仲連이海上으로逃ᄒᆞ며曰吾ㅣ富ᄒᆞ고貴ᄒᆞ야人에게詘홈으로더브러셔ᄂᆞᆫ차라리貧ᄒᆞ고賤ᄒᆞ야世를輕히ᄒᆞ고志를肆ᄒᆞ겟다ᄒᆞ더라

魏安釐音僖五이問天下之高士於子順ᄒᆞᆫ대子順이曰世無其人也어니와抑可以爲次ᄂᆞᆫ其魯仲連乎인뎌王曰魯仲連은彊作之者ㅣ니非體自然也ㅣ니라子順이曰人皆作之ᄒᆞ니作之不止면乃成君子오作之不變ᄒᆞ야習與體成則自然也ㅣ니이다

魏安釐王이天下의高士를子順에게問ᄒᆞᆫ대子順이曰世에그人은無ᄒᆞ거니와믄득可히써次될이ᄂᆞᆫ그魯仲連인뎌王이曰魯仲連은彊히作ᄒᆞᆫ者ㅣ니體의自然홈은아니니라子順이曰人이다作ᄒᆞ니作ᄒᆞ기를止치아니ᄒᆞ면이에君子를成홈이오作ᄒᆞ고變치아니ᄒᆞ야習이體로더브러成ᄒᆞᆫ則自然이니이다

(壬戌)七年이라 秦莊襄王楚元楚十四燕六魏廿八趙十七韓廿四齊十六年○是歲周亾 秦이以呂不韋로爲相國ᄒᆞ고封文信侯ᄒᆞ다

七年이라秦이呂不韋로써相國을삼아文信侯를封ᄒᆞ다

東周君이與諸侯로謀伐秦이어늘秦王이使相國呂不韋로帥師滅之ᄒᆞ고遷東周君於陽人聚ᄒᆞ니(地名)周遂不祀ᄒᆞ다 比亾에凡有七邑이러라(河南洛陽等邑)

東周君이諸侯로더브러謀ᄒᆞ야秦을伐ᄒᆞ거늘秦王이相國呂不韋로하여곰師를帥ᄒᆞ야滅ᄒᆞ고東周君을陽人聚에遷ᄒᆞ니周가드대여祀치못ᄒᆞᆫ지라亾ᄒᆞᆯ때로견주어무릇七邑이有ᄒᆞ더라

右周三十七王幷東周君按經世書始武王己卯終東周君壬子該八百七十三年

秦紀 其先柏翳佐舜有功賜姓嬴後有非子封秦至秦仲始大及莊襄滅周三年而亾

莊襄王 名楚孝文王子初質於趙因呂不韋策歸以爲嗣

(癸丑) 秦莊襄王二楚考烈王十五燕王喜七魏安釐王卄九趙孝成王十八韓桓惠王二十五齊王建十七年○凡七國 日食ᄒᆞ다

日食ᄒᆞ다

秦이伐趙ᄒᆞ야定太原ᄒᆞ고取三十七城ᄒᆞ다

(柏翳)伯益也周平王封伯益之裔襄公於秦

驁 준마 오

肯 질 긍

(毛公薛公)信陵君之客也

(不恤)不憂也

(宗廟)宗尊也廟貌也說文先祖貌也爾雅室有東西廂曰廟

趣 지촉 촉

秦이趙를伐ᄒᆞ야太原을定ᄒᆞ고三十七城을取ᄒᆞ다

(甲寅)秦三楚十六燕八魏三十趙十九韓廿六齊十八年○是歲嬴亡呂政代 蒙驁ㅣ帥師伐魏ᄒᆞ니 驁音遨蒙驁齊人蒙武之父蒙恬之祖也 魏師ㅣ數敗라 魏王이 患之ᄒᆞ야 乃使人으로 請信陵君於趙ᄒᆞᆫ대 信陵君이 畏得罪ᄒᆞ야 不肯還이어늘 毛公薛公이 見信陵君曰公子ㅣ所重去聲於諸侯者는 徒以有魏也라 今魏急而公子ㅣ不恤이라가 一旦에 秦人이 克大梁ᄒᆞ고 大梁地名魏有小梁故以大梁別之 夷先王之宗廟면 公子ㅣ何面目으로 立天下乎리오

蒙驁ㅣ師를帥ᄒᆞ고魏를伐ᄒᆞ니魏師ㅣ자조敗ᄒᆞᄂᆞᆫ지라魏王이患ᄒᆞ야이에人으로ᄒᆞ야곰信陵君을趙에請ᄒᆞᆫ대信陵君이罪를得ᄒᆞᆯ가畏ᄒᆞ야질겨還치안커ᄂᆞᆯ毛公과薛公이信陵君을보고曰公子ㅣ諸侯에게重ᄒᆞᆫ밧者ᄂᆞᆫ한갓魏가잇슴으로써ᄒᆞᆷ이라今에魏가急ᄒᆞᆫ대公子ㅣ恤치아니ᄒᆞ다가一旦에秦人이大梁을克ᄒᆞ고先王의宗廟를夷ᄒᆞ면公子ㅣ무ᄉᆞᆷ面目으로天下에立ᄒᆞ시리오

語未畢에 信陵君이 色變ᄒᆞ야 趣音促 駕還魏ᄒᆞ니 魏王이 持信陵君而泣ᄒᆞ고 以爲上將軍이어늘 信陵君이 使人으로 求援於諸侯ᄒᆞᆫ대 諸侯ㅣ聞

(仲父)次父也父始生己者敬之如父也如齊桓公之以管仲爲仲父也

信陵君이復爲魏將ᄒᆞ고皆遣兵救魏ᄒᆞ니信陵君이率五國之師ᄒᆞ야敗蒙驁於河外ᄒᆞ다(黃河南岸陝華二州)

語가畢치못ᄒᆞᆷ에信陵君이色이變ᄒᆞ야駕를趣ᄒᆞ야魏로還ᄒᆞ니魏王이信陵君을붓들고泣ᄒᆞ고써上將軍을삼거ᄂᆞᆯ信陵君이人으로ᄒᆞ야곰援을諸侯에求ᄒᆞᆫ대諸侯ㅣ信陵君이다시魏將됨을聞ᄒᆞ고다兵을遣ᄒᆞ야魏를救ᄒᆞ니信陵君이五國의師를率ᄒᆞ야蒙驁를河外에셔敗ᄒᆞ다

五月에秦王이薨ᄒᆞ니立三年이라其子政이立ᄒᆞ야封相國呂不韋ᄒᆞ야爲文信侯ᄒᆞ고號稱仲父ᄒᆞ라ᄒᆞ다(時政之年十三矣○潁濱蘇轍嘗謂六國未亾而嬴氏先亾信哉言乎)

五月에秦王이薨ᄒᆞ니立ᄒᆞᆷ이三年이라그子政이立ᄒᆞ야相國呂不韋를封ᄒᆞ야文信侯를삼고號를仲父라稱ᄒᆞ라

後秦紀

始皇帝上(名政實姓呂氏)卽王位二十五年并天下卽帝位凡十一年壽五十(特嬴秦之富强滅六國遂并天下專以刑威立國焚書坑儒暴虐無道二世而亾○按正月之正盖秦法諱政爲征故當時呼爲征月而轉其聲且無道之君歷千有餘年而俗仍作平聲者豈不謬在今正月正當讀如字聲爲是凡六經四書中皆當以此例之)

饗 먹일 향
(間諜)軍中反間也
烽 봉화 봉
襜 슈리장막 첨

(丁巳)(秦王政三楚十九燕十一魏卅三趙悼襄王偃元韓廿九齊卅一年) 趙王이以李牧으로爲將ᄒᆞ야伐燕取武遂方城ᄒᆞ다 李牧者ᄂᆞᆫ 趙之北邊良將也라 嘗居代鴈門ᄒᆞ야(代郡古城代國鴈門縣在代地)備匈奴ᄒᆞᆯ서(唐虞以上曰山戎亦曰熏鬻夏曰淳維殷曰鬼方周曰玁狁漢曰匈奴魏隋唐皆曰突厥)以便宜로 置吏ᄒᆞ고 市租로 皆輸入莫府ᄒᆞ야(莫府者以軍幕爲義古字通用古者出征以幕帳爲府署也)爲士卒費ᄒᆞ고 日擊數牛ᄒᆞ야 饗士ᄒᆞ고 習騎射ᄒᆞ고 謹烽火ᄒᆞ며 多間諜ᄒᆞ고(烽音烽諜音貼)爲約曰匈奴ㅣ 卽入盜어든 急入收保ᄒᆞ고 有敢捕虜者ㅣ면 斬ᄒᆞ리라ᄒᆞ니 匈奴ㅣ 每入이어든 烽火를 謹ᄒᆞ고 輒入保不戰ᄒᆞ니 如是數歲에 亦不亡失이라 匈奴ㅣ 皆以爲怯ᄒᆞ고 邊士ㅣ 日得賞賜而不用ᄒᆞ야 皆願一戰이어ᄂᆞᆯ 於是에 大破殺匈奴十餘萬騎ᄒᆞ고 滅襜襤(音尖藍一作臨駰代地胡名也) 破胡ᄒᆞ니 單于犇走ᄒᆞ야 十餘歲를 不敢近趙邊ᄒᆞ더라

趙王이李牧으로써將을ᄉᆞᆷ어燕을伐ᄒᆞ야武遂와方城을取ᄒᆞ다李牧이란者ᄂᆞᆫ趙의北邊良將이라일즉이代鴈門에居ᄒᆞ야匈奴를備ᄒᆞᆯ서便宜로써吏를置ᄒᆞ고市租를다莫府로輸入ᄒᆞ야士卒의費를ᄒᆞ고日로數牛를擊ᄒᆞ야士를饗ᄒᆞ고騎와射를習ᄒᆞ

고烽火를謹ᄒᆞ며間諜을多히ᄒᆞ고約ᄒᆞ야曰匈奴ㅣ곳드러와盜ᄒᆞ거든急히入ᄒᆞ야收保ᄒᆞ고敢히捕虜ᄒᆞᄂᆞᆫ者ㅣ有ᄒᆞ면斬ᄒᆞ리라ᄒᆞ니匈奴ㅣ미양入ᄒᆞᆷ에烽火를謹ᄒᆞ고믄득드러가保ᄒᆞ고戰치아니ᄒᆞ니이러ᄒᆞᆫ지두어ᄒᆡ에ᄯᅩᄒᆞᆫ亡失치안엇더라匈奴ㅣ다써怯ᄒᆞᆫ다ᄒᆞ고邊士ㅣ日로賞賜를得ᄒᆞ고用치못ᄒᆞ야다한번戰ᄒᆞ기를願ᄒᆞ거ᄂᆞᆯ이에크게匈奴十餘萬騎를破ᄒᆞ야殺ᄒᆞ고襜襤을滅ᄒᆞ고東胡를破ᄒᆞ니單于ㅣ奔走ᄒᆞ야十餘歲를敢히趙의邊에近치못ᄒᆞ더라

(三國)秦趙燕 (義渠)戎國也 秦置北郡屬雍州也 (並)倚也音傍

是時애天下冠帶之國이七而三國이邊於戎狄이라秦은滅義渠ᄒᆞ고始於隴西北地上郡ᄒᆞ야築長城以拒胡ᄒᆞ고趙武靈王은北破林胡(西胡國名 即襜林)樓煩ᄒᆞ고(在今太原府崞州東)築長城ᄒᆞᄃᆡ自代並陰山ᄒᆞ야下至高闕ᄒᆞ야爲塞ᄒᆞ고其後에燕이破東胡却千餘里ᄒᆞ고亦築長城ᄒᆞ야以拒胡러니及戰國之末而匈奴ㅣ始大ᄒᆞ다

이ᄯᅢ에天下冠帶의國이七인대三國이戎狄에邊ᄒᆞᆫ지라秦은義渠를滅ᄒᆞ고隴西北地上郡에始ᄒᆞ야長城을築ᄒᆞ야써胡를拒ᄒᆞ고趙武靈王은北으로林胡와樓煩를破ᄒᆞ고長城을築ᄒᆞᄃᆡ代로브터陰山을並ᄒᆞ야下로高闕에至ᄒᆞ야塞을ᄒᆞ고그後에燕이東胡를破ᄒᆞ야千餘里를却ᄒᆞ고ᄯᅩᄒᆞᆫ長城을築ᄒᆞ야써胡를拒ᄒᆞ엿더니戰國의末

에及ᄒᆞ야匈奴ㅣ비로소大ᄒᆞ다

(庚申)秦六楚廿二燕十四魏二趙四韓三十二齊廿四年楚趙魏韓燕이合從以伐秦ᄒᆞᆯ서以利合曰從以威力相脅曰橫楚王이爲從長而春申君이用事ᄒᆞ야取壽陵ᄒᆞ고在常山郡本趙地至函谷이러니秦師ㅣ出에五國之師ㅣ皆敗走ᄒᆞ니楚王이以咎春申君이라春申이以此益疎러라

楚趙魏韓燕이合從ᄒᆞ야써秦을伐ᄒᆞᆯ시楚王이從長이되고春申君이事를用ᄒᆞ야壽陵을取ᄒᆞ고函谷에至ᄒᆞ엿더니秦師ㅣ出ᄒᆞᆷ에五國의師ㅣ다敗ᄒᆞ야走ᄒᆞ니楚王이써春申君을咎ᄒᆞᄂᆞᆫ지라春申이此로써더욱疎ᄒᆞ더라

(甲子)秦十楚幽王得元燕十八魏六趙八韓二齊廿八年宗室大臣이諫曰諸侯人來仕者ㅣ皆爲其主遊間耳니請一切逐之ᄒᆞ소서 於是에大索逐客ᄒᆞ니客卿楚人李斯ㅣ亦在逐中ᄒᆞ야行且上書曰昔에穆公은求士ᄒᆞ야西取由余於戎ᄒᆞ고由余其先春秋晉人也亡入戎耳東得百里奚於宛ᄒᆞ고迎蹇叔於宋ᄒᆞ고蹇叔岐州人嘗遊於宋穆公厚幣迎之求丕豹公孫支於晉ᄒᆞ야丕豹自晉奔秦公孫支遊晉歸秦幷國二十ᄒᆞ야遂霸西戎ᄒᆞ고孝

(遊間)謂遊說以間秦之君臣也

(一切)刀物取其齊整

丕 비클

黔 검을 검
齎 쌀 자
(黔首)秦謂民爲黔晉以首黑也
(業)事業也

公은用商鞅之法ᄒᆞ야 諸侯ㅣ親服에 至今治彊ᄒᆞ고惠王은 用張儀之計ᄒᆞ야散六國之從ᄒᆞ야使之事秦ᄒᆞ고昭王은得范睢ᄒᆞ야 彊公室杜私門ᄒᆞ니此四君者ᄂᆞᆫ 皆以客之功이니 由此觀之컨ᄃᆡ 客何負於秦哉잇고臣은聞太山이 不讓土壤故로能成其大ᄒᆞ고河海ㅣ不擇細流故로能就其深ᄒᆞ고王者ㅣ不却衆庶故로能明其德이라ᄒᆞ니 此ᄂᆞᆫ五帝三王之所以無敵也라今에乃棄黔首ᄒᆞ야以資敵國ᄒᆞ고(黔音黔黧也始皇名民黔首以其頭黑也)却賓客ᄒᆞ야以業諸侯ᄒᆞ니所謂藉寇兵而齎盜糧者也로소이다(藉音柘讀曰賚或作借謂以兵假借也齎ㅣ音咨持遺也言爲盜齎糧也) 王이乃召李斯ᄒᆞ야復其官ᄒᆞ고 除逐客之令ᄒᆞ고 卒用李斯之謀ᄒᆞ야兼天下ᄒᆞ다

宗室大臣이諫ᄒᆞ야曰諸侯人의來ᄒᆞ야仕ᄒᆞᄂᆞᆫ者ㅣ다그主를爲ᄒᆞ야遊間ᄒᆞᆷ이니請컨ᄃᆡ모다逐ᄒᆞ소셔이에大히逐客을索ᄒᆞ니客卿楚人李斯ㅣ또ᄒᆞᆫ逐ᄒᆞᆫ中에在ᄒᆞ야行ᄒᆞ며또ᄒᆞᆫ書를上ᄒᆞ야曰昔에穆公은士를求ᄒᆞ야西으로由余를戎에셔取ᄒᆞ고東으로百里奚를宛에셔得ᄒᆞ고蹇叔을宋에셔迎ᄒᆞ고丕豹와公孫支를晉에셔求ᄒᆞ야

削 깍글 삭

蠹 좀 두

國二十을幷ᄒᆞ야드ᄃᆡ여西戎에覇ᄒᆞ고孝公은商鞅의法을用ᄒᆞ야諸侯ㅣ親服ᄒᆞᆷ에이제이르기다사려彊ᄒᆞ고惠王은張儀의計를用ᄒᆞ야六國의從을散ᄒᆞ야하야곰秦을事ᄒᆞ고昭王은范睢를得ᄒᆞ야公室을彊히ᄒᆞ고私門을杜ᄒᆞ엿스니이四君인者는다客의功으로써ᄒᆞᆷ이니此로由ᄒᆞ야觀ᄒᆞ건ᄃᆡ客이무엇을秦에負ᄒᆞ엿스리잇고臣은드르니太山이흙덩이을讓치아니ᄒᆞᆫ故로能히그大ᄒᆞᆷ을成ᄒᆞ고河海가細流를가리지아니ᄒᆞᆫ故로能히그深ᄒᆞᆷ에就ᄒᆞ고王者ㅣ衆庶를却지안는故로能히그德을明ᄒᆞᆫ다ᄒᆞ니이는五帝와三王의써敵ᄒᆞᆷ이無ᄒᆞᆫ바이라이제이에黔首를棄ᄒᆞ야써敵國을資ᄒᆞ고賓客을却ᄒᆞ야써諸侯를業ᄒᆞ니일운바寇의兵을藉ᄒᆞ야盜의糧을齎ᄒᆞ는者로소이다王이이에李斯를召ᄒᆞ야그官을復ᄒᆞ고逐客의令을除ᄒᆞ고맛ᄎᆞᆷ내李斯의謀를用ᄒᆞ야天下를兼ᄒᆞ다

(戊辰)秦十四楚五燕廿二魏十趙三韓六齊三十二年 韓王이納地ᄒᆞ야請爲藩臣ᄒᆞ고使韓非로來聘ᄒᆞ니韓非者는韓之諸公子也라 善刑名法律之學ᄒᆞ야見韓之削弱ᄒᆞ고數以書로干韓王ᄒᆞᆫ대韓王이不能用ᄒᆞ니於是에韓非ㅣ作說難說音稅言遊說之道不易也 孤憤言孤直不容於世 五蠹音豆言蠹政之事有五 說林言廣說諸事若其多林 五十六篇十餘萬言ᄒᆞ다

韓王이地를納ᄒᆞ야藩臣되기를請ᄒᆞ고韓非로ᄒᆞ야곰來ᄒᆞ야聘ᄒᆞ니韓非라ᄒᆞᄂᆞᆫ者ᄂᆞᆫ韓의諸公子라刑名法律의學을善히ᄒᆞ야韓의削弱홈을見ᄒᆞ고자조書로써韓王을干ᄒᆞ되韓王이능히用치아니ᄒᆞ니이에韓非ㅣ說難과孤憤과五蠹와說林、五十六篇에十餘萬言을作ᄒᆞ다

(己巳)秦十五楚六燕廿三魏十一趙四韓七齊三十三年 初에燕太子丹이嘗質於趙ᄒᆞ야與王으로善이러니王이卽位에丹이爲質於秦ᄒᆞ니王이不禮焉이어ᄂᆞᆯ丹이怒亡歸ᄒᆞ다

初에燕太子丹이일즉이趙에質ᄒᆞ야王으로더부러善ᄒᆞ더니王이位에卽홈에丹이秦에質ᄒᆞ니王이禮치안커ᄂᆞᆯ丹이怒ᄒᆞ야도망ᄒᆞ야도라가다

(辛未)秦十七楚八燕廿五魏十三趙六韓九齊三十五年○是歲韓亾凡六國 內史勝이滅韓ᄒᆞ야虜韓王安ᄒᆞ고以其地로置潁川郡ᄒᆞ다

內史勝이韓을滅ᄒᆞ야韓王安을虜ᄒᆞ고그地로써潁川郡을置ᄒᆞ다

(癸酉)秦十九楚十燕廿七魏十五趙八齊三十七年○是歲趙亾凡五國 王翦이擊趙軍ᄒᆞ야大破之ᄒᆞ고遂克邯鄲ᄒᆞ야虜趙王遷ᄒᆞ다

王翦이趙軍을擊ᄒᆞ야크게破ᄒᆞ고드대여邯鄲을克ᄒᆞ야趙王遷을虜ᄒᆞ다

(內史)掌治京師漢武尹改爲京兆尹써

潁 영

翦 갈길 전

(乃私見樊於期
荊軻乃私見樊於期曰將軍得禍於秦可謂深矣父母宗族皆爲戮殺今聞購將軍之首金千斤邑萬戶將軍何以雪其恨乎樊於期歎曰吾與秦王抱恨痛徹心髓願與俱死恨無其地荊軻曰吾有一言可以解燕之患報將軍之患

購 살구
把 잡을파
揕 찌를침

燕太子丹이怨王欲報之ᄒᆞ더니 將軍樊於期ㅣ得罪ᄒᆞ야亾之燕ᄒᆞᆫ대太子ㅣ受而舍之ᄒᆞ다

燕太子丹이王을怨ᄒᆞ야報코져ᄒᆞ더니將軍樊於期ㅣ罪를得ᄒᆞ야도망ᄒᆞ야燕으로간대太子ㅣ受ᄒᆞ야舍ᄒᆞ다

太子ㅣ聞衛人荊軻之賢ᄒᆞ고卑辭厚禮而請見之ᄒᆞ야 欲使刼秦王ᄒᆞ야反諸侯侵地라가 不可어든因刺殺之러니 軻ㅣ曰今行而無信則秦를未可親也니 誠得樊將軍首와與燕督亢之地圖ᄒᆞ야 (亢音杭 督亢燕之膏腴地) (欲以獻秦故書地獻之) 奉獻秦王이면秦王이 必說見臣ᄒᆞ리니 臣이乃有以報라ᄒᆞ고 乃私見樊於期曰聞購將軍首를金千斤邑萬家라ᄒᆞ니 願得將軍之首ᄒᆞ야以獻秦王이면 秦王이 必喜而見臣ᄒᆞ리니 臣이左手로 把其袖ᄒᆞ고右手로 揕其胸(揕音浸 疾擊乳)則將軍之仇를 報而燕見陵之愧를除矣리이다

太子ㅣ衛人荊軻의賢ᄒᆞᆷ을듣고辭를卑ᄒᆞ고禮를厚ᄒᆞ야見ᄒᆞ기를請ᄒᆞ야하야곰秦

仇尊軍背聽平於期函問曰計將安出荊軻踊躇不語於期曰荊卿何以不言輒曰計誠有之但難於出口於期曰苟報秦仇雖粉骨碎身某乃不恤軻所借頭之事言之於期卸衣偏祖奮臂頓足大呼曰此臣之日夜切齒痛心而恨其無策者也今乃

腐써을부 焠담을쉬 縷실오리부

王을刼ᄒᆞ야諸侯의侵ᄒᆞᆫ地를反케ᄒᆞ다가可치안커든因ᄒᆞ야刺ᄒᆞ야殺코져ᄒᆞ엿더니軻ㅣ曰이제行홈에信이無ᄒᆞᆫ則秦을可히親ᄒᆞᆯ슈가업스니진실로樊將軍의首와다못燕督亢의地圖를得ᄒᆞ야밧드러秦王게드리면秦王이반다시悅ᄒᆞ야臣을見ᄒᆞ리니臣이이에써報ᄒᆞᆯ슈가有ᄒᆞ다ᄒᆞ고이에私로樊於期를見ᄒᆞ고曰드른즉將軍의首를金千斤과邑萬戶로購ᄒᆞᆫ다ᄒᆞ니願컨ᄃᆡ將軍의首를得ᄒᆞ야써秦王게드리면秦王이반다시喜ᄒᆞ고臣을見ᄒᆞ리니臣이左手로그소ᄆᆡ를잡고右手로그가슴을치면將軍이仇를報ᄒᆞᆯ것시오燕의엽숨밧든븟그럼을除ᄒᆞ리이다

樊於期ㅣ曰此는臣之日夜에切齒腐心也ㅣ라ᄒᆞ고遂自刎이어늘以函(音咸 櫃也)**盛其首ᄒᆞ고太子ㅣ豫求天下之利匕首ᄒᆞ야使工으로以藥焠**(焠音碎)**之ᄒᆞ야以試人ᄒᆞ니血濡縷에**(言血出如絲縷之細)**人無不立死者어늘乃遣入秦ᄒᆞ다**

樊於ㅣ期曰이는臣이日夜에齒를切ᄒᆞ고心을腐홈이라ᄒᆞ고드대여스ᄉᆞ로목지르거늘函으로써그머리를담고太子ㅣ미리天下의利ᄒᆞᆫ匕首를求ᄒᆞ야工으로ᄒᆞ여곰藥으로써焠ᄒᆞ야써人을試ᄒᆞ니血이가늘게흐르ᄆᆡ人이立ᄒᆞ야死치안는者ㅣ업거늘이에遣ᄒᆞ야秦으로入ᄒᆞ다

(甲戌)(秦二十楚王負芻元燕廿八魏王假元齊三十八代王嘉元年○舊國五新國一凡六國)**荊軻ㅣ至咸陽ᄒᆞ니王이大喜ᄒᆞ야朝**

得聞明教即拔佩劍刎其頸喉絶而頸未斷荊軻復以釗斷之盛函入秦

(焠)音翠堅劍刃也王褒傳淸水焠其鋒謂燒而內水中以堅之也

袖 소미 슈

(立死)匕首利故便立死也

(血濡縷)言人血出纔足以沾濡絲縷也

哉

【咸陽】山南曰陽水北亦曰陽在渭水北九峻諸山之南故咸

服設九賓而見之어늘 荊軻ㅣ奉圖ᄒᆞ야以進於王이러니 圖窮而匕首見이어늘(音現露也)因把王袖而揕之라가未至身ᄒᆞ야王이驚起袖絶ᄒᆞ니荊軻ㅣ逐王ᄒᆞᆫ대王이環柱而走ᄒᆞ다

荊軻ㅣ咸陽에至ᄒᆞ니王이크게喜ᄒᆞ야朝服으로九賓을設ᄒᆞ고見ᄒᆞ거늘荊軻ㅣ圖를奉ᄒᆞ야써王께進ᄒᆞ더니圖가窮ᄒᆞ야匕首ㅣ見ᄒᆞ거늘인ᄒᆞ야王의袖를把ᄒᆞ고揕ᄒᆞ다가身에至치못ᄒᆞ야王이놀나이러나미袖가絶ᄒᆞ니荊軻ㅣ王을逐ᄒᆞᆫ대王이柱을環ᄒᆞ고走ᄒᆞ다

秦法에羣臣侍殿上者ㅣ不得操尺寸之兵이라左右ㅣ以手로共搏之ᄒᆞ고且曰王은負劍負劍ᄒᆞ소서王이遂拔劍ᄒᆞ야以擊荊軻ᄒᆞ야斷其左股ᄒᆞ고遂體解以徇ᄒᆞ고於是에益發兵伐燕ᄒᆞ야戰於易水之西ᄒᆞ야(易水源出易州南安閣山即漢固安縣也)大破之ᄒᆞ니燕王이斬丹獻이여ᄂᆞᆯ王이復進兵攻之ᄒᆞ다

秦法에羣臣이殿上에侍ᄒᆞᆫ者ㅣ시러곰尺寸의兵도操치못ᄒᆞᄂᆞᆫ지라左右ㅣ手로써ᄒᆞᆫ가지搏ᄒᆞ고또ᄒᆞᆫ日王은劍을負ᄒᆞ소서劍을負ᄒᆞ소서ᄒᆞ니王이드듸여劍을拔ᄒᆞ야써荊軻를擊ᄒᆞ야그左股를斷ᄒᆞ고드대여體를解ᄒᆞ야써徇ᄒᆞ고이에더욱兵을發

陽【九寶】文物大備即謂九寶也成云周禮九儀公侯伯子男公

股 고다리

卿大夫十也一說謂傳者九人也【負劍】古者帶劍上長未易拔故欲王推之背令前短易發也【劍名】鹿盧長八尺】【取荊】壯襄王謂故謂楚爲荊

恬 편안 염

賁 클 분

ᄒᆞ야燕을伐ᄒᆞ야易水의西에셔戰ᄒᆞ야크게破ᄒᆞ니燕王이丹을斬ᄒᆞ야드리거ᄂᆞᆯ王이다시兵을進ᄒᆞ야攻ᄒᆞ다

王이 問於將軍李信曰吾ㅣ 欲取荊ᄒᆞ노니 於將軍度에(音鐸) 用幾何人而足고 李信이 曰不過用二十萬이니이다 問王翦ᄒᆞᆫ대 王翦이 曰非六十萬人이면 不可ᄒᆞ니라 曰王將軍이 老矣로다 何怯也오ᄒᆞ고 遂使李信蒙恬으로 將二十萬人ᄒᆞ야 伐楚ᄒᆞ다

王이將軍李信에게問ᄒᆞ여曰吾ㅣ荊을取코져ᄒᆞ노니將軍의혜아림에는幾人이나用ᄒᆞ면足ᄒᆞᆯ고李信이曰二十萬쓰기에지나지안ᄂᆞ이다王翦에게問ᄒᆞᆫ대王翦이曰六十萬人이아니면可치안타ᄒᆞ니曰王將軍이老ᄒᆞ엿도다무엇을怯ᄒᆞᄂᆞ뇨ᄒᆞ고드듸여李信과蒙恬으로ᄒᆞ여곰二十萬人을거나려楚을伐ᄒᆞ다

(丙子)秦二十二楚三燕三十魏三齊四十代三年○是歲魏亡凡五國 王賁이 伐魏ᄒᆞ니 魏王假ㅣ 降이어ᄂᆞᆯ 殺之ᄒᆞ고 遂滅魏ᄒᆞ다 賁音奔○王賁翦之子也

王賁이魏를伐ᄒᆞ니魏王假ㅣ降ᄒᆞ거ᄂᆞᆯ殺ᄒᆞ고드대여魏를滅ᄒᆞ다

○楚이 大敗李信ᄒᆞ니 李信이 犇還이어ᄂᆞᆯ 王翦이 曰必不得已用臣인대

芻 추

非六十萬人이면不可라ᄒᆞ딕 於是에將六十萬人ᄒᆞ야伐楚ᄒᆞ다

楚人이크게李信을敗ᄒᆞ니李信이달녀도라오거늘王翦이日반다시不得已ᄒᆞ야臣을用ᄒᆞᆯ진ᄃᆡ六十萬人이아니면不可라ᄒᆞᆫᄃᆡ이에六十萬人을거나려楚를伐ᄒᆞ다

(戊寅)秦廿四楚五燕三十二齊四十二代五年○是歲楚亡凡四國 王翦이 虜楚王負芻ᄒᆞ고 以其地로 置楚郡ᄒᆞ다

王翦이楚王負芻를虜ᄒᆞ고그地로써楚郡을置ᄒᆞ다

(己卯)秦廿五燕三十三齊四十三代六年○是歲燕代亡凡二國 王賁이 攻遼東ᄒᆞ야 虜燕王喜ᄒᆞ다

王賁이遼東을攻ᄒᆞ야燕王喜를虜ᄒᆞ다

溫公曰燕丹、不勝一朝之忿、以犯虎狼之秦、輕慮淺謀、挑怨速禍、使召公之廟不祀忽諸、罪孰大焉、而論者或謂之賢、豈不過哉、夫爲國家者、任官以才、立政以禮、懷民以仁、交鄰以信、是以官得其人、政得其節、百姓懷其德、四鄰親其義、夫如是則、國家、安如磐石、熾如焱火、觸之者碎、犯之者焦、雖有彊暴之國、尙何足畏哉、丹、釋此不爲、顧以萬乘之國、決匹夫之怒逞盜賊之謀、功隳身僇、社稷爲墟、不亦悲哉、夫其膝行蒲伏、非恭也、復言重諾、非信也、糜金散玉、非惠也、刎頸決腹、非勇也、要之、謀不遠而動不義、其楚自公勝之流乎、荊軻、懷豢養之私、不

顧七族、欲以尺八匕首、彊燕而弱秦、不亦愚乎

初에齊事秦謹ᄒᆞ고與諸侯信이러니齊亦東邊海上이라秦이日夜에攻三晉이어늘燕楚五國이各自以救ᄒᆞ니以故로齊王建이立四十餘年에不受兵이러니後에齊相及賓客이多受秦間金ᄒᆞ야勸王朝秦ᄒᆞ고不修攻戰之備ᄒᆞ고不助五國攻秦ᄒᆞ니秦이以故로得滅五國ᄒᆞ다

初에齊가秦을事ᄒᆞ기를謹히ᄒᆞ고諸侯로더부러信ᄒᆞ더니齊도ᄯᅩ東으로海上을邊ᄒᆞᆫ지라秦이日夜에三晉을攻ᄒᆞ거늘燕楚五國이각각스ᄉᆞ로써救ᄒᆞ니이러ᄒᆞᆫ고로齊王建이立ᄒᆞᆫ지四十餘年에兵을受치아니ᄒᆞ얏더니後에齊相과밋賓客이秦의間金을마니밧고王을勸ᄒᆞ야秦에朝ᄒᆞ라ᄒᆞ고攻戰의備를修치아니ᄒᆞ고五國을助ᄒᆞ야秦을攻치아니ᄒᆞ니秦이이런고로五國을滅ᄒᆞᆷ을得ᄒᆞ다

詳密註釋通鑑諺解卷之一 終

詳密註釋 **通鑑諺解** 卷之一

重版 印刷●2001年 1月 10日
重版 發行●2001年 1月 15日

校 閱●明文堂編輯部
發行者●金 東 求

發行處●明 文 堂
서울특별시 종로구 안국동 17~8
대체 010041-31-001194
전화 (영) 733-3039, 734-4798
(편) 733-4748
FAX 734-9209
등록 1977. 11. 19. 제1~148호

값 6,000원
ISBN 89-7270-634-5 94910
ISBN 89-7270-049-5(전15권)

東洋古典解說
李民樹 著/신국판 양장

論語新講義
金星元 譯著/신국판 양장

原文對譯 **史記列傳精解**
司馬遷 著/成元慶 編譯/신국판

공자의 생애와 사상의 올바른 이해
공자의 생애와 사상
金學主 著/신국판

노자와 도가사상의 현대적 해석
노자와 도가사상
金學主 著/신국판

梁啓超
毛以亨 著/宋恒龍 譯/신국판

동양인의 哲學的 思考와 그 삶의 세계
宋恒龍 著/신국판

임어당의 신앙과 사상의 여정
東西洋의 사상과 종교를 찾아서
林語堂 著·金學主 譯/신국판

老莊의 哲學思想
金星元 編著/신국판

合本 **四書三經**

동양 고전의 精髓!

이 책은 오랜 각고의 세월을 거쳐 대학·중용·논어·맹자의 四書와 더불어 서경·시경·주역의 三經을 그 眞髓만을 모아 엮었다.
原文의 정확함은 물론 난해한 語句는 註를 달아 풀이 하였다.
白鐵 監修/4·6배판 양장

천하일색 양귀비의 생애
小說 **揚貴妃**
井上靖 著/安吉煥 譯

自然의 흐름에 거역하지 말라
장자의 에센스 **莊子**
安吉煥 編譯

仁과 中庸이 멀리에만 있는 것이드냐
孔子傳
김전원 編著

백성을 섬기기가 그토록 어렵더냐
孟子傳
安吉煥 編著

영원한 신선들의 이야기
神仙傳
葛洪稚川 著/李民樹 譯

한 권으로 읽는
東洋古典 41選
안길환 편저

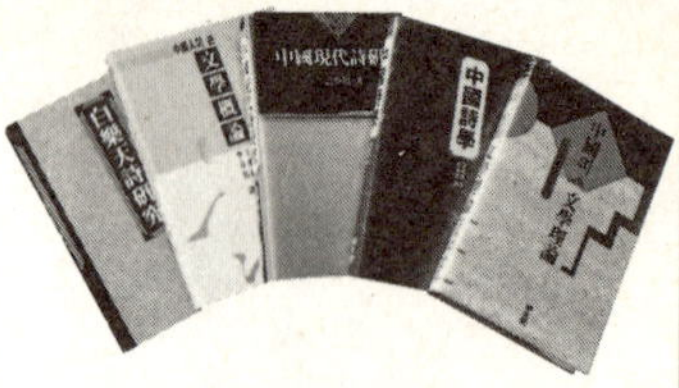

白樂天詩研究
金在乘 著/신국판

中國現代詩研究
許世旭 著/신국판 양장

中國人이 쓴 文學概論
王夢鷗 著/李章佑 譯/신국판 양장

中國詩學
劉若愚 著/李章佑 譯/신국판 양장

中國의 文學理論
劉若愚 著/李章佑 譯/신국판 양장

小說 **孫子**
鄭麟永 著/文熙奭 解

小說 **칭기즈칸**
李文熙 著/高炳翊 解

小說 **孔子**
宋炳洙 著/李相殷 解

小說 **老子**
安東林 著/具本明 解

戰國策
김전원 編著

宋名臣言行錄
鄭鉉祐 編著

人間孔子
행동으로 지팡이를 삼고
말씀으로 그림자를 삼고
李長之 著/김전원 譯

明文堂編輯部 校閱

增訂註解 七言唐音

全

明文堂

增訂註解 七言唐音

○采蓮曲 賀知章

稽山罷霧鬱嵯峨　莫言春度芳菲盡
鏡水無風也自波　別有中流采芰荷

采蓮曲之見於絶句及律詩와長篇者ㅣ不爲不多而詞各不同ᄒᆞ니此ᄂᆞᆫ言峨嵯之稽山이出於半天ᄒᆞ니高大之象을可觀이오下有鏡水ᄒᆞ야無風而自波ᄒᆞ니浩蕩平穩之勢ㅣ亦可玩이라乃言三春紅綠之景이今已盡謝ᄒᆞ고炎夏之節이方將屆出ᄒᆞ니莫言芳菲盡也ᄒᆞ라芰荷滿於綠水則其采之之事ㅣ別作淸致耳라○先言山水之勝ᄒᆞ고後言采蓮之事ᄒᆞ니吳姬越女ㅣ相與語曰春色之盡을何足道哉아見今江湖之上에蓮花ㅣ盛開則牽花憐共蔕ᄒᆞ고折藕愛蓮絲면豈非可樂者耶아

○回鄕偶書

少小離鄕老大回　兒童相見不相識
鄕音無改鬢毛衰　笑問客從何處來

此는爲客之久而老境始回也라○離鄕之鄕字는或作家ᄒᆞ니라音無改鬢毛衰者는音雖猶昔이나貌已非昔也라二句ㅣ轉合分拆不開ᄒᆞ니吳筠이有春從何處之句ᄒᆞ니語意本此ㅣ라見童이見而不識ᄒᆞ니只爲見鬢毛摧敗ᄒᆞ야老憊不堪ᄒᆞ야已非昔日之人矣라

○簇拍陸州　蓋嘉運

西去輪臺萬里餘　隴山鸚鵡能言語
故鄕音耗日應踈　爲報閨人數寄書

此는遠戍之人也라西去輪臺則爲萬里之遠ᄒᆞ고萬里之遠故로故鄕之書信이日應踈至矣리니思家之懷緖는望東天而倍切ᄒᆞ고爲客之苦는滯異域而自歎이라然而身係王事ᄒᆞ야不可以遄歸則惟願家書之頻到ᄒᆞ야乃托于隴山鸚鵡曰爾能言語ᄒᆞ니飛去吾家ᄒᆞ야爲報閨人호ᄃᆡ數々寄書ᄒᆞ야以慰我悵鬱之懷也라ᄒᆞ라○山川絶遠ᄒᆞ고書札罕到故托於能言之鳥ᄒᆞ야使之報閨ㅣ나然이나此鳥ㅣ豈有是也리오此皆出於悲歎切迫之情而有此言也로다

○送元二使安西　王維

渭城朝雨浥輕塵　勸君更進一盃酒
客舍靑靑柳色新　西出陽關無故人

渭城은在咸陽東北ᄒᆞ니故杜郵也라在渭城送行ᄒᆞ야先寫其地ᄒᆞ고朝雨晝晴ᄒᆞ야雨後則塵沙淨浥而地復滋潤ᄒᆞ야便於行路也라一宿을謂之舍ㅣ라柳色이靑新ᄒᆞ야正當春日ᄒᆞ니行興이甚佳ㅣ라上二句ᄂᆞᆫ言景物之可人則元二ㅣ便急要去ㅣ나然이라故人送別에情在勸杯ᄒᆞ니若多盡得一杯면尙有一刻之相敘故로於酒極酩酊之後而勸其更盡一杯ᄒᆞ야以酩酊故로須勸ᄒᆞ니不然이면元二寧必待勸哉아第四句ᄂᆞᆫ此正勸之之意也라陽關外에如有故人이면君可不盡此一杯어니와如無故人在則此故人之一杯酒를安可以不盡이리오情盡語切ᄒᆞ야所以遂成千古絕調ㅣ라

○送別

送君南浦淚如絲　爲報故人憔悴盡
君向東周使我悲　如今不似洛陽時

送君南浦ᄂᆞᆫ用楚辭及江淹別賦語ᄒᆞ고豫章記載에南浦亭이在廣潤門外ᄒᆞ야往來艤舟之所ㅣ니唐己有之라此言友之所向而承明淚如絲之故也라託言傳語以報也라故人凋謝ㅣ此亦足悲者ㅣ라四句ᄂᆞᆫ言自傷憔悴ᄒᆞ야不似洛陽全盛之時ᄒᆞ야旣衰老而思歸ᄒᆞ고又含悲而送別ᄒᆞ니眞有不禁揮淚者ㅣ라漢書地理志에河南郡과故秦三川郡이오漢高祖ㅣ更名雒陽이라

○九日憶山東兄弟

獨在異鄕爲異客　遙知兄弟登高處

每逢佳節倍思親　徧揷茱萸少一人

此以作客으로說起獨字ᄒᆞ니便見得離却父母兄弟矣라每逢佳節은見不止九日也라非逢佳節이라도亦嘗思親ᄒᆞ니至佳節ᄒᆞ야更添一倍라欲說思兄弟ᄒᆞ야先說思親ᄒᆞ니父母ㅣ更切於兄弟也라身在異鄕故로曰遙知라因客中九日而想兄弟登高之處ᄒᆞ고且因兄弟登高而轉憶兄弟之念我也라四句ᄂᆞᆫ寫兄弟念己也라九日에必揷茱萸ᄒᆞ야當年在家ᄒᆞ야與兄弟로一同登高ᄒᆞ야茱萸ㅣ原有箇數ᄒᆞ니今日에我在異鄕ᄒᆞ야兄弟揷茱에却多出一枝茱萸ᄒᆞ야方知一箇人이不在家也리라我倍思親ᄒᆞ고兄弟亦倍思我而我ㅣ安得不思兄弟哉아○第一句ᄂᆞᆫ獨在

他鄕ᄒᆞ야客愁凄涼之謂也오第二句ᄂᆞᆫ每逢佳節ᄒᆞ야倍思父母之謂也오第三句ᄂᆞᆫ今日에吾兄弟登高ᄅᆞᆯ遠在想像之謂也오第四句ᄂᆞᆫ吾之兄弟揷茱萸時에必念我之謂也라

○寒食汜上作

廣武城邊逢暮春　落花寂寂啼山鳥
汶陽歸客淚霑巾　楊柳靑靑渡水人

此ᄂᆞᆫ寒食途中作也라暮春者ᄂᆞᆫ三月也니寒食이在於此時라自廣武로歸汶陽ᄒᆞᆯᄉᆡ當此佳節ᄒᆞ야思家悲感에不覺雙淚之霑巾이라春色이已暮ᄒᆞ야萬樹之花ᄂᆞᆫ飛去東風而寂寂ᄒᆞ고百鳥之啼聲은助客愁懷而楊柳之葉은經過細雨而靑靑ᄒᆞ니渡水之人이非汶陽歸客耶아○花落鳥啼ᄒᆞ고柳靑人渡ㅣ豈非客淚之霑巾乎아讀其詩에令人凄切而幾千載之下에宛若見乎今日也로다

○戲題磐石

可憐磐石臨泉水　若道春風不解意
復有垂楊拂酒杯　何因吹送落花來

磐石은大石也라可憐은可愛也니以其臨泉水故로可愛오石畔에復有垂楊ᄒᆞ야更可愛也라坐石臨水ᄒᆞ야酌酒擧杯而垂楊이復來拂之則垂楊이亦似解意라只此垂楊拂盃ㅣ亦是春風使之則春色이似解人意矣라今乃開一筆ᄒᆞ야作反跌法ᄒᆞ고若道者ᄂᆞᆫ若說道也니緊呼下意라何因者ᄂᆞᆫ何所因也니落花ㅣ無風이면何因而吹리요春風이不解人意면磐石上擧杯時에何因復有落花與垂楊이一齊吹送이리오以吹花로顯出垂楊ᄒᆞ고以拂杯로顯出臨水ᄒᆞ고以春風解意로顯出磐石可憐ᄒᆞ야各盡妙境而總以可憐二字冠之ᄒᆞ니라○磐石臨泉과垂楊拂杯와落花吹送이都是絕勝奇妙也로다

○送李侍郎赴常州

賈幼隣

雪晴雲散北風寒
楚水吳山道路難
今日送君須盡醉
明朝相憶路漫漫

首言天時風雪之冷ᄒᆞ고次言山川道里之遙ㅣ라今日在此ᄒᆞ야聚歡이無多ᄒᆞ니遇酒寄情ᄒᆞ야須當盡醉ᄒᆞ라到明朝別後相憶ᄒᆞ면道阻且長ᄒᆞ리니要如今日之與故人으로把盞歡聚를不可得矣라思之及此ᄂᆞᆫ正所以勸其盡醉於今日也

○明妃詞　儲光羲

日暮驚沙亂雪飛　強來前殿看歌舞
傍人相勸易羅衣　共待單于夜獵歸

明妃는王昭君也라昭君이故國之懷ㅣ彌中ᄒᆞ야目之所見과耳之所聽이無非傷心處也라驚沙에日已昏暮ᄒᆞ고白雪이亂飛ᄒᆞ야天氣寒冷故로在傍之人이相勸以易羅衣而改着溫厚之衣라強意來於前殿ᄒᆞ야無心看淸歌妙舞ᄒᆞ다가共待單于ᄒᆞ야夜獵而歸이라○此는昭君이在於胡國而隨單于而遊嬉者也라

○又

胡王知妾不勝悲　朝來馬上箜篌引
樂府皆傳漢國辭　稍似宮中閑夜時

此는明妃自言之詞也라言身雖在胡地나不忘漢國ᄒᆞ야形容悴憔ᄒᆞ야不勝悲傷故로胡王이知其情境ᄒᆞ야欲慰妾心ᄒᆞ야音律樂器를皆傳來于漢國樂府ᄒᆞ야箜篌亦漢之聲音故로朝來馬上에引以箜篌ᄒᆞ니忽然聽之에悅若宮中閑夜時에音

樂之聲也러라

○同金壇令武平一遊湖

朝來仙閣聽絃歌　池邊命酒憐風月
暝入花亭見綺羅　浦口還船惜芰荷

此는儲光羲與武平一로同遊湖也라言仙閣及花亭이在於湖上而朝日則登仙閣ᄒᆞ야聽管絃絲竹之歌ᄒᆞ고暮日則入花亭ᄒᆞ야見綺羅衣裳之女ㅣ라坐於池邊ᄒᆞ야命酒而酬酢ᄒᆞ야淸風明月을憐而愛之ᄒᆞ고遊於浦口ᄒᆞ야還船而徘徊라가芰荷花葉을恐傷而惜之라○二句는朝聽絃歌ᄒᆞ며暝見綺羅는遊遨之事也오池邊風月과浦口芰荷는船遊之樂也니此下二句之意也라四句ㅣ趣味가各異不同而朝之絃歌와暮之綺羅와風月之酒와芰荷之船이無非意味深長ᄒᆞ고風流佚蕩者也로다

○又

花潭竹嶼傍幽蹊　菱荷覆水船難進
畫檝浮空入夜溪　歌舞留人月易低

將去遊湖ᄒᆞ야先來花竹蒙茸之地ᄒᆞ니正與幽蹊로相傍이라嶼ᄂᆞᆫ山有石ᄒᆞ야在水中者ㅣ라幽蹊ᄂᆞᆫ山徑也라入夜溪者ᄂᆞᆫ此便入湖矣라畵船之檝이浮空中ᄒᆞ니湖水ㅣ空闊也오入夜溪ᄂᆞᆫ伏下月易低之根이라芰荷覆水者ᄂᆞᆫ此賦湖中景이라芰ᄂᆞᆫ菱也오荷ᄂᆞᆫ芙蕖也니覆水船難進은見芰荷之多也라歌舞留人은此賦座中情이니歌舞ㅣ旣妙ᄒᆞ야人爲所留ᄒᆞ야主客交歡이遂不覺月之西墮也라○第一句ᄂᆞᆫ言有花之潭과有竹之嶼ㅣ傍有幽邃之蹊ᄒᆞ니此ᄂᆞᆫ乘船初入也오二句ᄂᆞᆫ畵檝이浮於湖上이苦空中而入方夜之溪ᄒᆞ니此ᄂᆞᆫ已入湖也오三句ᄂᆞᆫ進船水路에菱荷ㅣ覆鋪ᄒᆞ야難以拕行之也오四句ᄂᆞᆫ方以歌舞로咸與歡樂而曉月之向西而低ᄅᆞᆯ不能覺知者也라

○寄孫山人

新林二月孤舟還 水滿淸江花滿山
借問故園隱君子 時時來去住人間

一片孤舟ㅣ放乎中流之時에時當二月ᄒᆞ야春水ㅣ滿於淸江之上ᄒᆞ고春花ㅣ滿於靑山之中ᄒᆞ야春景可愛라借問ᄒᆞ되故園隱居之君子ㅣ時來時去ㅣ惟住人間耳라二句ᄂᆞᆫ言舟中之春景也오二句ᄂᆞᆫ言君子之去就也라

○涼州詞 王之奐

黃河遠上白雲間 羌笛何須怨楊柳
一片孤城萬仞山 春光不到玉門關

黃河ᄂᆞᆫ源出崑崙ᄒᆞ야東流於邊外之地故로從西望之면其渺遠無際ᄒᆞ야如掛在白雲間者ᄒᆞ니亦以見邊地之空濶이所見이惟黃河而已라城之孤曰一片이니見其小也라山旣高剴ᄒᆞ야林木이必然稀少ㅣ라上句黃字ㅣ與白字應ᄒᆞ고下句一字ㅣ與萬字應ᄒᆞ니是各爲自對라笛在羌故로云羌笛이니絶域而聞笛聲之哀면必然有離別之感而怨此楊柳ᄒᆞ니盖因笛曲이有折柳而人之將別에必折柳故로怨楊柳라今若爲呼羌笛而勸之면何須怨柳리오玉關外에柳不任受怨也라何以玉關外之楊柳不受人怨고盖楊柳須得春風吹蕩而生이어ᄂᆞᆯ今에春風이不過玉門則玉門關外에安得有任怨之柳리오玉關外之寒苦ㅣ如此ㅣ라四句春光不到四字ㅣ以春風不度四字로改定이有之耳라

○閨怨 王少伯

閨中少婦不曾愁 忽見陌頭楊柳色
春日凝粧上翠樓 悔教夫壻覔封侯

此는征婦之詞也라閨中少婦四字ㅣ爲一詩之主ᄒᆞ니少而曰婦ㅣ라ᄒᆞ니知其已有丈夫ㅣ오婦而曰少ᄒᆞ니所以離愁尙淺이라少婦年輕ᄒᆞ야不知愁之爲苦ᄒᆞ고且未有觸物也라凝粧者는塗黃粉於額際ᄒᆞ니乃是裝作女兒模樣이라少婦ㅣ不出閨門이러니今當春日而爲此凝粧則是自己早省着ᄒᆞ니非閨女矣라上樓는將有所眺望也라必凝粧然後에上翠樓는正是他不知愁處ㅣ라見은從樓頭望見也라忽見者는驟然觸目ᄒᆞ야不覺驚心이라把少婦ㅣ沈悶情懷ᄒᆞ야都被柳色句動ᄒᆞ니然則不見柳色이면不知春在何處也라夫婿從軍은爲覓取封侯計也라向日에已敎之去矣러니今見陌頭春色ᄒᆞ고感夫婿之一去無音ᄒᆞ니早知去而不來면何以當初莫敎他去오故悔라

○西宮春怨

西宮夜靜百花香 斜抱雲和深見月
欲捲珠簾春恨長 朦朧樹色隱昭陽

樂府題니爲班婕妤之詞也라西宮은太后ㅣ居之라時에班婕妤ㅣ失寵ᄒᆞ고供奉太后故로亦居西宮이라君王이不來故로夜靜ᄒᆞ고惟靜故로聞簾外百花之香而擾動人心也라欲捲珠簾者는爲花香月色所動故로欲捲簾이나然이나欲捲者는

尙心動而未捲也라春恨長者는以春恨方長故로無力去捲簾也라簾不去捲ᄒᆞ고乃去抱雲和之瑟ᄒᆞ야抱而不彈故로斜抱而深見簾外之月ᄒᆞ니無非是愁境也라以月在簾外故로曰深見이라昭陽宮은趙昭儀得寵者에所居也라今從簾外望月ᄒᆞ니似有朦朧樹色이隱着昭陽ᄒᆞ니只因心中에想着昭陽而怨恨故로所見이無非昭陽也라

○長信秋詞

奉箒平明金殿開 玉顔不及寒鴉色
且將團扇暫徘徊 猶帶昭陽日影來

奉箒는以灑掃長信宮也라金殿開者는晨起灑掃而殿門始開라因思己之在長信宮奉養者ㅣ豈非以被棄之故ㅣ리오與此團扇으로經秋而棄捐者ㅣ何異리오故於無聊之際에且將此扇ᄒᆞ고拈弄片時而不覺百憂俱集也라此時에班姬自顧玉顔ᄒᆞ고自爲憐惜而歎以爲不及寒鴉之色者는其意全在下句也라昭陽日影은君王之恩光也니彼寒鴉는猶得近恩光而增色而我且不如ᄒᆞ니非敢怨寒鴉也라只怨我之顔色이曾不及寒鴉之萬一也라ᄒᆞ니怨而不怒는詩人温厚之旨也라

○春宮曲 此與長門怨同

昨夜風開露井桃　平陽歌舞新承寵
未央前殿月輪高　簾外春寒賜錦袍

昨夜二字는冒一章ᄒᆞ니乃追溯之詞也라桃生露井上ᄒᆞ야得春風之披拂ᄒᆞ야始開ᄒᆞ야以興宮人之承恩寵者ㅣ라桃開則夜暖ᄒᆞ고月高則夜深ᄒᆞ니春宮夜宴而被澤者ㅣ何人哉오蕭何ㅣ治未央宮ᄒᆞᆯ식立東闕北闕ᄒᆞ야前殿은武庫大倉이니周廻二十八里라漢武帝幸平陽主家ᄒᆞ야悅善歌舞者李延年女弟ᄒᆞ야召見之ᄒᆞ니實妙麗善舞ㅣ라得幸ᄒᆞ니即李夫人也라恩寵이已極ᄒᆞ야即夜宴未寒而忽指以爲簾外春寒이라ᄒᆞ야遂以錦袍賜之라夫歌舞者ㅣ乃安知簾外之春寒乎아不寒而寒ᄒᆞ야賜非所賜ᄒᆞ니失寵者ㅣ思得寵者之榮而愈加愁恨故로有此詞也라

○青樓怨

香幃風動花入樓　腸斷關山不觧說
高調鳴箏緩夜愁　依依殘月下簾鉤

此는征婦怨詞也라見香幃風動而飛花入樓ᄒᆞ니忽添思夫之愁恨ᄒᆞ야於是에高調鳴箏ᄒᆞ야以爲緩寬夜愁之計矣러니征客關山에腸曲이幾斷而猶不解說ᄒᆞ야依依之殘月色이却下珠簾之鉤ᄒᆞ니夜已深을可知오對此殘月에愁不可緩而成眠未得ᄒᆞ야夢亦不成ᄒᆞ니其怨恨悲懷를何可言也哉아

○采蓮曲　王昌齡

荷葉羅裙一色裁　亂入池中看不見
芙蓉向臉兩邊開　聞歌始覺有人來

荷葉羅裙이綠色相暎如一이라芙蓉은亦蓮花之別名이라花光臉色이相映俱紅而采蓮女ㅣ由花中行故로兩邊開라看不見者는因采蓮之貌ㅣ與花無異ᄒᆞ야女貌花容이從此相亂故로不相見也라聞歌而覺有人은所以足看不見三字之意ᄒᆞ야以爲合也

○出塞行

白花原頭望京師　窮秋曠野行人絕
黃河水流無盡期　馬首東來知是誰

此ᄂᆞᆫ出塞外ᄒᆞ야望故國之詞也라登白花原頭ᄒᆞ야望見京師則山川이繞紆ᄒᆞ고雲靄掩翳ᄒᆞ야雖不可見이나然이나京國之思ㅣ結于心中ᄒᆞ야但其登原而望之而已라見黃河之水ㅣ滾滾流去ᄒᆞ야不有盡之期ᄒᆞ니我之愁緖ㅣ與彼水로何異哉아秋已深而曠漠之野에行人이阻絕ᄒᆞ야滿目蕭條ᄒᆞ야不可堪異域之孤苦而一匹馬首가自東而來ᄒᆞ니不知其誰歟아在塞外ᄒᆞ야登白花而望京ᄒᆞ고見黃河而自歎ᄒᆞ야黃沙白草ᄂᆞᆫ蕭瑟於秋風ᄒᆞ고無邊之沙漠에不見行人而忽見馬首之東來ᄒᆞ고未知誰ㅣ나然이나寂寞中에庶有心喜之端耳라

○別李浦之京

故園今在灞陵西　小弟隣莊尙漁獵
江畔逢君醉不迷　一封書寄數行啼

此ᄂᆞᆫ送別而作也라故園이在於灞陵之西而江畔에與君相逢而把酒相勸ᄒᆞ야醉不至於迷라小弟隣莊에尙其漁獵而今寄一封書ᄒᆞ고不禁數行之淚耳라○第一句ᄂᆞᆫ言故園之所在也오二句ᄂᆞᆫ言逢君而醉不迷也오三句ᄂᆞᆫ言弟之隣莊에漁獵爲事也오四句ᄂᆞᆫ言寄書而下淚也니並是凄凉句語也로다

○寄穆侍御出幽州

一從恩譴渡瀟湘　莫道薊門書信少
塞北江南萬里長　鴈飛猶得到衡陽

此는寄於穆侍御之詩也라 一被君王之譴責ᄒᆞ고南渡瀟湘而謫居則塞之北과江之南이中間道路ㅣ爲萬里之長遠則日思故園之懷ㅣ豈可量乎아薊門書信이莫云少至ᄒᆞ라此鴈之飛ㅣ猶得到衡陽耳라 一句는言謫居之事也오二句는言道路之遠也오三句는言書信少를莫說也오四句는言鴻鴈之飛到于衡陽ᄒᆞ니必有尺書之寄也라

○重別李評事　王昌齡

莫道秋江離別難　吳姬緩舞留君醉
舟船明日是長安　隨意靑楓白露寒

別時에留戀難捨ᄒᆞ야以至於重別ᄒᆞ니正視別離不易라今乃反其詞曰莫道難이라ᄒᆞ니用逆振法ᄒᆞ야以取下文之勢耳라不別則已어니와今日別이면明日長安

欲字는或作若字

矣라正見離別之不難也라然이나豈知難爲情者ㅣ正在未別之前乎아舟船二字는連用魏碣石篇云舟船行難이라君旣別에長安을即日可到ㅣ니然則君又何須急行고吾意는在留君一醉ᄒᆞ야以盡今日之歡이오又恐君去心急促ᄒᆞ야於是에藉吳姬緩舞之力ᄒᆞ야以留之ᄒᆞ니君心은越急ᄒᆞ고吳姬는越緩ᄒᆞ야庶幾可以冀君一醉耳니依戀之情이不甚深乎아醉後忘情ᄒᆞ야隨意所適ᄒᆞ니雖以秋楓之將落과夜露之相侵而不覺其寒氣迎人則歡之甚矣라

○李倉曹宅夜飮

霜天留飮故情歡　銀燭金爐夜不寒
欲問吳江別來意　靑山明月夢中看

此言倉曹故情之厚ㅣ故留飮於寒夜也라夜不寒者는言倉曹器用之美ᄒᆞ니因歡ᄒᆞ야雖霜天而不覺其寒也라別來意者는謂己於別後에念倉曹之故情ᄒᆞ니其意若何오夢中看者는江上靑山과山間明月이最易移情이나然이나情深於故友則雖山月이나亦如在夢中看耳라

○觀獵

角鷹初下秋草稀　少年獵得平原兎
鐵驄抛鞚去如飛　馬後橫鞘意氣歸

此는觀獵而作也라見角鷹이初飛下于秋草疎濶之中而鐵驄馬ㅣ抛置其鞚而其馳去ㅣ如飛라於是에少年이平原之兎를獵而得之ᄒᆞ고不勝其喜ᄒᆞ야罷歸之時에垂鞭於鞍後ᄒᆞ고意氣洋洋ᄒᆞ야橫馳以歸ᄒᆞ니少年豪氣를於此可見이라○二句는言鷹馬之迅速也오二句는言獵兎而歸來也라

○除夜　高達夫

旅舘寒燈獨不眠　故鄕今夜思千里
客心何事轉悽然　霜鬢明朝又一年

此는除夕爲客而作也라獨在異鄕ᄒᆞ야當此除夜ᄒᆞ니爲客懷緖ㅣ有倍他時而耿耿寒燈에作伴而坐ᄒᆞ야獨不成眠ᄒᆞ니我心이緣何事端而悽然이如是耶아究其悽然之由則今夜思之ᄒᆞ니故鄕이在千里之外ᄒᆞ고明朝來之에霜鬢이爲一年之

過ᄒᆞ니字々凄凉ᄒᆞ고句々悲情이라

○塞上聽笛

雪淨胡天牧馬還　借問梅花何處落
月明羌笛戍樓間　風吹一夜滿關山

此ᄂᆞᆫ聽笛而有感也라見胡天之雪이已霽而牧養之馬ㅣ乘昏而還ᄒᆞ고雪後天光이淸高ᄒᆞᆫ데又有一輪月ᄒᆞ야明光이滿天地ᄒᆞ고忽有羌笛聲이出于戍樓之間ᄒᆞ야飄揚近遠而悲哀ᄒᆞ니一試問之호ᄃᆡ梅花ㅣ自何處而落乎아一夜之風에吹滿于關山耳라此ᄂᆞᆫ曲中에有落梅花曲故로云然也라○前二句ᄂᆞᆫ言雪天月明에羌笛吹於戍樓者也오後二句ᄂᆞᆫ言曲中之梅花ㅣ隨風而滿於關山之謂也라

○營州歌

營州少年厭原野　虜酒千鍾不醉人
狐裘蒙茸獵城下　胡兒十歲能騎馬

此ᄂᆞᆫ營州少年이厭苦原野ᄒᆞ야以蒙茸之狐裘로獵於城下也라虜酒ㅣ雖千鍾之

多ㅣ나人不辭則酒之淡泊無毒을可知也오胡兒ㅣ雖十歲之幼ㅣ나能騎馬則兒之習慣性을可知也라前二句ᄂᆞᆫ言少年之氣習이好獵也오後二句ᄂᆞᆫ言酒不醉人兒能騎馬也니此言營州之風俗耳라

○獻封大夫破播仙凱歌　岑參

漢將承恩西破戎　天子預開麟閣待
捷書先奏未央宮　秪今誰數貳師功

此ᄂᆞᆫ引漢時事而喩之此時事也라言漢國將帥ㅣ蒙荷皇恩故로率軍出戰ᄒᆞ야西破戎國ᄒᆞ고勝戰之捷書ᄅᆞᆯ使人先奏于未央宮이라天子ㅣ聞此捷報而預開麒麟閣ᄒᆞ고以待樹功之人ᄒᆞ니於今에與漢之貳師로誰可同數之耶아此ᄂᆞᆫ比之於封大夫之詞也라

○又

官軍西出過樓蘭　蒲海曉霜凝馬尾
營幙傍臨月窟寒　葱山夜雪撲旌竿

此ᄂᆞᆫ官軍이西出塞ᄒᆞ야經過樓蘭之國ᄒᆞ야營幙을設布沙漠則傍近月窟ᄒᆞ야寒

氣來侵ᄒᆞ고蒲海之曉天霜氣ᄂᆞᆫ凝結馬尾之毛ᄒᆞ고葱山之夜風雪花ᄂᆞᆫ撲打旌旗之竿ᄒᆞ니風土之寒과霜雪之苦ᄅᆞᆯ士卒이豈可堪耐也哉아

○又

鳴笳疊鼓擁回軍　丈夫鵲印搖邊月
破國平蕃昔未聞　大將龍旂掣海雲

此ᄂᆞᆫ凱旋之時에雙雙笳響과疊疊鼓聲이相應於軍伍之中而破蕃國ᄒᆞ고平蕃國은自古及今에未之聞也라丈夫之鵲印은搖於邊月之下ᄒᆞ고大將之龍旂ᄂᆞᆫ掣于海雲之端ᄒᆞ니勝戰氣勢ᄅᆞᆯ可見矣라一句ᄂᆞᆫ言笳鼓之聲이疊疊於行伍之間也오二句ᄂᆞᆫ言討平蕃國이自古未聞也오三句ᄂᆞᆫ言搖鵲印於邊月ᄒᆞ고掣龍旂於海雲ᄒᆞ니古詩伐鼓淵淵白旆央央을於此에見之也로다其軍容之閑暇와歌吹之淸和ㅣ班師之氣像矣라

○又

日落轅門鼓角鳴　洗兵魚海雲迎陣
千羣面縛出蕃城　秣馬龍堆月照營

此ᄂᆞᆫ住陣之時也라日已落於西天而轅門之外에鼓角이亂鳴矣러니見蕃之降者ㅣ爲千羣者를面縛而出城矣라於是에洗兵戈於魚海則雲來迎陣ᄒᆞ고秣馬匹於龍堆則月色照營ᄒᆞ니勝戰形容이發見於四句中也로다

○玉關寄長安主簿

東去長安萬里餘　玉關西望腸堪斷
故人那惜一行書　況復明朝是歲除

此ᄂᆞᆫ言已從長安ᄒᆞ야至玉關也라那惜은那可惜也라去萬里者ㅣ視一行書면奚啻萬金이리오故人이獨非人情乎아那可惜此而不寄也오此ᄂᆞᆫ責主簿ㅣ라出玉關而西望ᄒᆞ니茫茫風沙而故人之消息이杳然ᄒᆞ니可堪腸斷이온況逢歲盡ᄒᆞ야日月流遷ᄒᆞ야旅館愁思ㅣ猶爲不堪ᄒᆞ니故人이知之否耶아

○苜蓿烽寄家人

苜蓿烽邊逢立春　閨中只是空相憶
葫蘆河上淚霑巾　不見沙塲愁殺人

岑嘉州ㅣ嘗從封常清ᄒᆞ야出玉門西征ᄒᆞ니塞外에無驛亭ᄒᆞ고無山嶺ᄒᆞ고止以烽火爲識ᄒᆞ니玉門關外에有五峰ᄒᆞ니苜蓿烽이其一也라逢立春故로起思想之念이라胡盧河上狹而下廣ᄒᆞ야流波甚急ᄒᆞ야深不可渡ㅣ라上이置玉門關ᄒᆞ니即西域之襟喉也라河在大同府蓟州城北ᄒᆞ니此ᄂᆞᆫ因風景之惡而思家也라閨中之情은不過望空虛想이오未知實境ᄒᆞ야倘令見之라도又不知傷懷何似也리라無聊抒寫ᄒᆞ야聊以寄愁라

○逢入京使

故園東望路漫漫　馬上相逢無紙筆
雙袖龍鍾淚不乾　憑君傳語報平安

因逢京使ᄒᆞ야回首而望故園則路漫漫其脩遠矣라思家情迫을於此에見之라龍鍾은竹名이니年老者ㅣ如竹枝葉搖曳ᄒᆞ야不自禁持라此言雙袖龍鍾은以拭淚之故로兩袖ㅣ離披而不振也라上文에先言旅思之苦則此處相逢이便有情思矣라無紙筆은正見得在馬上也라無紙筆故로只得傳語相報ᄒᆞ고塞外相逢에忽忽來去ᄒᆞ야平安이即家信也라此惟在玉門關外故로見其妙ㅣ라二句ᄂᆞᆫ相逢時에東望思家而淚濕兩袖也오二句ᄂᆞᆫ此便欲付書而無紙筆故로只以口傳平安으로

托之耳라

○送人

西原驛路掛城頭　君去試看汾水上
客散江亭雨未休　白雲猶似漢時秋

此는送別之詩也라別路는卽西原驛路而驛掛於城頭라江亭에雨下未休而送客散去ᄒᆞ니怊悵離懷尤切此時라又言君之去路가必自汾水而去則試以看之ᄒᆞ라白雲之飛必似漢武帝之時矣리라二句는言江雨未晴에送人之悲情也오二句는言試看汾水之白雲이면猶似漢時之秋風이라

○春夢

洞房昨夜春風起　枕上片時春夢中
遙憶美人湘江水　行盡江南數千里

洞은深也라春風이起於洞房則因春感情ᄒᆞ고因憶有夢矣라曰昨夜者는盖追溯之詞ㅣ라此美人은必有所指ᄒᆞ니以其在湘江遠隔故로遙憶之也라因憶之切故

로夢之遠也라片時는與下行盡으로一時應이라數千里者는此謂千里神馳者矣니片時而行數千里는此正是春夢이니不足爲憑也라

○酒泉太守席上醉後作

酒泉太守能劒舞　胡歌一曲斷人腸
高堂置酒夜擊鼓　坐客相看淚如雨

此는岑參이與酒泉太守로醉樂之詞也라太守劍舞於席上ᄒᆞ고置酒而娛ᄒᆞ며擊鼓而遊홀ᄉᆡ又有胡歌者ᄒᆞ야悲感凄愴이使人幾乎斷腸則滿座之客이孰不淚如雨乎아此所謂樂極悲生者也로다

○題長安主人壁　張正言名謂

世人結交須黃金　縱令然諾暫相許
黃金不多交不深　終是悠悠行路心

以金交ᄒᆞ야買盡世人이라曰須者는見非此不行也라交不深者는此句ㅣ足上句之意ᄒᆞ니必金多而交深則又更進一層矣라暫相許者는此便是金不多交不深樣

子니無金則然諾이不靈ᄒᆞ야縱使相許ㅣ나只暫時耳라楚人이得黃金百斤이不如得季布一諾이라ᄒᆞ니라終字ㅣ與暫字應이오悠悠行路ᄂᆞᆫ如路上人이漠不相干也니與暫相許意로反이라

○送魏十六還蘇州 皇甫茂政

秋夜沉沉此送君　孤舟明日毗陵道
陰蟲切切不堪聞　回首姑蘇是白雲

此ᄂᆞᆫ秋夜送別之詞也라沉沉秋夜에陰蟲之聲이切切ᄒᆞ야悲不堪聞ᄒᆞ니別離情懷尤不可禁耳라豫想之컨ᄃᆡ明日則君乘孤舟而去ᄒᆞ야毗陵道에셔回首望姑蘇ㅣ면只是白雲之迷翳而已라上二句ᄂᆞᆫ言秋夜蟲聲中에相與別者也오下二句ᄂᆞᆫ孤舟上에回望則姑蘇白雲이入於眼界也라

○楓橋夜泊 張懿孫名繼

月落烏啼霜滿天　姑蘇城外寒山寺
江楓漁火對愁眠　夜半鍾聲到客船

此ᄂᆞᆫ泊船時에是十三四夜之間이니月落時在五更之末이라日影墜下에驚烏夜啼ᄒᆞ니亦將曉之候也라五更霜落ᄒᆞ니滿天者ᄂᆞᆫ尙未落也니非四更時乎아江楓은泊船之所에江岸有楓이라漁火ᄂᆞᆫ漁火射在楓葉上ᄒᆞ야紅光이相暎而易見이라對愁眠은此時에張繼族中에不能睡着而江楓所暎之漁火ㅣ射到窓內ᄒᆞ야正與愁眠相對라姑蘇城外ᄂᆞᆫ特將實落地名ᄒᆞ야叫出扣任楓橋ㅣ라寒山寺ᄂᆞᆫ在ㅣ西去蘇城十里ᄒᆞ니必用寺者ᄂᆞᆫ爲鍾聲故也라夜半은此時에實不是夜半이라張繼愁眠時에心神이恍惚ᄒᆞ야疑其是半夜也라鍾聲은聲從寒山寺來ᄒᆞ니天已將曉而張繼猛然醒覺ᄒᆞ야猶疑爲夜半也라到客船은鍾催曉에旣到客船ᄒᆞ야天漸曉矣라卽張繼夜泊之舟ㅣ亦且觧纜開去ᄒᆞᆯ시一夜愁眠이至此欲睡호ᄃᆡ亦不能睡ᄒᆞ야不免抱怨ᄒᆞ야五更之鍾이爲夜半而尙恨其早也니其神情이全在夜半上이라

○昭陽曲　劉文房

昨夜承恩宿未央　芙蓉帳小雲屛暗
羅衣猶帶御爐香　楊柳風多水殿涼

此ᄂᆞᆫ新承寵之女也라昨夜에宿於未央宮而歸則所着之羅衣에御爐之香臭ㅣ侵

襲霑染이라芙蓉帳中에雲屛이暗黑ᄒᆞ고楊柳風前에水殿이淸涼이라上二句는言承恩而衣帶香也오下二句는言蓉帳雲展과柳風水殿이御供之繁華也라

○送裵郞中貶吉州

猿啼客散暮江頭　同作逐臣君更遠
人自傷心水自流　靑山萬里一孤舟

此는同謫居라가送別之詞也라文房이送裵郞中之時에江天日暮ᄒᆞ고猿亂啼而行客去ᄒᆞ니人心이自此悲傷ᄒᆞ고江水는彼自流去라我與君으로同爲謫居ᄒᆞ야相依相慰라가今當此別ᄒᆞ야棄我而遠去ᄒᆞ니一片孤舟ㅣ載君而萬里行ᄒᆞ야使我로悽極悲切之情懷難以抵敵이로다上二句는言暮江猿啼ᄒᆞ야人悲水流也오下二句는言同敵君遠ᄒᆞ야孤舟萬里也니都是凄凉底句語耳라

○新息道中作

蕭條獨向汝南行　古木蒼蒼離亂後
客路多逢漢騎營　幾家同住一孤城

此는亂後獨行而有感也라兵火之餘에所過村閭ㅣ蕭條寂寥ᄒᆞ야滿目荒凉而我

獨向汝南地ᄒᆞᆯ식路中에多逢騎兵之陣ᄒᆞ니戰爭이尙未休息이라爲問離亂이經年ᄒᆞ야古木蒼蒼者ㅣ不知幾番春而孤城中에幾許家ㅣ尙今同住耶아此莫非亂離中景光이니誰不傷心也哉아二句ᄂᆞᆫ言路中獨行之歎也오二句ᄂᆞᆫ言城中人家之住也라

○贈崔九

憐君一見一悲歌　白屋漸看秋草沒
歲歲無如老去何　靑雲莫道故人多

此ᄂᆞᆫ相歎之詞也ㅣ라言見君而悲歌ㅣ自發者ᄂᆞᆫ萬事無成而歲去年來에只此年老之白髮을無可奈何ㅣ라居此白屋ᄒᆞ야但看秋草之沒이오故人이雖多於靑雲路ㅣ나不足道也라年老家貧ᄒᆞ야自嘆于白屋而已니富貴故人이何可念及於此境耶아悲身世之不遇ᄒᆞ고莫道故人之多ᄒᆞ라

○過鄭山人所居

寂寂孤鶯啼杏園　落花芳草無尋處
寥寥一犬吠桃源　萬壑千峯獨閉門

山深徑僻ᄒᆞ야不但人稀라卽鳥聲亦少ᄒᆞ니孤鶯寂寂은境之幽也라一犬吠는似有犬吠雲中仙家之景象ᄒᆞ니亦言其幽也라漸進而花林深處에草徑成蹊ᄒᆞ야尋山人之門而尙不知何處ㅣ라己見其門이當萬壑爭流ᄒᆞ고千巖競秀之際而閉門修靜ᄒᆞ니獨山人所居爲然眞成得箇山人氣像이라

○寄別朱拾遺

天書遠召滄浪客　江海茫茫春欲遍
幾到臨岐病未能　行人一騎發金陵

此는言天子之詔書ㅣ遠召滄浪之客而幾度病未能入天陛耶아天子求賢之意如春陽之布德澤ᄒᆞ야無遠不屆故로行人之一騎發於金陵也라此는朱拾遺ㅣ被命而行故로云然也라

○尋盛禪師蘭若

秋草黃花覆古阡　山僧獨在山中老
隔林遙見起人烟　惟有寒松見少年

此尋寺而作也라黃花衰草ㅣ遍覆岸容者ᄂᆞᆫ尋寺之路에秋景也오隔林見烟者ᄂᆞᆫ漸入而望見ᄒᆞ니人家之烟이繞於林間ᄒᆞ야知有寺也오入寺見僧則此僧이獨在山中ᄒᆞ야年已老矣而見寒松이不改靑色ᄒᆞ고滿於山岡ᄒᆞ니此可謂見少年也로다上二句ᄂᆞᆫ尋徑而入ᄒᆞ야見烟而知有家也오下二句ᄂᆞᆫ松靑僧老ᄒᆞ야人已白頭ㅣ오松爲靑春ᄒᆞ니古詩云手植靑松今十圍者ㅣ亦此之謂歟아盛禪師蘭若ᄂᆞᆫ想是修道沙門之流乎아

○滁州西澗　韋應物

獨憐幽草澗邊生　春潮帶雨晚來急
上有黃鸝深樹鳴　野渡無人舟自橫

此亦託諷之詩라草色澗邊으로喩君子ㅣ生不遇時ᄒᆞ고黃鸝鳴深樹로譏小人讒佞而在位라春水ㅣ本急ᄒᆞ야遇雨而語又當晚潮之意ᄒᆞ야其急이更甚ᄒᆞ니喩時之將晚也라野渡에有舟而無人運濟로喩君子ㅣ隱居山林ᄒᆞ야無人擧而用之也라
○唐韋應物은京兆人이니歷左司郎中蘇州刺史ᄒᆞ야一稱韋蘇州ㅣ라合觧에生字改以行字ᄒᆞ고上字를改以尙字ㅣ라言西澗之幽에芳草可愛ᄒᆞ야我獨憐之而散步至此ㅣ라深樹鳴者ᄂᆞᆫ春雖暮矣나尙有黃鶯深樹裡啼轉ᄒᆞ니物情이盡堪留

戀이라晚來急은此時에春水泛溢ᄒᆞ야雨後之潮ㅣ晚來更急이라舟自橫은春雨水漲渡頭ᄒᆞ야過渡者ㅣ稀少故로有無人之舟ᄒᆞ야因水泛而自橫耳라此ᄂᆞᆫ偶賦西澗之景이오不必有所託意也라

○寒食寄京師諸弟

雨中禁火空齋冷　把酒看花憶諸弟
江上流鶯獨坐聽　杜陵寒食草靑靑

寒食은在淸明前一日ᄒᆞ니多有風雨ㅣ라爲介子推ㅣ焚骸故로禁烟火ᄒᆞ야人皆寒食故로云寒食이라此言郡齋ㅣ本自寂寞ᄒᆞ고今因禁火而愈冷也라獨坐聽鶯時에因憶著京師諸弟也라人惟獨中之想이最多ㅣ라空齋獨坐ᄒᆞ야把酒看花ᄒᆞ니夫復何樂고故로憶弟而想及故園也라杜陵은漢宣帝陵이니在西安府城東南十五里라韋本에杜陵人이想故鄕芳草ㅣ寒食倍靑而恨己之不得遊其地也라

○九月九日

今朝把酒復惆悵　明年此日知何處
憶在杜陵田舍時　世亂還家未有期

此는九日思故鄕也라言客中今朝에把樽傾酒ᄒᆞ니不勝惆悵ᄒᆞ야忽憶在杜陵田舍之時라明年九日則在於何處乎아値此亂世ᄒᆞ야還家之期未可有也라上二句는言客中九日에把酒思杜陵之田舍也오下二句는言明年此日에未知在何處ᄒᆞ니何故오世亂中에未有還家之期也라

○少年行　王維

新豐美酒斗十千　相逢意氣爲君飮
咸陽游俠多少年　繫馬高樓垂柳邊

庾信春賦에入新豐而酒美라ᄒᆞ고曹植詩에歸來宴平樂ᄒᆞ니美酒斗十千이라ᄒᆞ니言一斗酒에費萬錢也라此句는伏下爲君飮之本이라咸陽은卽長安也라立氣勢ᄒᆞ며作威福ᄒᆞ며結私交者를謂之游俠이라少年與少年과游俠與游俠이意氣相得者也니如相逢時에不問識熟ᄒᆞ고只論意氣ᄒᆞ야君欲我飮乎아我爲君飮이라ᄒᆞ니所恃者ㅣ意氣耳라高樓는卽酒樓也라繫馬柳邊ᄒᆞ고以待飮ᄒᆞ니與鳴鞭過酒肆御者로遠矣라

○訪王侍御不遇　劉文房

九日驅馳一日閑　恠來時思淸人骨
尋君不遇又空還　門對寒流雪滿山

此는訪侍御而不遇也라九日은驅馳多事ᄒᆞ고一日은閑靜無事故로尋訪君而不遇ᄒᆞ고又爲空還ᄒᆞ니其所悵結底懷不可道也라來此時思淸人之骨ᄒᆞ니門前對寒溪之流ᄒᆞ고山中滿白雪이라上二句는言九日馳而一日閑ᄒᆞ야訪而不遇也오下二句는言王侍御之居ㅣ門有寒流ᄒᆞ고山有白雪ᄒᆞ야使人으로骨冷神淸ᄒᆞ야都無纖細塵埃之一點耳라

○陌上贈美人　李白

駿馬驕行踏落花　美人一笑捲珠箔
垂鞭直拂五雲車　遙指紅樓是妾家

此當是五陵游俠이陌上春遊ㅣ라少年上馬之鞭이直不到美人五雲車上ᄒᆞ니盖有意於調笑美人也라於是에美人이果嫣然一笑ᄒᆞ고手褰車上之簾箔ᄒᆞ야以迎

少年ᄒᆞ니將有言也라遙指紅樓ᄂᆞᆫ此是美人手勢라是妾家ᄂᆞᆫ美人口答也라褰簾遙指ᄒᆞ니明媚之態宛然이라太白이偶見於陌上故로賦其事以遙贈也니然이나亦不必認眞이라

○登賀意寺上方舊遊　劉文房

翠嶺香臺出半天　諸僧近住不相識
萬家烟樹滿晴川　坐聽微鍾記往年

此ᄂᆞᆫ再遊而作也라翠嶺之上에香臺崔嵬縹緲ᄒᆞ야高出于青天ᄒᆞ고俯瞰則撲地萬家之烟籠樹木이滿於晴川ᄒᆞ니風物을可愛라進而入寺則寺中諸僧이近而住之호ᄃᆡ渾不相識ᄒᆞ고但聽鍾聲ᄒᆞ고恍若往年來此之時也라一句ᄂᆞᆫ言寺之樓臺高大也오二句ᄂᆞᆫ言入眼之景光也오三句ᄂᆞᆫ言往年相見之僧이近而不相識也오四句ᄂᆞᆫ言鍾聲은無異於前日也라

○山行

遠上寒山石逕斜　停車坐愛楓林晚
白雲深處有人家　霜葉紅於二月花

此는登山而翫秋景也라行尋石逕斜而登高處ᄒᆞ야望之則人家在於白雲之中ᄒᆞ니此是遠眺之景也오九月霜風에楓葉이紅染尤深ᄒᆞ야勝於春花故坐而愛之ᄒᆞ야深得山行之趣味也라上二句는上山而望之也오下二句는滿山紅葉이秋景可翫也라

○山店 盧允

登登山路何時盡　風動葉聲山犬吠
決決谿流到處聞　幾家松火隔秋雲

此는不見山村而行也라巉巖危石에一條小逕이縱橫于千山萬壑之中故로携笻而行則登之又登ᄒᆞ야未知何時而盡此險路乎아此谷彼谷에谿水之聲이處處決決ᄒᆞ야洞天이不寂寞而轉入山家則樹葉을風爲動而蕭蕭ᄒᆞ니山中之犬이聞此聲而亂吠ᄒᆞ고人家之燈은以松脂燃火故로青烟上升ᄒᆞ야與秋雲으로相雜而已라此는描出山家之光景耳라

○村南逢病叟

雙膝過頤頂在肩　臥驅鳥雀惜禾黍
四隣知姓不知年　猶恐諸孫無社錢

此는逢病叟而作也라此叟之形容이老且病焉ᄒᆞ야坐則兩部之膝이兀立而過於頭上ᄒᆞ고童濯之項은曲而載於肩ᄒᆞ니四隣之人이但知其姓字ᄒᆞ고不知其年齒之幾何耳라臥於田畔幕中ᄒᆞ야鳥雀이群飛ᄒᆞ야集于禾黍之穗則呼而驅逐之ᄒᆞ고又言某日契에錢額을吾之兒孫이何以辦備乎아此叟ㅣ老隆病深호ᄃᆡ猶有陽界上에一點生脉ᄒᆞ야惜禾黍而憂社錢耳라

○寒食

韓君平

春城無處不飛花　日暮漢宮傳蠟燭
寒食東風御柳斜　青烟散入五侯家

寒食時에春花ㅣ正開ᄒᆞ고旋開旋落은因風而飛라用無處不三字는徧地皆春光矣라以柳로暎上花字ᄒᆞ고以風으로暎上飛字而又以斜字로貼風ᄒᆞ고以東風으로暎上春字而以御柳로伏下漢宮ᄒᆞ고且於此句에特提寒食ᄒᆞ고無裝疊之痕이라時雖禁火而宮中則傳燭以分火ㅣ라五侯는近君驕貴ᄒᆞ야傳燭을必先及之ᄒᆞ니於是에青烟이飄颺ᄒᆞ야盡散入五侯之家矣라五侯者는漢末에宦官이專權ᄒᆞ니桓帝封單超徐璜貝瑗左琯唐衡五侯ᄒᆞ야同日爲侯ᄒᆞ니自是로朝政日亂이러니唐自肅代以來로宦者權重ᄒᆞ야政之衰亂이侔於漢故로此詩는寓諷刺焉이라

○江南曲

長樂花枝雨點銷　春樓不閉葳蕤鎖
江城日暮好相邀　綠水回通宛轉橋

此는咏江南而爲曲也라長樂之花枝에宿雨ㅣ點點銷盡而江城에日已暮ᄒᆞ야好意相邀ㅣ라春樓不閉而草木葳蕤之色이侵入於樓中ᄒᆞ고下有綠水之流ᄒᆞ야回通而宛轉于橋ㅣ라上二句는言花枝雨銷而江日已暮ᄒᆞ야相邀而爲好也오下二句는言樓鎖葳蕤ᄒᆞ고橋轉綠水ᄒᆞ야景色을可愛也라

○歸鴈　錢起

瀟湘何事等閑廻　二十五絃彈夜月
水碧沙明兩岸苔　不勝清怨却飛來

鴈至衡陽而回ᄒᆞ야至瀟湘二水之間이라今設爲問鴈曰汝爲何事而輕回乎아等閑者는輕忽之辭也라言瀟湘이風土ㅣ甚美ᄒᆞ야不宜輕去之也라湘水至清ᄒᆞ야下見石子ㅣ若樗蒲ᄒᆞ고白沙ㅣ若霜雪ᄒᆞ고赤岸이若朝霞ᄒᆞ니出湘州記ㅣ라彈

夜月은此ㅣ爲鴈ᄒᆞ야原所以歸之ᄒᆞ니豈以湘靈이彈二十五絃之瑟於月夜耶아瑟聲이悲彈夜月則尤凄絶矣라瑟聲이淸怨을鴈이不勝其悲ᄒᆞ야却便去瀟湘而飛來至此耶아盖瑟中에有歸鴈操而錢起有湘靈瑟詩ᄒᆞ야爲時所稱故로託意於鴈而歸美於瑟也라上二句는言問於鴈也오下二句는言鴈之答也라

○聽隣家吹笙　郞君胄

鳳吹聲如隔綵霞　重門深鎖無尋處
不知墻外是誰家　疑有碧桃千樹花

此는郞君胄ㅣ聽笙而作也라忽聞吹笙之聲이如在綵霞掩隔之中而不知出於誰家也라重重門戶ㅣ深鎖已閉ᄒᆞ야無處尋討其吹笙之家而曲中에桃花千樹ㅣ爛發故로疑有碧桃千樹花也라上二句는聞笙而不知家之歎也오下二句는門鎖無尋而千樹碧桃花를疑有於此也라

○栢林寺南望

溪上遙聞精舍鍾　青山霽後雲猶在
泊舟微徑度深松　畫出西南三四峯

此는在寺南望也라精舍之鍾이隱隱于雲外ᄒᆞ고隨風而來ᄒᆞ야使人聞之也오所乘之舟를泊于溪水徼徑之下ᄒᆞ고登陸而度松栢之深處ㅣ라靑山에雨已過去ᄒᆞ고未散之雲이散在峰頭而見寺之西南에三四峯이峯若畵出而半依峯半依天耳라上二句는言入寺之始也오下二句는言入寺而翫景也라

○峽口送友人

司空文明

峽口花飛欲畵春　來時萬里同爲客
天涯去住各沾巾　今日翻成送故人

此는送友而作也라此時에峽中之花ㅣ東風飛去ᄒᆞ야春色이欲畵而君去我住ㅣ分在天涯則雙行之淚ㅣ各自沾巾이라來此時與君同爲客於萬里之外러니至於今日ᄒᆞ야送同留之故人ᄒᆞ니凄切悲情이有倍於他日耳라

○江村卽事

罷釣歸來不繫船　縱然一夜風吹去
江村月落正堪眠　只在蘆花淺水邊

江村에正可以垂釣ㅣ오罷釣에正當繫船이어늘乃任意曠達이라以不繫船三字

로翻出一絕佳句ㅣ라旣不繫船矣니又安眠得好ㅣ리오眞有率意獨駕ᄒᆞ야任其所止而休之이라下二句에上句는一放ᄒᆞ고下句一收ᄒᆞ야從不繫船 二字內에便伏此兩句之根이라蘆花淺水에切江村便吹去也라只在江村左右ᄒᆞ리니吹去何害오語意極淺ᄒᆞ야有一種興味自佳라

○漫興 杜甫

腸斷春江欲盡頭 顚狂柳絮隨風舞
杖藜徐步立芳洲 輕薄桃花逐水流

此는杜工部ㅣ不勝春興ᄒᆞ야携其藜杖而向春江ᄒᆞ야徐步緩行而立于芳洲則江岸之柳絮는隨風而舞ᄒᆞ고江岸之桃花는逐水而流ᄒᆞ니絮則顚狂之態ㅣ見矣오花則輕薄之姿ㅣ亦可見矣라上二句는言立芳洲而翫景也오下二句는言桃花之景光也라

○長信宮 李端

金壺漏盡禁門開 隨分獨眠秋殿裏
飛燕昭陽侍寢回 遙聞笑語自天來

此亦宮怨也라此四句는言曉漏已盡ᄒᆞ고鷄人報籌ᄒᆞ야九重之門이洞開ᄒᆞ니於是에飛燕이侍寢於昭陽殿而歸이라彼美人兮ㅣ得恩寵而自得이어ᄂᆞᆯ惟我失寵之人은安其分ᄒᆞ고煢々孤身이獨宿於寂寞秋殿之際에笑語之聲이自天下來를側耳遠聽而已라

○古詞

鶻血調弓濕未乾　遼東老將鬢成雪
鸊鵜新淬劍光寒　猶向旄頭夜夜看

古詞者는與古意同이라言調弓之鶻血은猶未乾而又以鸊鵜之血로新淬寶劍則劍光이霜寒ᄒᆞ야弓劍을堅利케ᄒᆞᆫ지라遼東之老將이兩鬢이如雪이나猶有少時之勇氣ᄒᆞ야夜夜看旄頭而誓于心也라向旄頭는西方昴宿니司君王之主星故로如是耳라

○湘南卽事　戴幼公

盧橘花開楓葉衰　沅湘日夜東流去
出門何處望京師　不爲愁人住少時

此는湖南에卽賦其事也라盧橘花方開ᄒ고丹楓葉은已衰ᄒ니時則似九十月耳라於是時에爲客于此故로出門而望京華於何處乎아瞻彼沅湘之水ᄒ니不捨晝夜ᄒ고東流而去ᄒ고爲愁人而不住少時ᄒ니自嘆光陰之迅速也라

○答元明府

山下孤城月上遲　明年此夕遊何處
相留一醉本無期　縱有淸光知對誰

此는幼公이答元明府而作也라與元明府로相逢遊遨之時에明月升天而差遲ᄒ고今夕一醉本無期而相樂也니從此分離之後에明年此夕에縱有明月之光이同於今夕이나與君相會를未可必則不知與誰而遊於何處乎아上二句는遇元明府ㅣ不期而會ᄒ야適値月夜ᄒ야把樽酬酢ᄒ야醉而爲樂也오下二句는不知明年此夕에月之淸光이必如今夕而與誰로遊於何處耶아歎之之詞也라

○送呂少府

共醉流芳獨歸去　深山古路無楊柳
故園高士日相親　折取桐花寄遠人

此는送呂少府而作也라言與君으로共醉流芳而獨歸去故園則與高士로日相親矣라今當送別ᄒᆞ야折取桐花以寄ᄒᆞ니此는深山古路에無楊柳之故也라

○旅次寄湖南張郎中　戎昱

寒江近戶慢流聲　歸夢不知湖水潤
竹影當窓亂月明　夜來還到洛陽城

此는賦旅夜所聞ᄒᆞ니言從無聊賴中ᄒᆞ야忽聞江流之聲이似屬漫然無益호ᄃᆡ以其所屬意者는在湖南也라懷人未遇ᄒᆞ고但見竹影當窓ᄒᆞ고月光在戶ᄒᆞ니只此便是夢來時候ㅣ라月明曰亂者는爲竹影叅差故也라情深而夢ᄒᆞ니夢이豈知道里之遠과山川之隔乎아當時에以湖水間潤로爲悵이러니除是夢中에當得飛渡耳라此夢中에不但能渡湖ㅣ라想夜來還到得洛陽城內ᄒᆞ야往返迅速ᄒᆞ야相思頓慰ᄒᆞ니其奈是夢에何哉오

○移家別湖上亭

好是春風湖上亭　黃鸝久住渾相識
柳條藤蔓繫離情　欲別頻啼四五聲

好一字起法이니是說湖上亭好ᄒᆞ고又說是春風好ᄒᆞ고却是暗說意中之人好也라是春風者ᄂᆞᆫ指著湖上亭而又讚著春風ᄒᆞ니湖上亭은是其人이居處春風則恍見其人之在亭中矣라下面에柳條藤蔓黃鶯이俱從春風發脉이라湖上亭은將此三字說出則明讚其人矣라然이나又收住了口ᄒᆞ고却只將亭外之物來說ᄒᆞ야又似不欲說湖上亭者ㅣ라繫離情은言非此亭之繫我情이라是亭外春風中之柳條藤蔓이繫我離情耳라亭外에不但無知之藤柳ㅣ라更有有情之黃鶯焉이라久住渾相識은黃鶯兒ㅣ因我住得久ᄒᆞ야却識我ᄒᆞ고我亦識鶯ᄒᆞ야兩下裏에渾成相識이라欲別은如今에我欲別此而去ㅣ라頻啼四五聲은黃鶯이不忍我別ᄒᆞ야乃頻々啼四五聲相送ᄒᆞ니其實은說黃鶯藤柳去處ᄒᆞ야都是說湖上亭的好而其說湖上亭好處ᄂᆞᆫ便是說意中人好處ᄒᆞ니句句推開ᄒᆞ고句句牽扯ᄒᆞ니妙絕이라

○題葉道士山房

顧通翁

水邊楊柳赤欄橋
洞裏神仙碧玉簫
近得麻姑書信否
潯陽江上不通潮

此ᄂᆞᆫ題道士山房也라道士所居之地에水邊에多種楊柳ᄒᆞ고楊柳之下에架橋而赤欄을端於兩邊ᄒᆞ고洞裏에己有神仙ᄒᆞ고神仙之吹ᄂᆞᆫ造簫而碧玉으로刻以爲

以武帝로比於唐皇ᄒᆞ고殿은唐所建이라

之라麻姑之書信을近或得之否耶아潯陽江上에不通潮水則通信을不可得也리라上二句ᄂᆞᆫ言所渡之橋에赤欄之飾也ㅣ오下二句ᄂᆞᆫ言麻姑書信은潯陽不通潮則不知得與否也로다

○宿昭應

武帝祈靈太乙壇
新豊樹色繞千官
那知今夜長生殿
獨閉空山月影寒

此ᄂᆞᆫ漢武帝祈靈于太乙壇之時에新豊樹色이繞於千官而威儀之盛과劒佩之聲이當年天子之氣勢矣러니今則長生之殿이獨閉於空山而明月之影이一是寒冷ᄒᆞ니豈非愴然者耶아

○夜上受降城聞笛　李君虞

回樂峰前沙似雪
受降城外月如霜
不知何處吹蘆管
一夜征人盡望鄉

受降城은唐張仁愿이請乘虛取漠北地ᄒᆞ야於河北에築三受降城ᄒᆞ야當虜南寇

路ㅣ라回樂峰前에白沙ㅣ似雪ᄒᆞ고受降城外에明月이如霜이라蘆管之聲이不知自何處而來耶아從軍之人이今夜에並皆望故鄕而悲也라上二句ᄂᆞᆫ言上受降城則月色이如地上霜이오又看回樂峰則沙場如六出花也라下二句ᄂᆞᆫ言出征人이聞此笛聲之淸亮ᄒᆞ고孰不起故鄕之思乎아

○聽曉角

邊城昨夜墮關楡　無限塞鴻飛不渡
吹角江城片月孤　西風吹入小單于

此ᄂᆞᆫ在邊城聽角也라一輪孤月이明照于江天而吹角之聲이凄絶悲絶ᄒᆞ야人不堪思鄕之愁耳라非但人聽而悲라惟彼無數之塞鴻이聞此角而飛不能渡江ᄒᆞ고隨西風而入小單于耳라上二句ᄂᆞᆫ言關楡之葉이墮於昨夜者ᄂᆞᆫ追溯之詞ㅣ오片月之下에吹角而不堪聞也ㅣ오下二句ᄂᆞᆫ言塞鴻도不渡而西風吹入小單于也라

○早發破訥沙

破訥沙頭鴈正飛　平明日出東西地
鸊鵜泉上戰初歸　滿磧寒光生鐵衣

此는早發而有感也라言鴈正飛於破訥沙ᄒ고戰初歸於鷿鵜泉ᄒ니平明之時에見朝日이出於東南地則滿磧寒冷之氣ㅣ生於所着鐵衣也ㅣ라上二句는言鴈飛而戰歸也ㅣ오下二句는言日出而磧中寒氣가生于鐵衣也라

〇送客還幽州

惆悵秦城送獨歸　秋來莫射南來鴈
薊門烟樹遠依依　縱遣乘春更北飛

此亦送別而作也라秦城에送君獨歸ᄒ니惆悵을不可抑而薊門之煙樹ㅣ依依而含情이라秋來則南來之鴈을愼莫射之ᄒ라春來則更北飛ᄒ야可以傳書信也라上二句는言相別惆悵之情이各不堪抑而煙樹之依依ㅣ助我懷緖也라下二句는言待春而寄書則請莫射今日之南飛鴈也라有南來鴈則此時는即八九月也故로以春北飛로爲言也라

〇宮怨　李益

露濕晴花春殿香　似將海水添宮漏
月明歌吹在昭陽　共滴長門一夜長

明惠ᄂᆞᆫ即八十吳僧號

庭花浥露而已不得蒙澤ᄒᆞ고春殿披香而長門은獨甘愁寂ᄒᆞ니皆怨恨之端也라夜深則露落矣오月明矣라於是에從月明之下ᄒᆞ야倚立以聽이라夜靜風淸ᄒᆞ야傳來歌吹之聲則在昭陽宮裏ᄒᆞ니豈不怨殺리오以寂寥之夜로聽歌吹之聲ᄒᆞ야一更更意惹情傷ᄒᆞ고一聲聲宵長漏永ᄒᆞ야越聽越覺其長ᄒᆞ야似添了海水一般이라按李蘭漏刻法에以器貯水ᄒᆞ고以銅爲渴ᄒᆞ야鳥狀如鉤曲ᄒᆞ고以引器中水於銀龍中ᄒᆞ야口中吐入權器ᄒᆞ야漏水一升에秤重一動이면時經一刻이라長門宮은離宮名이라陳皇后ㅣ貶時所居故로長門之漏ㅣ比他處면似乎更長ᄒᆞ니今似將海水爲漏水ᄒᆞ야共滴不歇也라

○題明惠上人房

簷前朝雨暮添花　入定幾時還出定
八十吳僧飯熟麻　不知巢燕汚袈裟

此ᄂᆞᆫ入上人房而題也라簷前에有花而沾朝雨後에日暮添花也라年八十吳老僧이所食熟麻而入定幾時에還出定ᄒᆞ고出定幾時에又爲入定故로此僧이潛心修道ᄒᆞ야樑上巢燕이汚穢袈裟之衣而不知也라上二句ᄂᆞᆫ言添花而老僧이飯麻也오下二句ᄂᆞᆫ言入定出定而不知燕之汚衣也라

○汴州聞角 武伯蒼

何處金笳月裏悲　單于城上關山月
悠悠邊客夢先知　今日中原忽解吹

月明之夜에金笳之聲이悲哀淒凉而在邊塞之客이愁眠朦朧之中에覺而先知ᄒᆞ야家中戀戀之情이徘徊于心中이라昔日關山月色이遍照于單于之城而今日中原之地에忽然解吹也ㅣ라上二句ᄂᆞᆫ言月下悲笳ㅣ不知何處而來ᄒᆞ고邊客이必也夢先覺而知也오下二句ᄂᆞᆫ言此金笳ㅣ曾是吹於單于城關山月者而不意今日에聞於中原汴州之地耳라

○和練師索秀才楊柳

水邊楊柳綠烟絲　惟有東風最相惜
立馬煩君折一枝　慇懃更向手中吹

垂水之柳ㅣ嫋嫋可愛ᄒᆞ고其絲也如綠煙은言其空濛而幽細也라古人이折柳以贈別이러니今愛惜其絲柳故로折來好把玩也라折柳者ㅣ一爲惜柳ㅣ나然이나

實不知其可惜也오彼最能相惜者ᄂᆞᆫ其惟春風乎ㄴ뎌慇懃은乃其最相惜之情也라柳未折時에春風이嘗吹ᄒᆞ고柳折入手에春風이更吹得緊ᄒᆞ니盖以柳雖折去나春風은不忍暫忘ᄒᆞ니乃見其慇懃也라

○柳州二月榕葉盡落　柳子厚

宦情羈思共悽悽　山城過雨百花盡
春半如秋意轉迷　榕葉滿庭鶯亂啼

子厚之刺柳州雖非坐譴이나然이나邊方烟瘴則仕宦之情과羈旅之思ㅣ自覺含凄而可悲라羈人이最怕是秋어ᄂᆞᆯ今春半而木葉이盡落ᄒᆞ야竟如秋一般ᄒᆞ야使我意思로轉覺迷亂也라柳州多山故로曰山城이라雨過花盡ᄒᆞ니眞春半如秋矣라閩廣에有木名榕이니大而多陰ᄒᆞ고初生에如葛緣木ᄒᆞ고後乃成樹라鶯啼時而葉落ᄒᆞ니又春半如秋矣라

○酬曹侍御

破額山前碧玉流　春風無限瀟湘意
騷人遙住木蘭舟　欲取蘋花不自由

破額山은在黃州府黃梅縣西北이라碧玉流는山前流水ㅣ如碧玉也라騷人은指曹侍御ᄒᆞ니因下有瀟湘字也라侍御從黃州來故로曾駐舟於碧玉流中ᄒᆞ야從柳州而想破額山前故로曰遙駐耳라述異記云七里洲中에有魯班ᄒᆞ야刻木蘭爲舟ᄒᆞ야至今在洲中이라詩家ㅣ美其名故로用舟에必稱木蘭이라我因感春風而懷騷人ᄒᆞ야便覺滿懷有無限瀟湘之意라瀟湘에有蘋花ᄒᆞ야欲採以獻호ᄃᆡ奈拘於宦守ᄒᆞ야不得自由ᄒᆞ야所以空寄懷思而已라柳渾詩云江洲採白蘋ᄒᆞ니落日江南春이語意本此라

○銅魚使赴都寄親友

行盡關山萬里餘 附庸惟有銅魚使
到時閭井是荒墟 此後無因寄遠書

此는子厚遠行時也라關山萬里之道路를行之盡而到此時에閭井人家ㅣ皆是荒墟故로使人으로不覺凄凉悲傷矣라今有銅魚使赴都故로以書寄友而此後는路遠便絕ᄒᆞ야無由寄書耳라上二句는言道路之遠과閭井之墟也오下二句는言遠書無由寄也라

○與浩初上人同看山寄京華親故

海畔尖山似劍鋩　秋來處處割愁腸
若爲化得身千億　散上峰頭望故鄉

此는看山有感而作也라山之尖者ㅣ若劍之鋩而當此秋風ᄒᆞ야如割愁腸이라然而有所願者ᄒᆞ니此身이變化爲千億身ᄒᆞ야散上千億峯則可以望吾之故鄉也라上二句는言見山而似劍割腸也오下二句는言故鄉之思ㅣ切且緊焉故로化身上峰也라然而不可得之事로ᄃᆡ搆虛望之詞也라

○夏晝偶作

南州溽暑醉如酒　隱几熟眠開北牖
日午獨覺無餘聲　山童隔竹敲茶臼

南國夏熱이尤甚於中州故로暑氣上面이悅如醉酒而北窓淸風에憑几而眠ᄒᆞ다가白日當天中ᄒᆞ야亭午矣라於是에忽覺眠而坐ᄒᆞ니四面寂寥ᄒᆞ야無一箇聲이러니竹林隔近之外에山童敲茶之聲이入聞而破閒寂而已라此는閒中無事似神仙者歟아

○伏翼西洞送人

洞裏春晴花正開　慇懃好去武陵客
香花出洞幾時回　莫引世人相逐來

此ᄂᆞᆫ春風送人也라春日晴佳ᄒᆞ고百花正開於伏翼西洞中而此花逐流出洞ᄒᆞ야未知幾時復回耶아好去武陵之客에慇懃以托ᄒᆞ노니莫使塵世之人으로引而互相逐來也ᄒᆞ라

○上陽宮

愁雲漠漠草離離　日暮毁垣春雨裏
太乙句陳處處疑　殘花猶發萬年枝

此ᄂᆞᆫ懷古而作也라入上陽宮則昔日唐帝之祈靈時에百官劍佩之聲과萬乘車馬之盛이悅若隔晨而今에不復可見이오愁雲이漠漠ᄒᆞ고荒草ㅣ離離ᄒᆞ야太乙之壇과句陳之宮이到處에無非可疑而春雨霏霏而下ᄒᆞ고西日이已暮ᄒᆞᆫᄃᆡ於墻垣이頹圮之中에衰殘之花ㅣ猶發萬年枝ᄒᆞ니觸目生愁之感이能無乎今日也哉아

○南游感興

傷心欲問前朝事　日暮東風春草綠
惟見江流去不回　鷓鴣飛上越王臺

此는南遊越中而作也라傷心哉라前朝事를欲問無處ᄒᆞ고但見江水는依舊流去而不復回ᄒᆞ니感歎不已오況又夕陽已盡ᄒᆞ고東風春草綠遍於舊宮庭而鷓鴣飛ᄒᆞ야上于越王臺則宮女如花滿春殿을今不可見矣로다上二句는言前朝事付之東流水也오下二句는言越王臺之荒凉而草綠鳥飛ㅣ無非感傷處也라

○宮中詞　王　建

魚藻宮中鎖翠娥　如今池底休鋪錦
先皇行處不曾過　菱角鷄頭積漸多

此亦懷古之詩也라昔에隋煬帝宮樹彫落이면剪綵爲花葉ᄒᆞ며爲菱芡ᄒᆞ고帝ㅣ月夜에從宮女數千騎ᄒᆞ고作淸夜遊曲ᄒᆞ야馬上奏之러니今見其宮ᄒᆞ니翠眉紅粧之宮女不知去處ᄒᆞ고如今池底에尙有菱角鷄頭之多積則不必鋪錦耳라上二句는言魚藻宮之宮娥ㅣ先皇之行處에不曾過也오下二句는言當年에以綵爲菱

焚ᄒᆞ야沉於池底者ㅣ尙有積多云也라

○又

金吾除夜進儺名 院院曉燈如白日
畵袴朱衣四隊行 沉香火裏坐吹笙

此ᄂᆞᆫ驅疫鬼者也라古有進儺之例故로隋行此例ᄒᆞ야十二月晦日夕에金吾官員이率儺而進ᄒᆞᆯᄉᆡ服色은穿畵袴ᄒᆞ며衣朱衣ᄒᆞ고四隊成行ᄒᆞ야面目之廣瞠과形容之凶獰이使人有畏厭之心則瘟疫鬼를可以驅逐이라ᄒᆞ야有此雜戲耳라緣渠十六宮院에曉天燈燭이光明이如白晝而焚沉香ᄒᆞ야靑烟繞繚之中에梨園樂工의吹笙之聲이不絶耳라上二句ᄂᆞᆫ言儺隊行列也오下二句ᄂᆞᆫ言宮院이明燭達夜而吹笙於沉香火中也라

○又

避暑昭陽不擲盧 宮中盡日無呼喚
井邊含水噴鴉雛 榻得滕王蛺蝶圖

此ᄂᆞᆫ避暑而不擲商陸ᄒᆞ고又向井邊ᄒᆞ야含水而噴鴉之雛ᄒᆞ며還向宮中ᄒᆞ야盡日無呼喚而閑無事ᄒᆞ야展滕王之蛺蝶圖ᄒᆞ고以紙墨으로摸得其圖ᄒᆞ니此ᄂᆞᆫ宮娥之事也라上二句ᄂᆞᆫ言商陸을不擲而以井水噴鴉雛也오下二句ᄂᆞᆫ言閑中無事ᄒᆞ야摸出蛺蝶之圖也라

○又

樹頭樹尾覓殘紅　自是桃花貪結子
一片西飛一片東　錯教人恨五更風

此ᄂᆞᆫ有惜春之情故로樹之頭尾에或有殘紅일가ᄒᆞ야詳細尋覓則只是隨風ᄒᆞ야一片은西飛去ᄒᆞ고一片은東飛去ᄒᆞ야全無一點紅片而綠葉成陰之中에結實之桃團團懸懸ᄒᆞ니五更風을錯教人而爲恨也로다

○又

金殿當頭紫閣重　太平天子朝元日
仙人掌上玉芙蓉　五色雲車駕六龍

此는擬唐人元旦宮詞也라唐有朝元閣ᄒᆞ야天子元朝에朝上帝之所라有兩柱極高數丈이오上有金仙人ᄒᆞ야捧芙蓉盤ᄒᆞ야以承天露ᄒᆞ고六龍은天子所居니易에云時乘六龍以御天也라ᄒᆞ고五色雲車는言天子鑾輿光華燦爛이오至尊下九重之上也라○宋林洪字는夢屛이니莆田人이라有宮詞百首에選其二首라

○其二

殿上袞衣明日月　縱橫禮樂三十字
硯中旗影動龍蛇　獨對丹墀日未斜

此는言天子臨軒策士也라袞衣는天子之服也라○入朝對策時에得瞻仰天顔이如日月之明也오對策于丹墀ᄒᆞ니侍衞旌旗之影이搖動于硯水之中이如龍蛇之動也라縱橫禮樂은言對策于君前에所言이皆禮樂刑政之大綱이니其字三千之言이라獨對于丹墀之下ᄒᆞ야文成而日未斜也라宋時에有時薦之科ᄒᆞ야對策稱旨者는特賜進士及第故로曰獨對라

○唐昌觀玉蘂花

一樹籠葱玉刻成　女冠夜覓香來處
飄廊點地色輕輕　惟見階前碎月明

此는子厚ㅣ見此玉蘂花而作也라獨樹籠葱而潔白이如刻玉而造成ᄒᆞ고花片飛時에或飄拂于廊ᄒᆞ며或點落于地ᄒᆞ야白色이輕々而飛라女冠이夜來ᄒᆞ야覓花香之來處ᄒᆞ니階前에惟見碎月之明而已라

○綺繡宮

玉樓傾側粉墻空　武帝不來紅袖盡
重疊靑山繞故宮　野花黃蝶領春風

此亦懷古而作也라入綺繡宮則白玉樓는東傾西側而環繞之粉墻은空虛而疊疊重重之四內靑山은繞圍于古宮殿而已라樓臺如此頹圮荒落而當年行樂之武帝는而今에安在哉오不復來ᄒᆞ고歌舞之紅袖之佳人이亦不知何處去了ᄒᆞ니野花自開於宮庭ᄒᆞ야翩々黃蝶이飛飛于花ᄒᆞ야只自管領春風而已라上二句는言宮殿傾而靑山繞也오下二句는言帝不來而佳人盡ᄒᆞ고只有花蝶春風也라

○江陵使至汝州

回看巴路在雲間　日暮數峰靑似染
寒食離家麥熟還　商人說是汝州山

此는至汝州之道中也라巴路遼遠ᄒᆞ야在於雲間而寒食節에離發家中麥熟之時에回還이라日暮之中에數峰의靑色이似染ᄒᆞ니商人이指此峰曰彼數峯靑者는汝州山云耳라○寒食之於麥熟之時가不過三朔間耳라

○華淸宮

酒幔高樓一百家
宮前楊柳寺前花
內園分得溫陽水
二月中旬已進瓜

此는唐之華淸宮也라宮前有楊柳ᄒᆞ고寺前有花ᄒᆞ야靑靑之色과紅紅之彩ㅣ相映矣라內園에溫陽溫水를分灌之ᄒᆞ야仲春中旬에已進瓜耳라上二句는言華淸宮之花柳也오下二句는言華淸宮之內園溫水에瓜已生長ᄒᆞ야進之也라○華淸宮은驪山溫泉宮이니太宗所建이오玄宗이改名華淸ᄒᆞ고又於其間에起老君殿ᄒᆞ고左는朝元閣이오右는長生殿이라

○逢賈島

張文昌

僧房逢着欵冬花
出寺行吟日已斜
十二街中春色徧
馬蹄今去入誰家

島ㅣ初爲僧ᄒᆞ고後擧進士ᄒᆞ야不合於時ᄒᆞ야鬱鬱不得志라以欵冬花로比島之能耐歲寒也라謂島ㅣ出山而行吟은將有所適이나奈日己斜矣니能無遲暮之感이리오京城에有十二街衢ᄒᆞ니並屬時貴所居ᄒᆞ야如春色之偏ᄒᆞ니彼欵冬花者ㅣ豈能投合乎아馬蹄雖去나今無愛此欵冬花者而又將誰人乎아所以深嗟賈島之不合時也라

○送蜀客

蜀客南行聽碧鷄　山頭日晚行人少
木綿花發錦江西　時見猩猩樹上啼

此는送別蜀客也라言蜀中之客이南行則必聽碧鷄ᄒᆞ고又有木綿花ㅣ盛開于錦江之西矣라日己晚於山頭而行路之稀少則猩猩之群이啼于樹上ᄒᆞ야可謂聽猿實下三聲淚者ㅣ此也라○漢武帝時에方士云蜀有金馬碧鷄之神ᄒᆞ야可致라ᄒᆞ니今此聽碧鷄則非神也오或生鷄耶아未可解也라

○與賈島閑游

水北原南草色新　城中車馬應無數
雪消風暖不生塵　能解閑行有幾人

此는閑游而作也라水之北과原之南에向陽之地에甲坼之草ㅣ軟綠而積雪이消融ᄒᆞ고春風이温暖ᄒᆞ야塵不生矣라此는早春之景也라試問城中에高車白馬로富貴繁華之人이也應不知其數而能解閑行이如吾兩人者ㅣ有幾箇人乎아此所謂朱門雖富나不如貧者也라

○寄李渤

五度谿頭躑躅紅　春山處處行應好
嵩陽寺裏講時鍾　一月看花到幾峰

此는作詩而寄也라五度谿之頭에躑躅之花ㅣ正開爛紅ᄒᆞ고嵩陽寺裡에講時之鍾을行山之際에必聽之矣라春風山中에到處無非芳菲ᄒᆞ야登臨之好와翫賞之興이最多矣리니一月之間에看花之行이行盡幾峰耶아○五度谿는此是谿名也오非是五次過谿也라躑躅은東方所謂철쭉이니百花ㅣ飛盡ᄒᆞ고綠葉成陰之後에始乃放紅者也라嵩陽寺는寺名也라言李渤이看躑躅花紅而登臨春山이必費了一月而到了幾箇峰頭耶아

○秋思

洛陽城裏見秋風　復恐忽忽說不盡
欲作家書意萬重　行人臨發又開封

此는言久客於洛陽而正値秋風ᄒᆞ니故鄕之思ㅣ倍於他時ᄒᆞ고適有故鄕之便人ᄒᆞ야欲裁家書而意中千緖萬端이不知其幾重矣라家書를堅緘以給而復思之曰緣於忽忙ᄒᆞ야恐或有不盡之說ᄒᆞ야便人이臨發之際에家書封을又開而看之ᄒᆞ니客中人情이安得不然乎아此四句는描得客情이切緊也로다

○感春

遠客悠悠任病身　明年各自東西去
誰家池上又逢春　此地看花是別人

此言遠方之客이客中에任病於身而誰家池上에又逢春色耶아明年에東西散去則此地看花人은必是他人矣ㅣ라上二句는言此地爲客而病且逢春ᄒᆞ니安得無感傷之懷耶아離此地則又於誰家에逢春耶아下二句는言不知明年又在何處而各自東西去則此地春色이如今日而看花者는必是他人也리라

棚 비계 붕

○蠻中

瘴水蠻中入洞流　一山海上無城郭
人家多住竹棚頭　惟見松牌記象州

此는言蠻中風俗也라瘴水ㅣ入洞流는言蠻中之地形也오人家ㅣ多住竹棚頭는言蠻中之風俗也오一山海上에無城郭은言蠻中之無城郭也오松牌에記象州는以松爲牌호야記之曰象州ㅣ라호니惟見者此而已라統論蠻中之地形과風俗과城郭과松牌耳라

○閑行

老身不計人間事　病眼較來猶斷酒
野寺秋晴每獨過　却嫌行處菊花多

此는老人無事而閑行也라言顧此衰老之身이人間之事는都不計호고秋天이雨晴風涼而野寺中에獨行經過耳라然黃菊花ㅣ開遍호야每欲把酒나然이나却恐病眼之有妨호야不得飮酒故로行處菊花之多를心却嫌之耳라上二句는言閑行之意也오下二句는言病不飮酒之難也라

○春別曲

長江春水綠堪染　江頭橋樹君自種
荷葉出水大如錢　那不長繫木蘭船

此ᄂᆞᆫ當春而別故로曰春別曲이라言長江之春水ㅣ綠色이宛若染之而荷葉이點點浮於水面者ㅣ形如錢이라江頭橋에所種之樹ᄂᆞᆫ君是昔年에手植之樹而今已長大ᄒᆞ야可以繫船이어ᄂᆞᆯ一自君去後에更不歸此ᄒᆞ야木蘭船을何不長繫耶아思君之心이見物感傷矣니惟願遄歸ᄒᆞ야繫船于彼樹를予日望之ᄒᆞ노라

○成都曲

錦江近西春水綠　萬里橋邊多酒家
新雨山頭荔枝熟　游人愛向誰家宿

此ᄂᆞᆫ覽成都之景而作也라言錦江春色逐人來而近西則春水ㅣ鴨頭綠ᄒᆞ야宛若染色ᄒᆞ고新雨初晴而山頭之荔枝樹ᄂᆞᆫ實已熟矣라賣酒之家ㅣ多住於萬里橋邊而青帘이颺揚于風ᄒᆞ니當春游人이今夜에向誰家而宿乎아ᄒᆞ니成都에必多豪放自得之輩故로云然也라上二句ᄂᆞᆫ言江湖之勝與荔枝之熟也오下二句ᄂᆞᆫ言橋

邊에多酒家ᄒᆞ고亦遊子之豪蕩이最多也라

○寒塘曲

寒塘沉沉柳葉疎 舟中少年醉不起
水暗人語驚棲鳬 持燭照水射游魚

此ᄂᆞᆫ夜游於寒塘而作曲也라言當此秋風ᄒᆞ야塘邊之柳葉이落而疎ᄒᆞ고人語之聲에栖林之鳬ㅣ驚飛ㅣ라舟中之少年이醉酒不起ᄒᆞ고持其燭而照水ᄒᆞ야射得游泳之魚ᄒᆞ니此亦夜游之興味也라上二句ᄂᆞᆫ言寒塘之景而言人語鳬驚也오下二句ᄂᆞᆫ同遊之人이沉醉而臥ᄒᆞ고持燭射魚也라

○山禽

山禽毛如白練帶 獮猴半夜來取栗
棲我庭前栗樹枝 一雙中林向月飛

此ᄂᆞᆫ以山禽으로爲題而吟也라毛如白練之山禽이來棲于庭前栗樹則棲不過一枝어ᄂᆞᆯ何必於此에托身耶아有若依托于我而翺翔其間故로日以觀之ᄒᆞ야心平

愛矣러니獨猴取栗之計로升于栗樹則棲居之山禽이向明月而雙飛ᄒᆞ니可憎者ᄂᆞᆫ獨猴也로다以人事로比之면暗君之虐民과墨吏之浚民이何以異於山禽之失棲乎아

○涼州詞

邊城暮雨鴈飛低　無數鈴聲遙過磧
蘆笋初生漸欲齊　應馱白練到安西

此ᄂᆞᆫ涼州之景也라言邊城暮雨ㅣ霏霏而下ᄒᆞ고鴻鴈은飛飛低下ᄒᆞ고蘆笋之初生이漸漸欲齊ᄒᆞ니覽此景에戍邊之征客이覽此에孰不感傷乎아鈴聲이無數而遙遙過磧則應是馱白練而到安西耳라

○又

劉夢得

鳳林關裏水東流　邊將皆承主恩澤
白草黃楡六十秋　無人解道取梁州

樂府에涼州宮詞曲은開元中西涼府都督郭知運所進也라ᄒᆞ고西域記에龜玆國王이與臣庶知樂者로於大山에聞聽風水之聲ᄒᆞ고約節成音이러니後翻入中國

ᄒᆞ야 如伊州涼州甘州ㅣ皆龜玆之境也ㅣ라 一云涼州ᄂᆞᆫ即漢月支國이니武帝ㅣ置酒泉郡武威張掖이오後魏曰涼州ㅣ니玉門關이即在此處ㅣ라ᄒᆞ니라○此ᄂᆞᆫ言鳳林關裡水東流則歲月迅速之謂也오白草黃榆六十秋則於邊城에將卒이勞苦而閱盡六十秋之謂也오邊將이皆承主恩澤則在邊에積年有戰功者ㅣ皆承恩澤而褒顯之謂也오無人解道取梁州則自歎言何人取梁州而爲國盡忠乎아邊將皆被國恩而取梁州者ᄂᆞᆫ無一人耳라

○自朗州至京戲贈諸君子

劉禹錫

紫陌紅塵拂面來　玄都觀裡桃千樹

無人不道看花回　盡是劉郎去後栽

朗州ᄂᆞᆫ今常德府라陌上塵起ᄒᆞ야見喧闐嘈雜之狀이拂面而來ᄒᆞ니言當面遇着也라看花回ᄂᆞᆫ言花多而看花者衆ᄒᆞ니猶新貴多而趨之者ㅣ衆이라玄都觀은在西安府城內崇業坊이라栽桃者ᄂᆞᆫ道士也라以比栽新貴者ㅣ執政也라自劉郎去後로而新貴滿朝矣라此詩ㅣ語涉譏刺ᄒᆞ야執政이見而惡之ᄒᆞ야復出爲連州刺史ㅣ라

○再遊玄都觀

百畝庭中半是苔　種桃道士何處去
桃花淨盡菜花開　前度劉郞今又來

庭曰百畝則知殿宇已廢ᄒᆞ야 一望蕩然矣라徑無人行則苔生ᄒᆞ니半是苔則知桃樹無存而看花者ㅣ俱不復來矣라桃花淨盡은百畝庭空ᄒᆞ고苔生滿砌ᄒᆞ야千桃已盡ᄒᆞ야去得乾淨이라菜花開ᄂᆞᆫ野菜花也라其自序에云惟見兎葵燕麥이動搖於春風이라ᄒᆞ니即菜花類也라種桃道士歸何處ᄂᆞᆫ猶言執政이栽培新貴러니今新貴ㅣ已盡而執政이復安在哉오則當時之勢焰이亦何憑也오前日劉郞이在京ᄒᆞ야只爲看花一詩ᄒᆞ고連遭貶抑이至今十四年에復又到此看花而種桃人이先不在矣니所以深嘲舊執政輕薄之詞也라

○烏衣巷　在今江寧府南ᄒᆞ야晋謝安과王導ㅣ居此巷ᄒᆞ야其子弟ㅣ皆烏衣故로名이라

朱雀橋邊野草花　舊時王謝堂上燕
烏衣巷口夕陽斜　飛入尋常百姓家

昔時에王謝門第ㅣ在此橋之左右ᄒᆞ야何等顯耀ㅣ러니今橋邊에且偏生野草花矣라巷口에無人ᄒᆞ고惟見夕陽이慘淡而已라必云巷口者ᄂᆞᆫ朱雀橋ㅣ在巷口也라舊時二字ᄂᆞᆫ極寓感慨嘲笑ᄒᆞ니盖王謝勢位ㅣ隆盛之舊時ᄒᆞ되實指當時執政이威權赫奕之舊時也라堂前燕은王謝堂前에世人이趨承獻媚之所也니得以依托捿附ㅣ何異鷰子리오何意王謝既衰에其堂이亦毁ᄒᆞ야燕亦無所安身矣라百姓家與王謝堂이奚啻天淵이리오况加尋常二字則更屬不堪矣라燕無所托ᄒᆞ야只得飛入ᄒᆞ니非但燕子ㅣ掃興而舊時王謝ㅣ何以爲情哉리오

○石頭城

山圍故國周遭在　淮水東邊舊時月
潮打空城寂寞回　夜深還過女墻來

石頭城은因山爲城故曰山圍故國이니指吳言이라周遭ᄂᆞᆫ城之四邊也ㅣ라在ᄂᆞᆫ謂國猶是也而城已空ᄒᆞ야有無限感慨意라石頭城이臨江故로被江潮來打ᄒᆞ야潮來有聲ᄒᆞ고潮回則空城이寂寞矣라石城東에有秦淮水而月亦自東而升ᄒᆞ니但恐舊時之月이與今時之人으로不同耳라舊時二字最重이라一首詩ㅣ只是感舊耳라若論今時人이면好盛惡衰ᄒᆞ야來此空城ᄒᆞ야作甚而舊時月은雖至夜深

寂寂이나不厭空城ᄒᆞ야還過女墻而來則月之不忘舊深矣라此ᄂᆞᆫ夢得이寓言ᄒᆞ야所以譏刺新進ᄒᆞ야語似傷時ㅣ라

○聽舊宮人穆氏歌

曾隨織女度天河 休唱貞元供奉曲
記得雲間第一歌 當時朝士已無多

此ᄂᆞᆫ德宗宮人穆氏而歌之於今日也라言此宮人이隨織女度天河而曾得第一歌曲也러니今日에以感舊로偶爾發歌ㅣ라貞元年間供奉曲은休唱之ᄒᆞ라當時朝士ㅣ飃零已盡ᄒᆞ야所餘者ㅣ不多ㅣ라上二句ᄂᆞᆫ言穆氏故事也ㅣ오下二句ᄂᆞᆫ言休唱貞元中歌也라

○與歌者何戡

二十餘年別帝京 舊人惟有何戡在
重聞天樂不勝情 更與殷勤唱渭城

此ᄂᆞᆫ歌者를作詩以與之라言我ㅣ一別帝京이于今二十餘年矣러니今日에聞天上之舊歌ᄒᆞ니不勝感傷之情而到今思之컨ᄃᆡ舊人이惟有何戡ᄒᆞ야與之唱渭城

ᄒᆞ니更切愁懟也라上二句ᄂᆞᆫ寓之以自歎之詞也오下二句ᄂᆞᆫ言惟有舊人之何勘也라

○蹋歌詞

春江月出大隄平　唱盡新詞懽不見
隄上女郞連袂行　紅霞映樹鷓鴣鳴

此ᄂᆞᆫ女郞이蹋而歌之之詞也라言夜月이出於春江天則藹藹之中에光彩ㅣ可愛而大隄上에女郞이連袂而行ᄒᆞ야唱盡新詞ᄒᆞ니淸妙之曲이足以懽心이나然이나不可近見이오只是紅霞映樹鷓鴣鳴而已니春夜에以即景으로紅霞鷓鴣ᄂᆞᆫ必未有也오此或女郞歌曲中에有之者歟아未可的知也로다

○竹枝詞

山桃紅花滿上頭　花紅易衰如郞意
蜀江春水拍山流　水流無限似儂愁

竹枝詞ᄂᆞᆫ即歌曲也라滿山桃花ㅣ오春水拍山ᄒᆞ야桃花之紅이易衰者ᄂᆞᆫ如郞意

之易衰ㅣ오春水之流ㅣ無限者ᄂᆞᆫ如我愁之無限이니此亦男女相戲之意也라○竹枝歌ᄂᆞᆫ巴渝之遺音也ㅣ니惟峽山이善唱이라劉禹錫竹枝詞序에建安里中兒ㅣ聯歌竹枝ᄒᆞ며吹短笛擊皷ᄒᆞ야以赴節이라

○又

瞿塘嘈嘈十二灘　長恨人心不如水
此中道路古來難　等閑平地起波瀾

此ᄂᆞᆫ巴渝之地라言上二句ᄂᆞᆫ道路ㅣ自古險峻ᄒᆞ야瞿塘이分十二灘이라下二句ᄂᆞᆫ惟彼人心은反不如水ᄒᆞ야起波瀾於平地라言瞿塘이地險이如彼而人心甚於瞿塘ᄒᆞ야自歎之詞也라

○又

山上層層桃李花　銀釧金釵來負水
雲間烟花是人家　長刀短笠去燒畬

此ᄂᆞᆫ峽中人家之象也라言春來則山上層層之石間에桃花李花ㅣ爛發ᄒᆞ야春色

釧 팔고리 천
畬 화뎐홀 서

이可愛오烟花繞於白雲間者ᄂᆞᆫ乃是山中之人家也라此人家之人이女爲井臼之役ᄒᆞ고男爲稼穡之業이나然이나猶有盛飾侈靡之風ᄒᆞ야銀釧ᄅᆞᆯ穿于臂ᄒᆞ며金釵ᄅᆞᆯ橫于首者ᄂᆞᆫ負水之女也오長刀ᄅᆞᆯ垂于腰ᄒᆞ며短笠을戴于頭者ᄂᆞᆫ燒畬之男也니山中風俗이或有如此者耶아只以歌曲으로述之耶아未可强解耳라

〇又

楊柳靑靑江水平　東邊日出西邊雨
聞郞江上唱歌聲　道是無情還有情

此ᄂᆞᆫ竹枝詞四篇之終也라江水ㅣ平鋪ᄒᆞ고楊柳ᄂᆞᆫ靑靑嫋嫋ᄒᆞ야拂于江頭而忽聞唱歌聲則乃是郞也라東邊에日出ᄒᆞ고西邊에雨下ᄒᆞ니無情을是道ㅣ나還爲有情者也라上二句ᄂᆞᆫ言景色佳而聞歌也ㅣ오下二句ᄂᆞᆫ言以東日西雨로比之於男女之情而以無情有情으로反覆之也라

〇楊柳枝詞

華蕚樓前初種時　如今抛擲長街裡
美人樓上鬪腰肢　露葉如啼欲恨誰

此亦懷古之詞也라 昔日隋國全盛時에楊柳를初種於華蕚樓之時에樓上美人이以其腰肢之細ㅣ與楊柳枝之細로相鬪而比較之矣러니今則長街裏에楊柳老衰而拋擲之ᄒᆞ고葉이濕露ᄒᆞ야宛如啼泣而恨之爲誰耶아不見古人爲恨而草木이猶爲人愛者也로다上二句ᄂᆞᆫ言當年種柳之時也오下二句ᄂᆞᆫ言柳之拋擲而葉露如啼也라

○又

煬帝行宮汴水濱　晩來風起花如雪
數株殘柳不勝春　飛入宮墻不見人

煬帝ㅣ植柳汴宮ᄒᆞ고謂之柳塘이니柳最盛이라天子ㅣ行在所를名曰行宮이라柳僅數枝ᄂᆞᆫ衰颯已見이오綠凋殘柳ㅣ春又無多ㅣ라晩風吹絮ᄒᆞ야如雪旋飄ᄒᆞ니卽使宮牆有人이면猶自暗傷春去ㅣ라不見人은宮牆이尙在ᄒᆞ되宮中無人ᄒᆞ야卽柳花飛入ᄒᆞ니誰人見來에廢興之感이不勝浩歎이라

○阿嬌怨

望見葳蕤擧翠華　須臾宮女傳來信
試開金屋掃庭花　言幸平陽公主家

阿嬌ㅣ望帝之幸故로遠望見葳蕤而知翠華擧處ᄒᆞ고遂疑其來幸也ㅣ라翠華는旗名이니以翠羽爲葆曰葳蕤ㅣ니南都賦에望翠華兮葳蕤라望見葳蕤將近ᄒᆞ고試去開殿ᄒᆞ고掃花ᄒᆞ야以迎帝駕ᄒᆞ니恐其即來ㅣ오又恐其不來故로用試字ᄒᆞ니言試開屋ᄒᆞ고試掃一掃ᄒᆞ야看是如何動靜이라須臾는不多時也라殿纔開花初掃라傳來信은宮中打探者ㅣ遞傳信息而來라言은言之可慨니有不忍言而又不敢不言之意라武帝之寵衞子夫也에子夫는由平陽公主所進則是平陽公主는阿嬌에所最嫉者라今帝不來幸은尙可言也어니와偏幸平陽公主家는不可言矣라篇中에不言怨而字々ㅣ怨入骨髓ㅣ라

○登樂遊原 杜牧之

長江澹澹孤鳥沒　看取漢家何似業
萬古銷沉向此中　五陵無樹起秋風

此는登樂遊原ᄒᆞ야懷古而作也라望見澹澹長江之中에孤飛之鳥는出沒ᄒᆞ니萬古事ㅣ銷沉此中ᄒᆞ니感懷를曷禁이리오漢家之事業四百餘年을或盛或衰矣러니今來何似오漢之五陵에無松柏之樹而蕭蕭秋風起而已라千載之下에令人無曠感之懷耶아

○漢江

溶溶漾漾白鷗飛　南去北來人自老
綠淨春深好染衣　夕陽長送釣船歸

此는渡漢江而作也라江水溶溶漾漾ᄒᆞ야浩無涯而白鷗ㅣ飛去飛來ᄒᆞ니可謂江碧鳥愈白者也라水之綠淨春深ᄒᆞ야可以染衣之好也라自歎言浮生이南北去來ᄒᆞ야自老於奔忙驅馳之中ᄒᆞ니夕陽에每送釣船而歸耳라上二句는言江中之景也오下二句는言自歎之事也라

○泊秦淮

烟籠寒水月籠沙　商女不知亡國恨
夜泊秦淮近酒家　隔江猶唱後庭花

秦淮는今江寧府淮清河라烟水色青故로烟籠이오月沙色白故로月籠이라此夜에泊秦淮景色이라近酒家는酒家臨水ᄒᆞ야泊舟近酒家而歌聲이飄逸所從來矣라商女不知는商女ㅣ止知唱曲ᄒᆞ고安知曲中有恨이리오杜牧이隔江聽去에知玉樹後庭花曲이乃陳後主亡國之音ᄒᆞ고觸景生悲ᄒᆞ야便有無限興亡之感이라

○赤壁

折戟沉沙鐵未銷
自將磨洗認前朝
春風不與周郞便
銅雀春深鎖二喬

吳魏ㅣ鏖兵ᄒᆞ야赤壁所遺之折戟이沉於沙際ᄒᆞ니唐去吳ㅣ日子未遠故로其鐵이尙未消磨ㅣ라自將折戟磨洗一認ᄒᆞ야信是魏武ㅣ敗於周郞而前朝之遺跡이宛然이라夫周郞이何以遂能勝魏ㅣ리오似乎難信ᄒᆞ야所以要認이라周郞之所以勝魏者ᄂᆞᆫ恃有東風之便ᄒᆞ야所以得成功於火攻이어ᄂᆞᆯ今乃反其說ᄒᆞ야假如當日에沒有東風則是無便可乘了ㅣ라周郞이若無東風之便이면不但不能勝魏ㅣ라恐江東이必爲魏破ᄒᆞ야妻子不保ᄒᆞ야大喬小喬ㅣ春深時에貯在銅雀臺上矣리니此以議論行時者ㅣ라杜牧이精於兵法ᄒᆞ야此詩ㅣ似有不足周郞處ㅣ라

○秋夕

銀燭秋光冷畫屛
輕羅小扇撲流螢
天階夜色涼如水
臥看牽牛織女星

此亦宮怨之詞也라當此秋夕ᄒᆞ야銀燭煒煌而秋光이오畫屛透迤而秋冷ᄒᆞᆫᄃᆡ宮中之人이手持羅扇ᄒᆞ야撲之流火之螢ᄒᆞ니此亦消愁一事ㅣ라天階夜色이寒凉이如水ᄒᆞ야良覺秋夜之氣라於是에臥於珠簾之內ᄒᆞ야仰看牽牛織女ᄒᆞ고自歎於心曰彼牛女星은各在河漢之東西나年年이當七夕則猶有一會之期而如我薄命은獨居含恨而已라

○宮怨

監宮引出暫開門　銀鑰却收金鎖合

隨例雖朝不是恩　月明花落又黃昏

宮人이鎖閉長門ᄒᆞ고亦有出來朝君之例ᄒᆞ야必須監宮者ㅣ引出ᄒᆞ야以其閉門是常故로開門이只是暫時耳라此時에雖暫得近天顔이나宮人意中에不無希寵望恩意라不是恩은誰知此朝也不過隨例而已리오非有特恩也라旣不是恩이니定須是成怨矣라宮人이寂守ᄒᆞ야不覺開門ᄒᆞ고後反句動愁腸ᄒᆞ니奈何오朝罷에依舊入門ᄒᆞ고監宮이却收了銀鑰ᄒᆞ고合上金鎖ᄒᆞ야此際之情이比不出宮中更慘ᄒᆞ니此門一入이면又不知何日에再得出來也라閉門之後에欲睡不睡ᄒᆞ고只見滿宮明月과空庭落花ㅣ是向日受慣之凄凉而今又依然在此矣라說至此에

字字怨入骨髓라

○寄楊州韓綽判官

青山隱隱水迢迢　二十四橋明月夜
秋盡江南草木凋　玉人何處教吹簫

一統志楊州二十四橋는在府城ᄒᆞ니隋置並以城門坊市로爲名ᄒᆞ고後에韓令坤이築州城ᄒᆞ고別立橋梁ᄒᆞ니所謂二十四橋者ㅣ不可考矣라上二句는言山隱隱水迢迢ᄒᆞ고江南에秋盡而草木皆凋落이라下二句는言二十四橋明月之夜에玉人이何處에敎之以吹簫乎아

○送隱者

無媒徑路草蕭蕭　公道世間惟白髮
自古雲林遠市朝　貴人頭上不曾饒

此는杜牧之送隱者之詩也라言無媒之徑路에草自蕭蕭而隱居之雲林이遠隔市朝之間은自古然矣라白髮者는世間之公道也故로不拘貴賤ᄒᆞ고均是一樣子ㅣ

니非徧及于貧賤人이오曾不以富貴人而饒之ᄒᆞ야至公無私故로曰公道云耳라上二句ᄂᆞᆫ言隱者之栖息이오下二句ᄂᆞᆫ言貴人之不饒也라夫隱者ᄂᆞᆫ念絕榮途ᄒᆞ고棲息於雲林之間ᄒᆞ야經世高尙이라

○將赴吳興登樂遊原

淸時有味是無能 欲把一麾江海去
閑愛孤雲靜愛僧 樂遊原上望昭陵

吳興은牧이爲司勳員外郞ᄒᆞ야乞爲湖州刺史ㅣ라昭陵은唐太宗이因九嵕山爲陵ᄒᆞ니在醴泉北五十里라言淸淨閑居時에丹田이無物累之交侵이나反是無能者로同然ᄒᆞ고閑則愛其孤雲ᄒᆞ며靜則愛其山僧이라今日에把一麾而欲去江海ᄒᆞ야樂遊原上에登臨ᄒᆞ야望昭陵耳라上二句ᄂᆞᆫ言淸時之事也오下二句ᄂᆞᆫ言望昭陵之志也라

○江南春

千里鶯啼綠映紅 南朝四百八十寺
水村山郭酒旗風 多少樓臺烟雨中

此는言江南春色之麗也라十里鶯啼ᄒᆞ고園林相接ᄒᆞ야紅綠相暎而水村山郭에旗亭酒肆ㅣ相望而鱗次라南朝ㅣ自梁時로大興佛僧寺四百八十寺러니迄今에猶盛樓臺殿宇之多와烟林花雨之景而六朝佳麗宛然猶在目前也라上二句는言景光之勝과酒肆之多也오下二句는言南朝寺刹之盛也라

○懷吳中馮秀才

長洲苑外草蕭蕭
却筭遊程歲月遲
惟有別時今不忘
暮烟秋雨過楓橋

此는懷馮秀才而作也라言長洲苑外에秋草蕭蕭則算計周遊之道程則良覺光陰之遲久也라回思離別之時ᄒᆞ야迄今不忘者는暮烟凝ᄒᆞ고秋雨霏而過於楓橋也라上二句는言遊程之許久也오下二句는言別時之景也라

○齊安郡後池

菱透浮萍綠錦池
夏鶯千囀弄薔薇
盡日無人看微雨
鴛鴦相對浴紅衣

此는見池中之景而作也라當此夏節ᄒᆞ야菱透浮萍ᄒᆞ고鶯囀於薔薇而盡日無人到ᄒᆞ고微雨霏々中에鴛鴦이浴紅衣而相對ᄒᆞ니池塘之景이閑幔有趣味耳라上二句는言鶯囀有聲ᄒᆞ야可以消寂이오下二句는言鴛鴦이浴水ᄒᆞ야可以寓興이니此乃是夏日池塘閑暇之景物耳라

○題城樓

嗚軋江樓角一聲
微陽瀲瀲落寒汀
不用憑欄苦回首
故鄕七十五長亭

此는登城樓而感懷也라言角一聲이於江樓에聞之ᄒᆞ니不勝思故鄕之愁而見依微之陽이瀲瀲이落於寒汀ᄒᆞ니客懷尤倍悲感ᄒᆞ야故鄕之道路ㅣ有七十五長亭則山川之遠을可知而假令三十里에有長亭이면七十五長亭의里數가二千二百五十里矣니憑欄回首於故鄕이나何可望之乎아此歎之之詞也라

○龍池

李義山

龍池賜酒敞雲屛
羯鼓聲高衆樂停
夜半燕歸宮漏永
薛王沉醉壽王醒

此는燕龍池也라羯鼓는玄宗이偏好之ᄒ고謂內侍曰速令花奴로持羯鼓來ᄒ야爲我解穢ᄒ며或自擊羯鼓也라宴於龍池而衆樂은停止ᄒ고只有羯鼓之聲而已라夜半罷燕而歸則宮中之漏水ㅣ尙永ᄒ고薛王은沉醉ᄒ야尙在昏昏ᄒ고壽王은醉已醒矣라上二句는言設宴之樂也오下二句는言罷宴而歸也라

○瑤池

瑤池阿母綺牕開　八駿日行三萬里
黃竹歌聲動地哀　穆王何事不重來

黃竹은穆天子傳에天子乃休日中에大寒ᄒ야北風雨雪에有凍人이어늘天子ㅣ作詩三章以哀之曰我徂黃竹負閟寒이라ᄒ고史要云穆王이宴瑤池에王母有白雲黃竹謠ㅣ라ᄒ니라上二句는言綺窓開而黃竹歌也오下二句는言日行三萬里之八駿馬ㅣ有之어늘穆王이不來ᄒ니緣何事而然也라

○咸陽

咸陽宮闕鬱嵯峨　自是當時天帝醉
六國樓臺艶綺羅　不關秦地有山河

咸陽은嬴秦之都也라秦始皇이滅六國呑二周後에乃於大宮庭ᄒᆞ야先作阿房前殿홀시上可以建五丈旗ᄒᆞ니宮殿之壯麗未有盛於此時라咸陽之宮闕은嵯峨而揷天ᄒᆞ고六國之樓臺에綺羅之艶色이러니然이나不修德政而尙侈尙刻ᄒᆞ야自是로天帝醉ᄒᆞ야不關秦國之有山河則乃至於敗亡ᄒᆞ니豈非人君之鑑戒乎아

○漢宮詞

青雀西飛竟未回　侍臣最有相如渴
君王長在集靈臺　不賜金莖露一盃

此는言求仙之虛誕也라青雀은卽青鳥ㅣ니西王母之使ㅣ라相傳漢武帝會ᄒᆞ야西王母許以三年後復來러니其後에竟未回ᄒᆞ니是는神仙이無驗矣라武帝ㅣ建集靈望仙諸臺ᄒᆞ고帝ㅣ長在臺ᄒᆞ야以候其來라司馬長卿이有消渴之疾ᄒᆞ고旣侍武帝則仙人이豈不能醫리오帝取雲表露ᄒᆞ야和玉屑以飮之ᄒᆞ야求長生ᄒᆞ니露果有驗이면何不賜一杯於相如ᄒᆞ야以愈其疾耶아病且不愈而安望成仙이리오是日에憲宗이服金丹暴崩ᄒᆞ고穆宗이復踵前轍故로義山이作此詩ᄒᆞ야以寄諷諫이라

○吳宮

龍檻沉沉水殿淸 吳王宴罷滿宮醉
禁門深掩斷人聲 日暮水漂花出城

此ᄂᆞᆫ以吳宮으로爲題而作也라言吳宮之水殿이淸凉ᄒᆞ고畵龍之欖이沉沉而昏ᄒᆞ며九重之禁門이深深掩鎖ᄒᆞ야人聲이斷絶이라此時에吳王이罷宴而滿宮之人이方在醉鄕ᄒᆞ고西日이已暮而花浮於水ᄒᆞ야泛泛而出宮城이라此ᄂᆞᆫ見吳宮感古而似亦有諷諫於當時者然이나未可知也로다

○賈生

宣室求賢訪逐臣 可憐夜半虛前席
賈生才調更無倫 不問蒼生問鬼神

史記에賈生이徵見ᄒᆞᆯ식孝文帝方受釐坐宣室이러니上이因感鬼神事而問鬼神之本ᄒᆞᆫᄃᆡ賈生이因具道所以然之故ᄒᆞ야至夜半ᄒᆞ니文帝前席을旣罷曰吾久不見賈生ᄒᆞ야自以爲不過之러니今不及也로다賈誼가得寵ᄒᆞ야一歲中에超遷至太中大夫ㅣ러니大臣以年少로多短之ᄒᆞ야爲長沙太傅矣라此時에帝徵見而不

問蒼生而問鬼神則文帝何以惑於鬼神耶아上二句ᄂᆞᆫ言帝之求賢訪逐臣及賈生之才調也오下二句ᄂᆞᆫ言夜半前席에不問治民之策ᄒᆞ고但問鬼神之本ᄒᆞ니是可慨也已라

○四皓廟

本爲留侯慕赤松　蕭何徒觧追韓信
漢庭方識紫芝翁　豈得虛當第一功

此ᄂᆞᆫ商山四皓廟에有感而作也라張良이當廢太子之時ᄒᆞ야招此四人故로高祖曰羽翼已成ᄒᆞ니難動矣라ᄒᆞ야竟不廢太子ᄒᆞ니張良之功을比之於蕭何ㅣ면蕭何ᄂᆞᆫ徒追韓信而已니豈可當第一功乎아上二句ᄂᆞᆫ言留侯ㅣ慕赤松故로漢方識四皓也오下二句ᄂᆞᆫ言張蕭兩人之功이一以立儲貳之功ᄒᆞ고一以求干城之才ᄒᆞ니其功이懸殊也로다

○元和甲午歲除書盡徵江上逐客

雷雨湘江起臥龍　十年楚水楓林下
武陵樵客躡仙蹤　今夜初聞長樂鍾

此는憲宗元和甲午也라歲除日에詔書로盡徵江上之逐客이라上二句는言湘江臥龍이起於雷雨而武陵之樵客이競進於九天宮陛也오下二句는言楚水楓林之下에送了十載光陰矣러니今夜에初聞長樂鍾聲也라

○有感

非關宋玉有微詞　一自高唐賦成後
自是襄王夢覺遲　楚川雲雨盡堪疑

此는有感而作也라言宋玉之有微詞를非關係라襄王이覺夢이遲緩이라宋玉이高唐之賦를成後에楚川雲雨盡是可疑者耳라上二句는言非關於宋玉而關於襄王也ㅣ오下二句는言關於宋玉賦而雲雨堪疑也라

○嫦娥

雲母屏風燭影深　姮娥應悔偷靈藥
長河漸落曉星沉　碧海靑天夜夜心

此는言嫦娥所居之處에繞之以雲母之屏ᄒᆞ고銀燭之影이一半明滅ᄒᆞ야深深而

低ᄒᆞ야夜深을可知오橫天長河는漸々落下ᄒᆞ고耿耿曉星은點點沉沒ᄒᆞ니此는
夜分之景也라此時에姮娥ㅣ也應偸藥을懺悔於心ᄒᆞ야在下之碧海와在上之靑
天에此心을何以堪抑於夜夜乎아此는以嫦娥로吟咏이나有若寓之以含怨之人
耳라

○宮詞

君恩如水向東流　莫向尊前奏花落
得寵憂移失寵愁　涼風只在殿西頭

此亦宮中之怨詞也라言君王之恩澤이如水東流則失寵之已久에水流雲空者也
라凡人之情이得寵則惟恐移於他人ᄒᆞ고失寵則憂愁彌中ᄒᆞ야怨之不已也라尊
前에莫奏花落ᄒᆞ라涼風이只在於殿之西頭耳라此皆怨歎之切至者也로다

○過楚宮

巫峽迢迢舊楚宮　浮雲盡戀人間樂
至今雲雨暗丹楓　只有襄王憶夢中

巫峽은依舊ᄒᆞ고下有楚宮尙存ᄒᆞ야雲雨ㅣ暗於丹風ᄒᆞ니浮空之雲이人間樂事

를戀戀不忘故로夢中憶襄王而已라此亦懷古而雲雨朝暮에依俙昔年ᄒᆞ고襄王高唐之遊ㅣ悅如昨而今日安在哉오可謂襄王雲雨今安在오江水東流緩夜聲之意也라

○夜雨寄北

問君歸期未有期 何當共剪西窓燭
巴山夜雨漲秋池 却話巴山夜雨時

君은指所寄之人也라未有歸期則與君으로豈能相聚리오山中夜雨에水漲秋池ᄒᆞ야情景凄凉이更屬懷人之候ㅣ라何當은猶言何能이라夜深則剪燭이니共剪西窓之燭은正是談心時候ㅣ라以目下之落寞으로作他時之佳話ᄒᆞ야逆計其必有是境而又不知何日에始有是境也라故로曰何當이라巴山은一在四川保寧府通江縣ᄒᆞ고一在漢中府ㅣ라

○訪隱者不遇

城郭休過識者稀 滄江白石漁樵路
哀猿啼處有柴扉 日暮歸來雨滿衣

此는訪隱者之居而不遇也라言城郭休息에不見識面之人而猿聲이哀淸之中에有柴扉ᄒᆞ니寥寥一犬吠桃源이卽此意也라淸江之畔과白石之上에有漁樵之小徑ᄒᆞ야可以通行而日已曛黑之際에纔歸來則雨濕人衣耳라上二句는尋隱之意也오下二句는言不遇而想像也라

○西亭

此夜西亭月正圓
踈簾相伴宿風煙
梧桐莫更翻淸露
孤鶴從來不得眠

此는西亭之景也라月輪正圓ᄒᆞ야光輝滿亭ᄒᆞ고踈簾에風煙이伴宿ᄒᆞ고庭有梧桐樹而淸露ㅣ沾濕則莫使翻動ᄒᆞ라一隻孤鶴이不得其眠耳라義山이於此夜에登西亭ᄒᆞ야吟其夜色之淸景也라

○月夕

草下陰虫葉上霜
朱欄迢遞壓湖光
兎寒蟾冷桂花白
此夜嫦娥應斷腸

此는深秋月夕에登湖上亭ᄒᆞ야吟咏夜景이라言朱欄이俯壓湖水之光而明月이

沉璧之靜影과浮光之躍金이有倍淸意味ᄒᆞ고草間之陰虫이切切ᄒᆞ며葉上之霜光이皓皓ᄒᆞ니此亦夜景之淸凉也라當此月明霜下之夜ᄒᆞ야嫦娥ㅣ必有斷腸之愁緒矣라上二句ᄂᆞᆫ言草虫葉霜과欄頭湖光은登亭之景也오下二句ᄂᆞᆫ言兎寒蟾冷桂花白者ᄂᆞᆫ謂月之色而應有斷腸之人耳라

○偶題

水亭閑眠微醉消　水紋簟上琥珀枕
小榴海栢枝相交　傍有墮釵雙翠翹

此亦寫美人之居也라言臨水之亭에閑無事而成眠則面上微醉之痕이已爲消盡ᄒᆞ야偶見小榴之枝와海栢之枝ㅣ互相交接則心中에應有所懷伊人之歎而亭中所居之華麗璀璨이以水紋으로爲簟ᄒᆞ고以琥珀으로爲枕ᄒᆞ니令人으로氣淸心爽이라傍有雙翠翹之釵ㅣ墮了席上則閑眠時에必是髮鬖髿而成此者也로다

○青樓曲

白馬金鞭從武皇　樓頭少婦鳴箏坐
旌旗十萬宿長楊　遙見飛塵入建章

此는言靑樓少婦之夫婿ㅣ白馬金鞍으로從行武皇ᄒᆞ야日月龍鳳之旗와白旄黃鉞이羅列而行ᄒᆞ야十萬軍兵이宿于長楊矣라樓頭少婦ㅣ鳴箏而坐ᄒᆞ야遙見則飛塵遮天而入於建章宮ᄒᆞ니必是武皇이自長楊으로入建章也니吾之夫婿ㅣ亦參於軍伍之間耳라此亦望夫之意ㅣ包含于詩中也니以是로謂之靑樓曲歟아

○又

馳道楊花滿御溝　金章紫綬千餘騎
紅粧謾綰上靑樓　夫婿朝回初拜侯

此는言馳道에植以楊柳ᄒᆞ야楊花ㅣ隨風而飛飛ᄒᆞ야滿積御溝ᄒᆞ니此乃晩春之景也라於是에少婦ㅣ謾綰紅粧ᄒᆞ고上靑樓上而望之則金章紫綬之千餘騎에夫婿ㅣ以攻戰之功으로今始拜侯ᄒᆞ니豈不感喜也리오瞻彼春日凝粧之少婦則忽見楊柳色而悔敎覔封侯ᄒᆞ니彼小婦는感物傷心者也오此少婦는拜侯得意者也니何其憂喜之懸殊也오

○西宮秋怨

芙蓉不及美人粧　却恨含啼掩秋扇
水殿風來珠翠香　空懸明月待君王

首言宮人天然花貌ㅣ又加艶麗之粧而芙蓉이不若ᄒᆞ니宜乎君王之來幸也라首言色ᄒᆞ고次言香而珠翠香則正承上粧字ᄒᆞ니風來而珠翠飄香則芙蓉이拜下風矣니倩麗ㅣ如此ᄒᆞ야宜乎君王之來幸也라美人之望幸이雖深이나却恨含情難吐ᄒᆞ고空對着過時之秋扇이棄捐不用ᄒᆞ야只得掩卻而自傷恩情之中絶ᄒᆞ니怨甚矣라明月이當秋正好호ᄃᆡ但君王이不至ᄒᆞ니亦是空懸이나然이나猶有待者ᄒᆞ야心不能忘情於君王ᄒᆞ니不敢絶望也라

○淸平詞 李白

雲想衣裳花想容　若非羣玉山頭見
春風拂檻露華濃　會向瑤臺月下逢

天寶中에明皇이在興慶池東沉香亭ᄒᆞ야與貴妃로賞木芍藥ᄒᆞᆯᄉᆡ命李龜年ᄒᆞ야持金花牋ᄒᆞ고宣賜李白ᄒᆞ야立進三章ᄒᆞ야龜年이歌之ᄒᆞ고上이調玉笛以倚曲ᄒᆞ고太眞이笑領歌意라○雲이一頓이오想衣裳이一頓이오花ㅣ一頓이오想容이一頓이니此ᄂᆞᆫ首言唐皇之寵愛妃子ᄒᆞ야若無處得離妃子故로見雲而想妃子之衣裳艶麗ᄒᆞ고見花而想妃子之容色嬌好也라春風拂檻은承上雲字ᄒᆞ니雲得風而飄拂ᄒᆞ야以喩妃子之搖曳ㅣ오露華濃은承上花字ᄒᆞ니花得露而鮮姸ᄒᆞ야

以喩君澤之濃厚ㅣ라山頭見은愛妃子ᄒᆞ야無處不是妃子ᄒᆞ니即在群玉山頭見雲也에是妃子ㅣ니若非於此見이면於誰見之리오月下逢은即向瑤臺月下ᄒᆞ야見花而花月이總是妃子ㅣ라會向者ᄂᆞᆫ適逢其會ᄒᆞ야遇着이即是其人之謂라群玉山은西王母所居ㅣ오瑤臺亦仙境也라出楚辭ᄒᆞ니因太眞이曾奉勅爲女冠子故로用群玉瑤臺等字ᄒᆞ고且以喩其爲仙也라

○又

一枝濃艶露凝香　借問漢宮誰得似

雲雨巫山枉斷腸　可憐飛燕倚新粧

此ᄂᆞᆫ清平二調也라一枝濃艶은即花以比妃子ㅣ라露凝香은唐皇이戀色이猶露之凝花香而不散也라第二句ᄂᆞᆫ言陽臺神女를葬於巫山이라高唐賦에楚襄王의夢에神女曰妾은朝爲行雲ᄒᆞ고暮爲行雨ㅣ라枉斷腸에枉字ᄂᆞᆫ笑神女ㅣ不得如妃子ㅣ朝暮於君王而空爲之斷腸耳라第三句ᄂᆞᆫ言恐楚王神女事ㅣ近於褻ᄒᆞ야非所宜比故로於漢宮에尋一似者ㅣ라第四句ᄂᆞᆫ言趙飛燕은本陽阿主家ㅣ니學歌舞ᄒᆞ야漢成帝悅之ᄒᆞ야召入宮ᄒᆞ고後에立爲后ᄒᆞ니以后로比貴妃ᄂᆞᆫ是重貴妃處ㅣ나然이나飛燕이出身微賤而色亦不及太眞ᄒᆞ니其所倚重者ᄂᆞᆫ新粧耳라加

可憐二字는正以飛燕이得君寵이似太眞而出身與容色이萬不及太眞ᄒᆞ니所以可憐也라抑飛燕ᄒᆞ고以揚太眞은禮也라

○又

名花傾國兩相歡　解釋春風無限恨
長得君王帶笑看　沉香亭北倚欄干

此는淸平第三調ㅣ라名花는木芍藥이니卽牧丹也라一枝二頭ᄒᆞ야朝碧ᄒᆞ며暮黃ᄒᆞ며夜粉白ᄒᆞ야目爲花奴ㅣ라傾國은佳人이니指妃子也라若太眞은眞傾人國矣라兩相歡은有名花ᄒᆞ고無佳人ᄒᆞ며有佳人ᄒᆞ고無名花ㅣ면俱不爲相歡이어ᄂᆞᆯ今木芍藥과貴妃ㅣ合在一處ᄒᆞ야兩不相負ᄒᆞ야以盡君歡이라第二句는言妃子ㅣ看木芍藥ᄒᆞ고君王이看妃子之看木芍藥ᄒᆞ니不是君王이着花ㅣ라又看妃子也라帶笑는承上歡字來라第三句는言解는解散이오釋은消釋也라從來婦人이多恨而妃子ㅣ尤甚이라今妃子之得君寵이如此ᄒᆞ니豈尙有纖毫之恨於春風耶아其所以解恨之故ㅣ在合句見得이라第四句는言沉香亭은以沉香으로爲之ᄒᆞ고木芍藥이在闌干之外ᄒᆞ야倚闌以觀ᄒᆞ야君情이百倍則是此花ㅣ亦能消恨也러니豈知春風이易歇而太眞之無恨이翻爲極恨者ㅣ乃在馬嵬坡耶아○三

章調ㅣ至此章ᄒᆞ야方寫唐皇이同妃子賞木芍藥이라

○聽笛

一爲遷客去長沙　黃鶴樓中吹玉笛
西望長安不見家　江城五月落梅花

此詩ᄂᆞᆫ太白이將謫長沙ᄒᆞᆯᄉᆡ至鄂州ᄒᆞ야黃鶴樓中에作也라遷客은謫官遠遷也라黃鶴樓에仙人王子安이乘黃鶴而飛昇故로以名樓ㅣ라落梅花ᄂᆞᆫ笛中曲名이라公이爲遷客ᄒᆞ야至此登樓ᄒᆞ야望長安而不見ᄒᆞ고姑弄笛ᄒᆞ야吹梅花一曲ᄒᆞ야以遣懷人ᄒᆞ고又適當五月之時也라○樓上에有臺曰榭ㅣ니黃鶴樓四面에俱有臺榭ᄒᆞ야公이此詩를題于北謝之碑ᄒᆞ고落梅花ᄂᆞᆫ笛中之曲調也라上二句ᄂᆞᆫ言一從恩譴ᄒᆞ야去長沙之路에向西望長安而不得見家則心神悲傷也오下二句ᄂᆞᆫ乃於黃鶴樓에玉笛을試一吹ᄒᆞ니梅花ㅣ亂落於五月天ᄒᆞ야分明愁恨이曲中論ᄒᆞ니聞此曲者ㅣ孰不感傷也哉아

○長門怨

天廻北斗掛西樓　月光欲到長門殿
金屋無人螢火流　別作深宮一段愁

此ᄂᆞᆫ北斗星이轉于北天而掛于樓西ᄒᆞ니知夜深也오寂無人跡而金屋之前에螢火流去則見夜色也라在天之明月이欲到於長門殿ᄒᆞ니一段愁緒ᄅᆞᆯ何以掃除耶아上二句ᄂᆞᆫ言斗回螢流ᄒᆞ야觸目生愁也오下二句ᄂᆞᆫ言到深宮에又添悲恨也라

○天門山

天門中斷楚江開 兩岸靑山相對起
碧水東流至北廻 孤帆一片日邊來

此ᄂᆞᆫ李白이見天門山而作也라山勢中坼而有江ᄒᆞ니江則楚之江也라江之碧水ㅣ日夜東流라가又折而至北ᄒᆞ야螢廻而來ᄒᆞ고江之兩邊에靑山이對峙ᄒᆞ야嵯峨而立이라遙看一片孤舟에掛其帆ᄒᆞ고帶日光而泛來ᄒᆞ니此亦仙侶同舟晩更移者耶아上二句ᄂᆞᆫ言山斷水流也오下二句ᄂᆞᆫ言岸起帆來也라

○夜宴公主宅 武平一

王孫帝女下仙臺 遽惜瓊筵歡正洽
金榜珠簾入夜開 惟愁銀箭曉相催

此는宴公主宅故로曰王孫帝女ㅣ下仙臺라ᄒᆞ고金榜珠簾은宮室之華麗와簞簾之侈美也오入夜開는夜宴故也오遽惜은深惜之謂也오瓊筵歡正洽은衆心和暢ᄒᆞ야其樂이無窮이오惟愁는只愁之謂也오銀箭曉相催는漏水丁東ᄒᆞ야更刻이屢變ᄒᆞ야此夜가倏去也라○上二句는言夜宴之初也오下二句는言曉催之愁也라

○贈花卿　杜甫

錦城絲管日紛紛　此曲秖應天上有
半入江風半入雲　人間能得幾回聞

花卿은劍南節度花敬定也라錦城은蜀郡也라時에花卿이在蜀ᄒᆞ야頗僭天子禮樂故로子美作此諷之라絲管紛紛은樂之盛也니言花卿이坐錦城而奏樂이日益紛華ᄒᆞ니言外見無事不日紛紛也라第二句는言其聲이悠遠則半入江風ᄒᆞ고其聲이高抗則半入雲裡ᄒᆞ니風雲은本天上之物이어늘今花卿之驕貴는是亦風雲이生於足下者ㅣ라第三句는言於是에乃微示其意曰此曲이入風入雲ᄒᆞ야只應天上에乃得有之라ᄒᆞ니以見天朝之樂은止應天子ㅣ有之오下此者는何敢僭乎아第四句는言人間에不惟不敢作而且不能聞ᄒᆞ니其能得聞者有幾回乎아若錦

城絲管이惟日紛紛則得聞天上曲者ㅣ殆無回數矣니所以深諷花卿之僭妄也라

○山中對酌　李白

兩人對酌山花開　我欲醉眠君且去
一盃一盃復一盃　明朝有意抱琴來

此는李白이與友人으로對酌也라言山花盛開之時에設杯盤於花叢之中而兩人이與酒相屬ᄒᆞᆯ석李白이擧杯而勸客ᄒᆞ고客이擧杯而勸李白ᄒᆞ야一盃復一盃ᄒᆞ야至於幾百盃ᄒᆞ야酒已沉醉矣라李白이謂客曰我已酒醉ᄒᆞ야方欲成眠ᄒᆞ고君亦欲歸去ᄒᆞ니明日도若有意於今日之遊則君抱其琴而來ᄒᆞ야復於此地에酬酢相樂ᄒᆞ야以暢未盡之興味ᄒᆞ며又恐欲飛之風花耳라上二句는言觥籌交錯也오下二句는言更問後期也라

○長信宮　李商隱

君恩已盡欲何歸　自恨身輕不如燕
猶有殘香在舞衣　春來還繞御簾飛

宮人所恃君恩이以爲歸結者也라若君恩이已盡이면此身이將何所歸哉아說得楚楚可憐이라舞衣上에猶有君前所賜之殘香이尙在ᄒᆞ니若無此香이면便不提起心中恨處ㅣ라恨은却恨誰오恨自身耳라○自身이不曾做得箇燕子ᄒᆞ니一身輕飛ᄒᆞ야漫無拘束ᄒᆞ야何處不可飛繞如意리오比那燕子ㅣ秋去春來ᄒᆞ야隔了冬還得繞御簾ᄒᆞ야見君王之面호ᄃᆡ獨此長信宮人은如金針落梅ㅣ永無出期ᄒᆞ야曾燕之不如矣라

○巴陵夜別王八員外　賈至

柳絮飛時別洛陽　梅花發後在三湘
世情已逐浮雲散　離恨空隨江水長

此는賈至가巴陵夜에別王八員外也라柳絮飛는以暮春時로辭家而出이라梅花發은至今歲之春初ᄒᆞ야復在三湘ᄒᆞ니踪跡이無常ᄒᆞ고聚散이不定ᄒᆞ야便有浮雲之感이라其時王員外貶長沙而賈亦被謫故로覺世情의消散이等於浮雲也라王員外는流洞庭而南ᄒᆞ니是는隨江水長也니離恨之長이隨乎江水ᄒᆞ고但世情이既已消散ᄒᆞ니雖有愁恨이나亦何益哉아故曰空隨ㅣ라○柳絮時는暮春也오梅花發은春初也니此二年耳라

○宴城東莊　崔敏童

一年又過一年春　能向花中幾回醉
百歲曾無百歲人　十千沽酒莫辭貧

此는言又過一年春은流光이容易過去ㅣ라若說人壽至多ㅣ면不過百歲나然이나曾無有百歲之人則又安能得一百箇春乎아第三句는言知人壽之難得ᄒᆞ야須及時行樂ᄒᆞ야勿負春花ㅣ니如今日之宴은可謂能醉一回矣니不知從此以後로能醉於花中者ㅣ幾回오能字는最有力ᄒᆞ야呼起下句意ᄒᆞ야口氣住不得이라第四句는沽酒는合上醉字ᄒᆞ고莫辭는合上能向字ㅣ라十千沽酒는貧乏者ㅣ不能이나然이나亦辭不得이오以春光之貴而可惜ᄒᆞ야雖一刻이나亦千金也故로一轉一合ᄒᆞ야云能如是樂이면便莫辭貧이라ᄒᆞ니曹植詩云美酒斗十千이라

○和前題　崔惠童

一月主人笑幾回　眼看春色如流水
相逢相値且銜盃　今日殘花昨日開

莊子曰人이上壽百歲오中壽八十이오下壽六十이니除疾病死喪憂患이면其中

開口而笑者ㅣ一月之中에不過四五日而已라第二句ᄂᆞᆫ言歡笑無多ᄒᆞ고良辰有限故로但遇適情之處ㅣ면且去銜盃오亦不必論知心相聚也라第三句ᄂᆞᆫ言春色이如流ᄒᆞ야眼看春又過矣니然이나所以如流水之故로全在下句拍合이라第四句ᄂᆞᆫ言昨日花開에今日殘明日盡矣리니花殘이豈能再鮮이리오猶之流水ᄒᆞ니豈能再反이리오則是白頭ㅣ豈能再黑乎아不圖歡笑銜盃更待何日이니然이나此句ᄂᆞᆫ却用倒裝法故로佳ㅣ나後人詩云昨日少年今白頭ᄂᆞᆫ口氣ㅣ便順이라

○送梁六　張說

巴陵一望洞庭秋
日見孤峯水上浮
聞道神仙不可接
心隨湖水共悠悠

巴陵郡은今岳州府니臨湖故로一望而滿目皆秋矣라第二句ᄂᆞᆫ言此承望字ㅣ오孤峯이浮於水上者ᄂᆞᆫ君山也라第三句ᄂᆞᆫ言此中形勝이疑是神仙居之나然이나嘗聞說神仙이渺茫ᄒᆞ야難以居趾相接ᄒᆞ니以比梁六이此去飄若神仙也라第四句ᄂᆞᆫ言此與不可接으로合ᄒᆞ니湖水ㅣ既悠悠而心復與之俱遠ᄒᆞ니不言送別而送別之情神이透露라

○少年行 李白

五陵年少金市東 落花踏盡遊何處
銀鞍白馬度春風 笑入胡姬酒肆中

五陵은乃漢帝之陵이니謂長陵安陵陽陵茂陵平陵也라豪俠이多家於此ᄒᆞ고洛陽三市에金市爲大라起句의先寫少年出落處라次寫少年鞍馬之富ᄒᆞ고度春風은言春風中度去ㅣ니便伏踏落花之本이라銀字ᄂᆞᆫ映上金字라第三句ᄂᆞᆫ言踏落花已盡則遊非三處矣니宛是少年行徑이나然이나尙有箇去處ᄒᆞ니從傍人見之면看其行行止止不知要遊何處也라第四句ᄂᆞᆫ言姬在酒肆中當壚ᄒᆞ야少年이不覺喜笑ᄒᆞ고遂入肆中而不出也니於是에傍人이見其所遊면乃在這裏라○此ᄂᆞᆫ樂府題니游俠三十一曲之一이라

○橫江詞

橫江館前津吏迎 郞今欲渡緣何事
向余東指海雲生 如此風波不可行

橫江浦ᄂᆞᆫ在和州ᄒᆞ니對采石往來濟渡處라津吏ᄂᆞᆫ主迎送者ㅣ라津吏ㅣ一頭說

ᄒᆞ고一頭用手東指海雲生則天變而風作이라郞字ᄂᆞᆫ誤ㅣ니當是卽字라旣訝他欲渡而又問云因何急事要去也오又手指江而曰如此風波는正與向余東指句로應이오不可行은是固阻其行而深戒之辭ㅣ라

○黃鶴樓送孟浩然之廣陵

故人西辭黃鶴樓　孤帆遠影碧空盡
烟花三月下楊州　惟見長江天際流

故人은指浩然이라西辭ᄂᆞᆫ欲往楊州也라起句는扼定浩然而全題俱動이라第二句ᄂᆞᆫ此正承明西辭黃鶴樓者는下楊州라此之時是烟花三月은楊州는乃烟花之地오三月이又烟花之時라下者는從上流而下也라加四字於下楊州之上은土風時景이都有ㅣ라第三句句ᄂᆞᆫ言此時에在樓頭以目送也라浩然之舟上之孤帆이望其影이至碧天之盡而帆影俱盡이라第四句ᄂᆞᆫ言東望에旣不見帆影ᄒᆞ야於是에回顧西望ᄒᆞ니但見浩浩長江之水ㅣ從天際流來而己라

○早發白帝

朝辭白帝彩雲間　兩岸猿聲啼不住
千里江陵一日還　輕舟己過萬重山

白帝城은在蜀中魚腹이라公孫述이據蜀時에井中에見白龍ᄒᆞ야號白帝라白帝城池甚高故로曰彩雲間이라第三句ᄂᆞᆫ言峽長七百里에兩岸連山ᄒᆞ야猿最多啼라不住ᄂᆞᆫ言早也라第四句ᄂᆞᆫ言曉猿之啼出未歇ᄒᆞ니是未過早也而輕舟已過萬山ᄒᆞ니是ᄂᆞᆫ言迅速之極이라啼不住ㅣ與已過二字로呼應이라〇啼不住之住字ᄂᆞᆫ或作書字ㅣ라

〇山中問答

問余何事棲碧山 桃花流水杳然去
笑而不答心自閑 別有天地非人間

上二句ᄂᆞᆫ此叙問答이라下二句ᄂᆞᆫ言山中에此詩信手拈來ᄒᆞ야字字入化ᄒᆞ고無段落可尋이나特可會其意而不必拘其辭也라〇問之曰棲息於碧山之中이此何事也오不答之而但笑之ᄒᆞ니不答而笑之之中에有超羣離俗ᄒᆞ고輕世肆志之氣ᄒᆞ고見其碧山中에淸溪流去而水中桃花泛泛而來則似非人世之間ᄒᆞ야殆近於武陵之仙源耳라

○東魯門泛舟

日落沙明天倒開　輕舟泛月尋溪轉
波搖石動水縈廻　疑是山陰雪後來

東魯門은在兗州府城東이라第一句ᄂᆞᆫ言日光落下ᄒᆞ야照沙而明ᄒᆞ니有似乎天在下者故로曰倒開라第二句ᄂᆞᆫ言水騰起ᄒᆞ야爲波搖石如動ᄒᆞ고其四面이皆水ᄒᆞ야縈旋廻繞ᄒᆞ니總言泛舟時景이라第三句ᄂᆞᆫ言日落則月上ᄒᆞ고水縈廻則溪自轉折이라於此時에泛舟尋溪ᄒᆞ니何減剡溪一曲이리오第四句ᄂᆞᆫ言晋王徽之居山陰ᄒᆞ야夜雪初霽ᄒᆞ고月色淸朗ᄒᆞ야四望皓然ᄒᆞ니忽憶戴安道ᄒᆞ야夜乘小船訪之러니今之泛舟ㅣ與同於王子也라

○秋下荊門

霜落荊門千樹空　此行不爲鱸魚膾
布帆無恙掛秋風　自愛名山入剡中

荊門山은在荊州府西六十里라霜落葉則樹空矣니先寫秋意라第二句ᄂᆞᆫ言此以

題中下字意로承이라顧愷之爲殷仲堪參軍ᄒᆞ야在荊門假還홀ᄉᆡ仲堪이以布帆借之ᄒᆞ니至破冢ᄒᆞ야遭風ᄒᆞ야與仲堪箋曰行人이安穩ᄒᆞ야布帆無恙이라ᄒᆞ니라今下荊門에用此意恰合이라第三句ᄂᆞᆫ言此行이便緊接上文作轉ᄒᆞ니以張翰이見秋風起ᄒᆞ고思吳中蓴鱸一事ᄒᆞ야開一筆이라第四句ᄂᆞᆫ言剡縣은隷會稽ᄒᆞ야多佳山水ㅣ라自字ㅣ合上不爲二字ㅣ라

○蘇臺覽古

舊苑荒臺楊柳新　只今惟有西江月
菱歌淸唱不勝春　曾照吳王宮裡人

舊苑은吳王夫差ㅣ都姑蘇ᄒᆞ야有桂苑이오荒臺ᄂᆞᆫ姑蘇臺也라苑已舊ᄒᆞ며臺已荒ᄒᆞ고推柳色長年新耳라新舊二字ㅣ便寓感慨라第二句ᄂᆞᆫ言張協七이命榜人奏採菱之曲이라言荒臺寂寂ᄒᆞ고所聞者ㅣ菱歌를淸唱於春風而不勝懷古之思也라第三句ᄂᆞᆫ言所見者ㅣ新柳ㅣ오所聞者ㅣ菱歌니然이나悉非當年故物也오只今所有當年故物은其惟西江之月乎ᆫ뎌第四句ᄂᆞᆫ言所謂今月은曾經照古人也라此只今惟有四字ᄂᆞᆫ用在轉句ㅣ라

○越中覽古

越王句踐破吳歸　宮女如花滿春殿
義士還家盡錦衣　只今惟有鷓鴣飛

吳王夫差ㅣ爲越所破ᄒᆞ야自殺ᄒᆞ니越王이乃葬吳王而誅太宰嚭ᄒᆞ니吳地盡入於越이라第三句ᄂᆞᆫ言古詩稱美女를如畫如花ᄒᆞ고滿春殿은何其多也오此二句ᄂᆞᆫ總以越王之豪華로極言之而以首句로爲冒下ᄒᆞ니用一承一轉이라第四句ᄂᆞᆫ言春殿이廢爲荒邱ᄒᆞ고美人이盡爲黃土ᄒᆞ고只今所見이惟有鷓鴣飛而已라鷓鴣ᄂᆞᆫ出南方ᄒᆞ야鳴常自呼ᄒᆞ고常向日而飛ᄒᆞ며畏霜露ᄒᆞ야早晚不出ᄒᆞ고有時夜飛則以樹葉覆背上이라

○芙蓉樓送辛漸　王昌齡

寒雨連江夜入吳　洛陽親友如相問
平明送客楚山孤　一片氷心在玉壺

芙蓉樓ᄂᆞᆫ在鎭江府城西北隅ㅣ라時以被謫入吳로冒雨夜行而連江皆雨色也라

平明은夜行之明日이오送客은送辛漸入洛이라楚山孤는樓頭所見이大江之北은皆楚地라辛漸이曉行ᄒᆞ야赴洛ᄒᆞᆯᄉᆡ依山而行이오楚山孤는賦其所見也라如相問은辛漸이至洛ᄒᆞ야倘有親友ㅣ以我之行藏으로問이라在玉壺는此爲辛漸答親友之語ㅣ라說我宦情이已冷ᄒᆞ야如一片氷을貯之玉壺ᄒᆞ야日就淸冷而相得也라

○送別魏二

醉別江樓橘柚香　憶君遙在湘山月
江風引雨入船涼　愁聽淸猿夢裏長

醉別江樓는與魏二로臨江樓盡醉而別去ㅣ라橘柚香은秋深時也라小曰橘이오大曰柚ㅣ라入船涼은此是魏二別後에舟行入江ᄒᆞ니江風吹雨ᄒᆞ야雨來入船而秋涼이特從此入瀟湘路矣라看此句에有五層이라湘山月은先從別時而遠憶其至湘山之月夜ㅣ라夢裡長은山月照而淸猿啼ᄒᆞ니聽之者ㅣ客心凄切故로愁聽이나然이나卽使睡去而夢裡에亦聞猿啼ᄒᆞ니我思君此際에能無離索之感이리오

○春思 賈至

草色靑靑柳色黃　東風不爲吹愁去
桃花歷亂李花香　春日偏能惹恨長

此時는是初春而或靑或黃ᄒᆞ야春光滿眼ᄒᆞ니宜乎減愁矣라李花香은此時는是盛春이니桃李芬菲ᄒᆞ니又宜消愁矣라吹愁去는愁之不去를乃歸於東風ᄒᆞ니以其不能爲我吹愁去也라惹恨長은不但不吹愁去ㅣ라又惹得恨長ᄒᆞ야復歸怨於春日ᄒᆞ니春日東風이如此春思에何오此詩는二聯皆對라

○濟江問舟子 孟浩然

潮落江平未有風　時時引領望天末
舠輕共濟與君同　何處靑山是越中

潮落故로江平ᄒᆞ고尙未有風則可以濟矣라舠은小船也오共濟는共舟子也오與君은與舟子也라望天末은心中想越故로有引領之望이라時時則望之之勤이오天末則望之之遠이라是越中은此問詞也라江上山靑이無數ᄒᆞ니安知越山이在

於何處故로指青山以問舟子而欲一決其迷途也也라

○集靈臺

虢國夫人承主恩 却嫌脂粉汚顏色
平明騎馬入宮門 淡掃蛾眉朝至尊

集靈臺는在華淸宮ᄒᆞ니玄宗이置라貴妃三姨ㅣ韓國秦國虢國三夫人而虢國이尤艷故로獨稱其承主恩이라夫平明은何時며金門은何地而騎馬以入者ㅣ爲承主恩也니內作色荒은明皇이其有之乎ᆫ뎌汚顏色은外傳에載虢國은不施脂粉ᄒᆞ되自有美艷ᄒᆞ야常素面朝天이라ᄒᆞ니嫌脂粉爲汚則自恃素面之潔矣니隱然有勝過其姊之意라朝至尊은此正平明時也라淡掃蛾眉는不但寫其娟潔이라亦有急欲朝天之態라

○渡桑乾 賈島

客舍幷州已十霜 無端更渡桑乾水
歸心日夜憶咸陽 却望幷州是故鄉

桑乾은河源이出馬邑縣北洪濤山下ᄒᆞ야東南入蘆溝河ㅣ라島ㅣ作客寓太原이已十年矣라已字妙ㅣ라言客並十年이固已嘆其淹留矣라憶咸陽은此十年中에無日夜에不思歸咸陽則庶幾得歸故里ᄒᆞ야以慰我心乎아無端은猶言無故ㅣ니謂不知是何緣故오竟由不得我作主ㅣ라渡桑乾은並州ㅣ與咸陽近ᄒᆞᄃᆡ尙不得歸ᄒᆞ니不但不得歸而更北渡桑乾河ᄒᆞ야又去並州ㅣ二百餘里矣라並州도尙不得住ㅣ온何況歸咸陽고却望是故鄕은却字ㅣ更用得妙ᄒᆞ니言向爲憶故鄕故로厭並州ㅣ러니今却把並州一望에當做故鄕ᄒᆞ니然則並州而且不得ᄒᆞ니又安望歸咸陽哉아此ᄂᆞᆫ總爲憶咸陽心切故로深一層寫法이오非眞以並州로爲故鄕也라

○宮中詞　朱慶餘

寂寂花時閉院門　含情欲說宮中事
美人相并立瓊軒　鸚鵡前頭不敢言

此亦宮怨也라言花時ᄂᆞᆫ何時而乃寂寂閉門ᄒᆞ니美人之傷春이甚矣라美人相並은女伴이相並而立ᄒᆞ야情緒를彼此不堪ᄒᆞ야各欲說其心中事也라含情欲說宮中事ᄂᆞᆫ含情은不敢吐露ᄒᆞ고欲說不便은即說宮中事니如寵移愛奪과嬌極妬生

種種恩怨之事ㅣ니不可洩於人者ㅣ라不敢言은正欲說時에擡頭看見鸚鵡ᄒᆞ니是
能言之鳥ㅣ라便避忌而不敢說ᄒᆞ니是則美人之苦ㅣ到底無可說處ㅣ오避鳥ᄂᆞᆫ
比避人情更苦ㅣ라

○題昔所見處　崔護

去年今日此門中　人面不知何處去
人面桃花相映紅　桃花依舊笑春風

崔護ㅣ不第時에游成都ᄒᆞᆯ식得村居花木叢ᄒᆞ야渴求飮ᄒᆞ니有女啓門ᄒᆞ고以盂
水至ᄒᆞ야倚桃樹佇立ᄒᆞ야意屬이殊甚이어ᄂᆞᆯ崔ㅣ辭起라其後에尋之ᄒᆞ니門庭
이如故ᄒᆞ되戶扃이鎖矣라因感傷題詩云이라此門中은貫下ᄒᆞ니以今年今日而
想去年今日ᄒᆞ니總只爲此門中之故ㅣ라相映紅은去年此門中에見人面ᄒᆞ고因
見桃花ᄒᆞ니紅的紅과白的白이相映ᄒᆞ야更多嬌媚라何處去ᄂᆞᆫ崔郞此來ㅣ爲此
門中桃花乎아爲人面也라乃人面은獨不知其處所矣니眞使人悵然이라笑春風
者ᄂᆞᆫ去年笑春風은桃花映着嬌面이러니今年依舊笑春風은且笑着情痴郞이空
對春風ᄒᆞ야幾回悽惻也라

○江樓書懷 趙 嘏

獨上江樓思悄然 同來玩月人何在
月光如水水如天 風景依俙似去年

思悄然此句는包裹全首ᄒᆞ고神情이全在獨上二字內ᄒᆞ고與下同字應이라水天은獨上江樓時에望見水天一色而獨我一人이在此ᄒᆞ니豈不悄然이리오人何在는從今日之獨來ᄒᆞ야忽然而想到吾亦曾同故人ᄒᆞ야來此玩月而人在何處也라似去年은人有離合이나風景則同ᄒᆞ며此水月이同ᄒᆞ되人之心情은不同이라同來則歡然ᄒᆞ고獨上則悄然故로視此風景에不無小異ᄒᆞ야所以加依俙二字ᄒᆞ니依俙似는猶云不差大概也라倒結出去年二字ᄒᆞ니最有情이라○前詩는以去年起ᄒᆞ고此詩는以去年結ᄒᆞ야各極情致ᄒᆞ고前從去年ᄒᆞ야到今日은用順推法이오此는從今日ᄒᆞ야轉去年은用逆鎖法이니並臻妙境이라

○客有卜居不遂薄遊秦隴因題 許 渾

海燕西飛白日斜 樓臺深鎖無人到
天門遙望五侯家 落盡東風第一花

此는許渾이代客而作也라海燕은喩客이오西飛는喩客到長安이오白日斜則日晩當尋住處ㅣ라天門은天子都門이니地高而望遠이라客無房子住ᄒᆞ야情況이無聊ᄒᆞ야乃遙望五侯甲第如雲ᄒᆞ고因作想曰有房子的ㅣ如此其多而卜居不遂ᄒᆞ니能無怨恨가深鎖則房子ㅣ都空卻矣니不但無人住ㅣ得이라卽一到亦是不可得이라第一種花는花之貴者ㅣ니至落盡而主人不知ᄒᆞ니正見得重門深鎖之故也라此詩는許渾이代爲卜居人ᄒᆞ야寫寥落ᄒᆞ고卻將豪華處ᄒᆞ야寫以反形之라

○折楊柳枝詞 段成式

枝枝交影鎖長門 鳳輦不來春欲盡
嫩色曾沾雨露恩 空留鶯語到黃昏

此는託爲宮人ᄒᆞ야咏柳之詞故로曰鎖長門이오交影은言其密也라○柳는比己之少ᄒᆞ고雨露는比君之恩이라鳳輦不來春欲盡은言君不臨幸ᄒᆞ고又値殘春ᄒᆞ야芳華歇而歲月流ᄒᆞ야辜負韶光ᄒᆞ니良可悲也라空留鶯語到黃昏은言此鶯語也니大抵是怨紅愁綠耳라黃昏私語를誰人知道오故로曰空留ㅣ라此蓋有不得於君者故로託之宮怨也라此는折楊柳로爲題而上二句는露出楊柳ᄒᆞ고下二句

는楊柳가隱於裏面耳라

○暮春滻水送別

滻은爲長安八水之一　韓　琮

綠暗紅稀出鳳城　行人莫聽宮前水
暮雲宮闕古今情　流盡年光是此聲

綠暗紅稀는正是暮春時候ㅣ라鳳城은長安城也라許琮이於此送別이라當今에客이日暮而望雲中宮闕ᄒᆞ니古今來人情이誰不於此에瞻戀이리오行人莫聽宮前水는言行人은泛指行路之人이오宮前水는盖從宮中流出ᄒᆞ야其聲이晝夜不息者ㅣ라流盡年光은言水流不息ᄒᆞ고年光如駛ᄒᆞ니是年光이若彼此水流盡了ᄒᆞ고人在流水聲中離別ᄒᆞ니少年人은不知做多少白頭ㅣ라水聲이雖妙ㅣ나聽之에無乃移情故莫聽이라琮의送別이未知何人而綠暗紅稀는別時之景也오暮雲宮闕은望之之情也오莫聽水는光陰이如流水而人生之離別이尤可悲也라

○宮怨

司馬禮

柳色參差掩畵樓　年年花落無人見
曉鸎啼送滿宮愁　空逐春泉出御溝

參差ᄂᆞᆫ長短不齊之貌ㅣ라柳多而色暗故로畵樓ㅣ爲其所遮ᄒᆞ니言寂寥也라滿宮愁ᄂᆞᆫ言鶯啼於曉柳ᄂᆞᆫ最宜로ᄃᆡ鶯이當幽夢乍醒ᄒᆞ고曉粧未理之際ᄒᆞ야忽聞鶯啼ᄒᆞ고提起傷春情緖ᄒᆞ니是鶯送愁來也라花落無人見은言春愁一起에因想年年花開에因無人知ᄒᆞ고卽花落에亦無人見이如己之容色이凋謝ᄒᆞ야虛度春光而已라出御溝ᄂᆞᆫ言花落而委於溝中ᄒᆞ야再姸無日이나然이나花猶能逐春泉而出御溝而人則老死於宮中已耳니情實可憐ᄒᆞ야此所謂怨也라

○題新鴈 杜荀鶴

暮天新鴈起汀洲　想得故園今夜月
紅蓼花踈水國秋　幾人相憶在江樓

新鴈은秋鴈也오汀은平也오洲ᄂᆞᆫ水中之地니鴈所棲止處ㅣ라紅蓼ᄂᆞᆫ水紅花也라鴈飛之際에紅蓼淸波ㅣ一片秋聲秋意니因而有感ᄒᆞ야想及故園이라今夜月은因是暮天故로有夜月ᄒᆞ고因見夜月而想故園ᄒᆞ며因思故園人之想我ㅣ라在江樓ᄂᆞᆫ言幾人은不定之詞也라江樓ㅣ與水國으로彷彿ᄒᆞ니必曰江樓者ᄂᆞᆫ江上樓頭對月에必多懷遠之思也라上二句ᄂᆞᆫ言見秋鴈紅蓼而惹起鄕園之思ᄒᆞ야可謂觸目生愁也오下二句ᄂᆞᆫ言非徒我之思故鄕이라回思故鄕思我之幾人이上江

樓對月耶아

○淮上別故人　鄭谷

楊子江頭楊柳春　數聲風笛離亭晚
楊花愁殺渡江人　君向瀟湘我向秦

楊子江은叙別之地오楊柳春은叙別之時故로意重兩楊字ᄒᆞ니唐人所長이라楊花는緊承楊柳ᄒᆞ야以見暮春이오渡江人은凡一切渡江者ㅣ오三重楊字는如貫珠ㅣ라離亭晚은此句가方轉到故人一別이오風笛은亦從楊柳生出ᄒᆞ니盖古人이折柳贈別而笛曲에有折楊柳也ㅣ라晚字는映暮春이라君向我向은言離亭一別이各有所向ᄒᆞ고又不知何時에復聚矣라前三句는作頓ᄒᆞ고此句는爲挫ᄒᆞ니言下別意悵然이라

○西施石　樓穎

西施昔日浣紗津　一去姑蘇不復返
石上青苔思殺人　岸傍桃李爲誰春

西施石은會稽土城山邊에浣紗石也라浣紗津은言西施石之由ᄒᆞ니以其在浣紗津故로至今傳也라思殺人은言不說人想西子ᄒᆞ고石上青苔猶今人思殺ㅣ라不復返은越王句踐이將西施獻於吳王ᄒᆞ야遂令佳人不返이라爲誰春은西施一去에春色을誰爲管領고卽岸傍桃李ㅣ當自嗟其無主耳이라

○華清宮　杜常

行盡江南數十程　朝元閣上西風急
曉風殘月入華清　都入長楊作雨聲

行盡江南은杜常이想從江南來ᄒᆞ니謂已行盡其地也라數十程은一日所行이爲一程이니行過江南ᄒᆞ고又歷數十日程而及華清이라此三字는不連上看이라曉風殘月이最悽慘人이니今杜常이入華清時而曉風이吹入ᄒᆞ고殘月이亦照入也라朝元閣은乃祀玄宗之所ㅣ니在華清宮內라作雨聲은風聲急이有似雨聲이라長楊宮은本秦舊宮이니至漢修之ᄒᆞ야以備巡幸ᄒᆞ고宮有垂楊數畝故로名이라長楊이與朝元閣으로相去甚遠ᄒᆞ되只因唐衰ᄒᆞ야天子不幸華清與長楊兩宮而百姓이凋零이라風聲雨聲이總是衰颯之景故로二處ㅣ雖懸이나風雨蕭條ㅣ如一也라

○天津橋春望　雍陶

津橋春水浸紅霞　翠輦不來金殿閉
烟柳風絲拂岸斜　宮鶯銜出上陽花

橋在河南府城外ᄒᆞ야架洛水ᄒᆞ니隋煬帝建이라首句ᄂᆞᆫ以津橋로起爲冒ᄒᆞ고春水中에映紅霞如倒浸者ᄂᆞᆫ此從望中得之라烟柳ᄂᆞᆫ烟中之楊柳ㅣ요風絲ᄂᆞᆫ風中之游絲라拂岸斜ᄂᆞᆫ柳與絲ㅣ俱拂津橋之岸ᄒᆞ니此亦從望中得之나然이나所得見者ㅣ只有此耳이라金殿閉ᄂᆞᆫ言此寂寥景況也라唐以洛陽으로爲東京ᄒᆞ고全盛之時에數嘗遊幸이러니至是에閹宦이用事ᄒᆞ야天子ㅣ不復能遊故로不復見天子之翠輦而宮殿이久閉矣라上陽花ᄂᆞᆫ上陽宮에無人ᄒᆞ야只有鶯兒出入ᄒᆞ며宮花ㅣ亦無人玩賞ᄒᆞ야却被鶯兒銜出ᄒᆞ야橋頭一望에興衰可傷ᄒᆞ니只有此春水紅霞風絲烟柳ᄒᆞ야昔如是ᄒᆞ고今亦如是而已라

增訂註解七言唐音 終

增訂註解 七言唐音 全

重版 印刷●2003年 2月 15日
重版 發行●2003年 2月 20日

校 閱●明文堂編輯部
發行者●金 東 求

發行處●明 文 堂
서울특별시 종로구 안국동 17~8
대체 010041-31-001194
전화 (영) 733-3039, 734-4798
(편) 733-4748
FAX 734-9209
Homepage www.myungmundang.net
E-mail mmdbook1@myungmundang.net
등록 1977. 11. 19. 제1~148호

값 8,000원
ISBN 89-7270-722-8 93820